Royal Kiss Label

DX

# 王妃のプライド 2

市尾彩佳

JN077240

この物語はフィクションであり、実在の人物・団体・事件等とは、いっさい関係ありません。

Queen's pride
王妃のプライド
2
市尾彩佳
Illustration Ren Hido
氷堂れん

## 19　兄との再会

「兄が？」

大広間、玉座の隣に座ってカーライルと一緒に謁見を受けていたティルダは、城代に耳打ちされて眉をひそめた。

城代も困惑しきりに言う。

「王に謁見を求めていますが、その前に王妃と二人きりで話をしたいと……」

「わかりました。行きます」

ティルダがそっと立ち上がると、カーライルが気付いて謁見者の話を中断させた。

「どうした？」

「所用ができまして……話をお続けになって」

気がかりそうにティルダを見つめていたカーライルだが、遠路はるばるやってきた謁見者を待たせておくこともできず、話の再開を促す。

謁見者が再び話し始めると、ティルダは静かに退席した。

今頃になって兄が来るとは、どういうことだろう。

兄グリフィスとは、アシュケルドに出立する少し前に会ったきりで、六年ぶりの再会になる。

回廊を急ぎ歩く最中、嫌なことを思い出して、ティルダは表情を曇らせた。

ティルダに見向きもしなかった父と違い、四つ違いの兄は度々母と一緒に離宮に住まうティルダのもとを訪れた。兄妹の絆を深めようというのではない。自分が父や貴族たちにどれほど褒め称えられているかを自慢し、ティルダは誰にも見向きされない、父もお前など要らなかったと言っていると嘲《あざけ》った。時に蹴られたり、髪を掴まれ引き摺り倒されたりしたこともあって、そのときの恐怖は今も頭にこびりついている。

そのことを頭から振り払い、兄が訪れた理由を考えた。わざわざアシュケルドまでティルダを虐《いじ》めにきたわけではないだろう。何かしらの要請に来たのはまず間違いない。カーライルが城に留まるようになって二カ月が過ぎるが、その間に一度も要請がなかったはずがないし、カーライルがなんらかの理由をつけて要請に応じなかったのだろう。ローモンドの話題を避け続けてきたのが悔やまれる。何か聞いていれば、会う前に多少は心構えができたものを。

ともかく、会って話を聞いてから対応を決めるしかない。

兄に会うと思うと怖じ気づきそうになる自分を叱咤して、ティルダは城代に続いて館に入る。

心配そうに見守る使用人たちの前を通り抜けて広間に入ると、二十人近い、揃いの制服を着たローモンド兵が向かい合って二列に並ぶのが見えた。そうしてできた通路の端には上座があって、タペストリーを織る機《はた》を置いている。もしやと思ってそちらを見れば、椅子に座り、織りかけだったタペストリーを解く男の姿があった。縦糸は切られていて、そこから横糸を毟《むし》っている。

もうすぐ織り上がるところだったのに。怒りに我を忘れ、ティルダは叫んでいた。

「兄様！」

よく訓練された兵たちが微動だにしない中、機の椅子に座る男だけが驚いたように振り返る。

栗色の髪にティルダと同じ青い瞳。父に似た角張った顔。六年の間に、ますます父に似てきた。

剣を構えたことなどないであろうひょろりとした身体には、もちろん剣帯など巻いていない。城に到着してから着替えたわけではないだろうに、兄は金糸銀糸の縁取りが入った高価な膝丈チュニックに、同じく高価なマントを身に着けていた。その姿で外を歩き回っていたのなら、盗賊の格好の獲物だ。二十人近い護衛が必要なのももっともなこと。

兄は毟っていたタペストリーを放り出し、呆然とした様子で立ち上がった。

「ティルダ……か？」

今のティルダは母の若い頃に驚くほどよく似ている。兄もそのことに気付いたのだろう。

タペストリーを壊していたことなどどうでもいいというような呆けぶりに、ティルダは怒りを覚える。兄はいつもそうだった。ティルダの大事にしていたものを、ちょっとした気まぐれで壊していく。

が、ティルダの怒りは長く続かなかった。

兄はすぐに驚きから覚め、怒りに眉を吊り上げてティルダに向かってきた。そして、何か言う前に力いっぱいティルダの頬を張った。

ばしんっという打擲《ちょうちゃく》音に続いて、頬がじんじんと痛み出す。叩かれた勢いで横を向いたそのままの姿勢で、過去の記憶が一気に襲ってきて、ティルダは恐怖に身を強張《こわば》らせた。

「ローモンド王太子！　何をなさいます！」

城代が駆け寄ってきて割って入ろうとするが、兄は力任せに城代を突き飛ばす。よろけて倒れそうになった城代を、使用人たちが慌てて支えた。

「城代、大丈――」

ティルダも城代を案じて声をかけようとするが、その声を兄の恫喝《どうかつ》が遮った。

「お前はカーライル殿に身体を許さぬと息巻いているそうだな！　子を産むための道具に過ぎないお前が何様のつもりだ⁉　拒むために自刃までしかけたというではないか、この愚か者め！　おかげで、何度使者を送っても我が国の要請に応じなくなった。お前のせいだぞ！　カーライル殿にさっさと詫びて、我が国への助力を乞うんだ！」

使用人たちに支えられた城代が、自分の足で立とうとしながら訴える。

「お待ちください、王妃は」

「使用人風情が口を挟むな！」

兄の一喝に、城代の言葉はかき消されてしまう。

「行くぞ！」

兄はティルダの腕を乱暴に掴むと、大股に歩き出した。

ティルダは抵抗するけれど、その動きは弱々しかった。声を上げて拒絶しようにも、舌の根が強張ってしまい、声が出てこない。

物心ついた頃から、兄はティルダにとって恐怖の対象だった。自分勝手で、何かというと暴力に訴える兄を見るだけで、ティルダは足がすくんだものだった。

幼い頃に植えつけられた恐怖は、今もなおティルダを雁字搦めにする。

騒ぎを聞きつけたのか、城の使用人の何人かが、遠巻きに集まってきた。彼らの好奇の目を見て、ティルダは屈辱を噛み締めた。引き摺られていくティルダを見た使用人たちは、普段は毅然としているティルダの無様な姿を嗤うだろう。『ローモンドのお姫さん』と呼ばれ敵視されていた頃に逆戻りだ。

兄はいつもこうだ。ティルダのことなどお構いなしに、自分のしたいようにする。ティルダは兄に逆らえない。暴力を振るわれるせいもあるが、兄には何を言っても通じないという無力感が、抵抗する気力を奪う。

追いついてきたローモンド兵に、兄は怒鳴りつけるように訊いた。

「カーライル殿はどこだ⁉」

「謁見の最中だと聞きましたので、大広間だと思います」

「案内しろ！」

「は！」

回廊を回って大広間の正面入り口まで来ると、大広間に入ろうとする兄グリフィスを、アシュケルドの者たちが前に回り込んで止めた。

「お待ちください！　現在、別の方との謁見中です」

「私を誰だと思っている！　ローモンド王太子を待たせるつもりか⁉」

傲慢に言い放つ兄を見て、ティルダはできることならこの場から逃げ出したいと思った。名を振りかざせば思い通りになると考えている兄が恥ずかしい。そんな時代はとうに過ぎ去ったと、未だに理解できない兄が。

大広間の奥から、カーライルの低く力強い声が響いた。

「入ってもらってよい。丁度話が終わったところだ」

その言葉に、ティルダはほっとする。本当に待たされでもしたら、どうなっていたことか。

道を空けるアシュケルドの者たちに尊大な視線を投げかけながら、グリフィスは大広間に足を踏み入れた。

大広間からは、晩餐の際の椅子やテーブルが片付けられている。代わりに、正面入り口から上座に向かって長い絨毯が敷かれ、その両脇にアシュケルドの兵が並んでいた。グリフィスはティルダを引き摺るようにして、不遜な態度でその道を進む。

上座には、カーライルが座る玉座と、その隣に先ほどまでティルダが座っていた席、そして背後に族長たちが並んでいた。グリフィスは上座の壇の手前五歩ほどのところまで来ると、ティルダを引き倒さん勢いで腕を引っ張った。

「カーライル殿、愚妹が貴殿に無礼を働いたとのこと、誠に申し訳ない。貴殿を拒んで自刃を図るなど、まさに愚の骨頂。己の立場をわきまえるよう言って聞かせましたので、どうかご容赦いただきたい」

この場にいる人々に、兄に頭の上がらない情けない姿を見られて、ティルダは泣きたくなった。おしまいだ。こんな姿を見られては、もう誰もティルダに敬意を払ったりはしないだろう。兄のたった一度の横暴のせいで、これまでに築かれたものががらがらと崩れていく。

「ほら、お前も謝るんだ！」

突き飛ばされ、ティルダは二、三歩よろめきながら前に出た。恥ずかしくて悔しくて、誰の顔も見られなかった。兄の言っていることが正しいのだと思うからこそ尚更に。

前方から足音が近付いてきて、俯いたティルダの視界に大きくごつごつした革靴の先が入り込んできた。カーライルのものだ。

どうするつもりだろう。俯いたまま身を強張らせていると、優しく手を取られた。驚いて顔を上げれば、カーライルは微笑んで、ティルダを恭しく玉座のほうへと誘《いざな》った。

いつものように庇ってくれるつもりなのかもしれない——そう考えた瞬間、ティルダは臍《ほぞ》を噛んだ。カーライルが助けてくれるとわかってほっとするなんて。散々拒絶しておきながら、いざというときには頼りにしてしまっている自分が嫌になる。

彼の手を振り払って、助けがなくても大丈夫なところを見せるべきだと思うのに、ティルダはそれができなかった。兄グリフィスの脅威が、今もまだ背に迫っている。

そんな怯えもカーライルに対する悔しさも、次の出来事の前に掻き消えた。

カーライルは、先ほどまで自分が座っていた玉座にティルダを座らせようとしたのだ。ティルダは足を止めて拒んだが、カーライルは強引にティルダを座らせた。

信じられない。王の権力の象徴でもある玉座に、王妃とはいえ他人を座らせるなんて。

族長たちは今にも怒り出しそうな顔をしたし、グリフィスに至ってはぽかんとしている。

ティルダも呆然として口を利けないでいると、カーライルが傍らに立ち、ティルダの肩に大きな手を乗せた。

「貴殿の妹は、王妃として俺と並ぶ存在である。故に、然るべき敬意を払ってもらいたい」

怒りを押し殺した声を聞いて、族長たちは開きかけた口を閉じた。今にも爆発しそうなカーライルの怒りに気付いたのだろう。ティルダも肌でそれを感じ取り、ぎくっと身を震わせた。

だが、これほどあからさまな怒気にもグリフィスは気付くことはなかった。グリフィス自身も怒ったからかもしれない。馬鹿にしたように鼻で笑い、カーライルを睨みつけた。

「妹に敬意を払えと？　貴殿はローモンドの王太子たる私を侮辱するつもりか？」

次の瞬間、カーライルの怒声が大広間に響き渡った。

「侮辱しているのは貴殿のほうであろう！　我が国はローモンドの属国ではない。同盟を結ぶ対等な国だ。その国の王である俺に、王太子に過ぎないそなたが『カーライル殿』と呼びかけるは無礼である！　我が妃に対してもそうだ。腕を掴んで引き摺り回し、あまつさえ突き飛ばすとは何事だ！　王妃への手荒な振る舞いは、我が国に対する侮辱であると心得よ！」

カーライルの迫力に押されて、グリフィスは怯んで後退った。

グリフィスとカーライルの器の違いを、ティルダはこのとき初めて実感した。元々比べるべくもなかったが、目の当たりにした衝撃は大きかった。

後方でふんぞり返って兵士に命じるグリフィスと違って、カーライルは兵を率いて敵に立ち向かう。カーライルが好戦的というわけではない。民を戦わせるのなら彼らを統べる自分も戦場に立つ、それがアシュケルドの古くからの習わしで、カーライルもそれを受け継いでいる。幾度も身体を張って民を守ったカーライルと、安易に民を戦わせ自分は安全な場所から一歩も出ないグリフィスとでは、人としての器が全く違う。

こんなグリフィスを、どうしてあんなにも恐れたのだろう。カーライルと比べれば、グリフィスなど取るに足らないのに。

それに気付くのと同時に、ティルダは唐突に、カーライルの真意に気付いた。民思いなカーライルなら、ティルダが頼まずとも、全力で戦いを回避したに違いない。初夜の床で苦り切った表情をしていた彼が、ティルダに欲情していたというのも変な話だ。なら何故、脅してまでティルダに王妃の務めを強要したのか。――それも、ティルダのためだったのだ。

ティルダの物思いは、グリフィスの困惑した声に中断された。

「で、ですが妹はカーライルど――アシュケルド王を拒んだではありませんか。それなのに妹を庇うとはどういうことです?」

「王妃が俺を拒んだのは無理のないこと。俺が王妃を蔑ろにしすぎたのだ。――嫁いできたとき、王妃はまた十二歳の稚《いとけな》い少女であった。十分な庇護が必要であったのに、俺は『子どもを娶らされたことに腹を立てて』王妃を避けてしまった。『貴国からの援軍要請が頻繁であったために、城に留まることも稀で』気付けば六年もの間、王妃と顔を合わせずに過ごした。その間の王妃の暮らしは壮絶だったと聞いている。城中の者から敵国の姫と揶揄され嫌がらせを受け、王妃について我が国に来た使用人たちは、嫌がらせに耐えかねて一人残らずローモンドに帰ってしまった。それでも王妃は『ローモンドに課せられた義務を放棄することができず』一人異国の地で耐えていたのだ」

カーライルは言葉巧みに嫌みを織り込んだ上で、グリフィスに止めを刺した。

「王妃の兄を名乗るのであれば、何故六年もの間会いに来なかった？　直接訪れなくとも、一度でも使者を寄越して息災であるか確かめようとしたことはあるか？　手紙一つ寄越さず、幼かった王妃一人に両国を取り持つ重要な役目を押しつけて、後は見向きもしなかったそなたに兄を名乗られたのでは、王妃も遣る方ないであろう」

ティルダは瞬きをして涙を押しとどめた。

言いたいことは、カーライルが全部話してくれた。

ティルダの意志も問わずに、かつて敵であったカーライルに嫁がせたのは父だ。グリフィスとてそれに賛成だったであろう。気にかけてもらうなど、最初から当てにはしていなかった。だが、諦めに覆い尽くされた心の中に、恨み辛みが隠されていたらしい。

同時に、同じことをカーライルにも言いたくなって、ティルダは悲しくなった。結婚式以降、一度でもカーライルが気にかけてくれていたら、ティルダも彼を拒まなくて済む道を選べたかもしれないのに。

グリフィスが押し黙ったのを見て取って、ティルダの傍らに立つカーライルが満足げに言った。

「まあ、王妃のことを気にかけなかったという点では俺も同罪だ。その償いもあって、王妃に相応しい敬意が払われるよう、俺が率先して敬意を払っているのだ。――して、グリフィス殿はどのような用件があって我が国に来られたのか？」

グリフィスは我に返ったようにはっとして、しどろもどろに話しだした。

「え、援軍を要請したいのです。貴国が援軍を寄越さなくなってからというもの、反乱分子がますます増長し徒党を組む始末。貴国の兵力であれば制圧もたやすいだろうと父王が……」

「その件については、以前返答申し上げた。貴国内の反乱はきりがない。俺も自国を空けてばかりはいられないので、国内の騒動については貴国自身に対処していただきたいと」

穏やかに話が進むにつれ、先ほどカーライルの気迫に気圧されたことを忘れたらしい。グリフィスは憤慨して言った。

「アシュケルド王は来なくても、兵だけを貸してくれればよいではないか！」

「それはできぬ。俺は兵たちに対して責任がある。兵一人ひとりは、俺を信頼して命を預けてくれるのだ。そんな彼らに、お前たちだけ戦場に行けと言って信頼を裏切るわけにはいかない」

グリフィスとカーライルでは考え方が根本的に違う。カーライルの考えについていけずグリフィスは口ごもる。

その間に、カーライルはティルダに話しかけた。

「王妃よ、どうしたらいいと思う？」

話を振られ、ティルダは狼狽えた。カーライルからの問いかけだが、実際は兄に意見するのと同じ。ティルダの意見を兄が聞き入れるはずがない。

カーライルなら察していてもおかしくないだろうに、何故か意見を促す。

「我が国のためにあらゆる知恵を授けてくれた王妃だ。母国のために良い知恵があるのではないか？　なんでも率直に話すといい」

ティルダの話を聞いてグリフィスが怒り狂ったとしても、カーライルに任せてしまおう。そう決めると心が楽になって、ティルダは思っていたことを率直に話した。

「王の仰る通り、ローモンドで起こっている反乱をその都度鎮圧したところで、なんの解決にもなりません。必要なのは武力で押さえつけることではなく、圧政を行うのをやめることです。アシュケルドにいても、ローモンドの民が圧政に苦しめられているという話を聞きます。自分たちを苦しめる国など要らぬと民が思うのも当然。正しい統治を行えば、民は喜んで国に忠誠を誓うはずです。民も、国の庇護は欲しいはずですから」

「だ、そうだ。内政に関しては、我が国に介入されたくもなかろう。ローモンドに帰り、ローモンド王と協議することを勧める。――話が済んだな。王妃の頬の手当てをしたい故、これにて失礼させてもらう」

ティルダは、無意識のうちの頬をさすっていた自分に気付く。カーライルもそれで気付いたのだろう。

カーライルに手を取られ上座の出口に向かおうとしたそのとき、追いすがるようにグリフィスが喚《わめ》いた。

「援軍は⁉　アシュケルドから援軍を呼んでくると、父と約束したんだ！　援軍を得られないとなったら、その程度の使いもできないのかと父に――」

グリフィスははっとして口を押さえる。自分の恥を晒したのに気付いたのだろう。玉座の後ろに並んで立っていた族長たちは、グリフィスに嘲笑の目を向けている。

それを見て、ティルダは兄を憐れに思った。

兄は、本人が言うほど、父に認められていないのかもしれない。ティルダに一切父親としての愛情を向けなかったように、兄のことも父親として可愛がらなかったとしてもおかしくない。兄は王太子でありながら王である父に認められなくて苦しんで、その鬱屈した気持ちを、ティルダを虐めることで晴らしていたのかもしれない。父親に認められない辛さは、ティルダにもわかる。

それを察したのか、カーライルはティルダの機嫌を取るように話しかけてきた。

「王妃よ、兄君のことが気にかかるのか？　だったらこうしてはどうだろう。――ローモンド国内の問題に援軍を出すのはこれが最後、となと」

「いいのですか？」

すかさず言葉を返してしまい、ティルダは慌てる。ここ六年、援軍を出しても大きな戦闘は起こらず死者もなかったとはいえ、戦いに出るとなればそれ相応に危険が伴う。簡単に援軍を送ってくれなどと言ってはいけない。

撤回しようと口を開きかけたが、その前にカーライルがグリフィスに告げてしまった。

「優しい王妃に免じて、今回だけは援軍を送ろう。ただし、ローモンド国内の問題に援軍を出すのはこれで最後だ。その際には「グリフィス殿の説得に応じ、最後に一度だけ援軍に訪れた」とローモンド王に伝えてやる。——王妃の恩情に感謝することだな」

向かい合って二列に並ぶアシュケルドの兵や、族長たちの顔にも安堵の笑みが広がる。

これで最後。今回を限りに、二度とローモンドに好きに利用されないとわかって嬉しいのだろう。

大広間が静かな喜びに包まれる中、グリフィスただ一人が、この場で悔しそうに項垂れていた。

## 20 「愛してる」

グリフィスは、引き連れてきた大勢のローモンド兵と共に、その日のうちに城を後にした。恥をかかされたために、晩餐の時間も城に留まって歓待を受ける気にはならなかったのだろう。

だが、援軍を送ることを再三念押しすることは忘れなかった。

その日の晩餐は、まるで戦いに勝ったかのように陽気で楽しい雰囲気に包まれた。

晩餐から退席すると、カーライルは当然のようについてきて、寝室にまで入ってきた。拒んだところで、カーライルは押し入ってくるだけ。いつもは諦めのため息を吐くところなのに、今宵は何故か、緊張して身体が強張った。最初の頃のような緊張ではない。変に胸が高鳴って、どうにも落ち着かないのだ。

カーライルは早足で寝台脇の台に近寄ると、手巾を水で絞ってティルダに差し出した。

「要りません」

いつものように拒絶すると、ティルダは少し落ち着きを取り戻した。

カーライルもまた、いつものように引き下がらない。

「まだ少し赤い。もう少し冷やしたほうがいい」

そう言うと、カーライルはティルダを強引に寝台の端に座らせる。その隣に腰掛け肩を抱き寄せると、手巾でティルダの左頬を包んだ。

ひやりとした感触が、まだ少し熱を持っていた頬に心地いい。

今日の昼間、グリフィスとの謁見を早々に切り上げたカーライルは、すぐさま使用人に命じて水と手巾を持ってこさせ、ティルダの頬を冷やした。

何度も布を取り替え長い時間冷やしたため、ティルダの頬が腫れることはなかったが、まだ少し、グリフィスに殴られた余韻が残っていたとみえる。

布はすぐにぬるくなり、カーライルは手巾を絞り直しにいった。ティルダは、戻ってきたカーライルから手巾を奪い取る。

「貴方の手が熱いから、すぐにぬるくなるのです」

そう文句を言いながら、ティルダは冷やされた手巾を頬に当てる。

要らないと言っておきながら、手巾を奪い取る。カーライルに対して自分勝手なことをしている自覚はある。だが、そんなふうに不機嫌なふりをしていなければ、高鳴る鼓動をカーライルに気付かれてしまいそうで怖かった。

ティルダを玉座に座らせた、カーライルの驚くべき行動。力強く揺るぎない言葉で、ティルダを兄から庇ってくれたこと。ティルダが殴られたことにいちはやく気付き、心底案じて、自ら冷やすと言ってきかなかったこと。

その手の熱さ。

ティルダは頬が熱くなるのを感じた。殴られた余韻ではない。その手が、寝室でどのようにティルダに触れるか、思い出してしまったのだ。

触れられたわけでもないのに、ただ思い出しただけで身体に甘い痛みが走る。

最初のうちはそんな自分の反応にもプライドが傷付けられる思いだったけれど、今はもう諦めに至っていた。

愛撫されれば感じるのも、快楽を期待して身体が疼くのも、ごく自然な身体の反応。空腹を覚えたり睡魔に襲われたりするのと同じなのだと。

だが、だからといって自らの性的な反応をカーライルに悟られたいわけではない。

別の手巾を絞ってカーライルが戻ってくる。手巾を取り替えながら、ティルダはカーライルを詰《なじ》った。

「以前、貴方は民の命を盾にしてわたくしに王妃の務めを強要なさいましたけど、本当はそのようなことをするつもりはなかったのでしょう?」

手巾を絞りに向かおうとしたカーライルは、立ち止まってティルダににやりと笑った。

「そのようなつもりはなくとも、状況によってはそうならざるを得ないことも起こり得る。俺は、そなたが王妃の務めを果たさなかった場合の可能性について話しただけだ」

それだけ言うと、カーライルは水手桶のあるほうへ歩いていく。

カーライルの言う通りだとは思うけれど、ティルダにとっては意味合いが違う。罪のない民草を盾に取られ、苦渋の選択を強いられたと感じたのだから。

けれど、今ならばわかる。

カーライルは脅迫によってティルダに王妃の務めを強要することで、ティルダのプライドも立場も守ったのだ。

自らが子を産む道具だと思うのは嫌だが、実際に王妃であるティルダに求められているのは、世継ぎを産むことただ一つだ。同盟の証として嫁いだとはいえ、世継ぎをもうけることができなければ、同盟の存続のみならず、ティルダ自身の立場も危うくなる。

カーライルには、王妃の務めを拒むことを理由に、ティルダをローモンドに返す選択肢もあった。今のローモンドは、アシュケルドに攻め入る力などなく、ティルダを返されたからといって同盟を反故にする余裕もない。国に返されたティルダは、父王にも激怒され、また離宮に閉じ込められて惨めな一生を終えていたかもしれない。

ティルダの選んだ愛人に王の子ができて、その子が世継ぎとなった場合も、ティルダは惨めな人生を送ることになっただろう。国中が世継ぎ誕生やその成長を慶ぶ中、ティルダはその輪に入ることもできず、一人離れの館に身を潜め、誰にも見向きされない寂しい生活を送ることになったはずだ。それは最初から承知の上だったのに、今考えると背筋がぞっと凍る。——そうやって、誇りだけを支えにして生きていけるつもりだったのだろうか。この先の、あまりに長い人生を。

ティルダはしばし考えに耽ってしまっていたらしい。気付けばカーライルが目の前で腰を落とし、ティルダから手巾を取り上げて、冷やした手巾を頬に当てた。

「頬はもう痛まないか?」

「ええ」

「ならばよいか?」

何がよいというのか、訊《たず》ねる前に唇を重ねられていた。ティルダの返事を聞く気があったとは思えない性急さ。

今までと違い、胸に熱いものが込み上げてくる。

カーライルは、ティルダが将来送るであろう惨めな人生を数え上げて、説得に当たることもできた。だが、ティルダは自分の将来を考えて王妃の務めを受け入れられるような性格ではない。だからカーライルは、自分が悪者になって、ティルダが彼の要求を受け入れざるを得ない状況を作り出してくれたのだ。

どうして、もっとはやくこのことに気付かなかったのか。……いや、すぐに気付いていたとしても、ティルダはカーライルを拒むことしかできなかった。気付いたからといって、どうして感謝できよう。ティルダを今の複雑な状況に追い込むきっかけを作ったのはカーライルであり、その彼を許すどころか感謝までするなんて、ティルダの矜持が許さない。

けれど、カーライルの真意を悟った今となっては、拒むのも躊躇われる。せめてもの抵抗に、ティルダは口づけの合間にこう言った。

「……明日の早朝、ローモンドへ発つのでしょう？　今日はゆっくり休んだほうがよろしいのでは？」

「出立の準備は済んでいるから問題ない。それに、明日より城を離れるからこそ、そなたとこうしていたいのだ」

そう答えると、カーライルは口づけでティルダを寝台に押し倒す。

押し倒されたティルダの手から手巾が離れ、清潔なシーツの上に転がった。

ブリオーに続いて肌着が、口づけの合間に脱がされていく。衣服を取り払われさらけ出されたティルダの白い素肌に、浅黒く熱いカーライルの手のひらが這う。

手のひらの熱さだけじゃない。カーライルの熱っぽい視線が、ティルダの素肌の上に注がれる。

自分ばかり恥ずかしい思いをするのが悔しくて、ティルダは快感に震える手でカーライルの剣帯をまず外そうとした。でも、革を何層も重ねて硬くした剣帯は、細く繊細な女の指ではなかなか外せない。

それに気付いたカーライルは、小さく笑って剣帯を外した。続いてマント、チュニック、肌着を脱ぎ捨て、腿に巻いたゲートルを外し、革靴、ブレーも下穿きと共に脱ぎ去る。

雄々しい裸身が晒されていく。その逞しい身体に惹きつけられるのが嫌で、ティルダは途中で横を向いて目を固く閉じた。

寝台がぎしっと音を立てて揺れ、ティルダはそっと抱き上げられた。カーライルは寝台の中央へ移動し、ティルダを優しく横たえる。寄り添うように寝そべったかと思うと、ティルダの頬に手を添えて、横を向いていた顔を上向かせた。

すぐさま深く重ねられる唇。

愛撫も性急だった。胸や腹などにほんの少し触れたかと思うと、閉じたティルダの脚の間に手を潜り込ませ、秘めやかな部分に指を這わせる。膝頭を僅かに緩めれば、カーライルはティルダの脚を大きく開き、自らの腰を割り込ませた。再びティルダに覆い被さったカーライルは、今度は胸の頂に唇を寄せた。手で膨らみを揉みしだき、先端を口に含んで舐め転がしながら、秘部への愛撫を再開する。胸と脚の間の、特に感じやすい部分を集中して攻められ、ティルダの身体は快楽に染め上げられていく。

程なくして、秘部からくちゅくちゅと粘ついた水音が聞こえてきた。ティルダが快楽を得たときに胎内から零す蜜の音だと知っているから、たまらなく恥ずかしい。

カーライルがティルダの身体を気遣わず、とっとと一つになってくれればいいのに。そうすればカーライルも快楽に溺れて、ティルダ一人が恥ずかしい思いをしなくて済む。

かといって、自分からカーライルを求めることなどできない。身体を許しながらも心は拒むことで、ティルダは己の矜持を保っているのだから。それ故に、ティルダは一人で快楽に溺れる羞恥に、延々と続く愛撫の間耐えるしかない。

だがこの日は、濡れそぼった蜜口を数本の指で押し広げられただけで、カーライルは熱く滾る自身をティルダの中に沈めてきた。

ほぼ毎日交わっているとはいえ、あまり慣らさずに受け入れるにはカーライルの一物は大きすぎる。

「……ッ」

いつにない強い圧迫感に、ティルダは息を詰めながら耐えた。

恐ろしく長大なものがティルダの中にすっかり収まると、カーライルは深く息を吐いてティルダの顔を覗き込む。

「すまない。痛かったか?」

痛むかと思って身構えはしたものの、思っていたほどのことはなかった。ティルダが無言で首を横に振ると、カーライルは痛みを堪えるような笑みを浮かべて囁く。

「すまん。我慢できない」

言うなり、カーライルはティルダの中に自身を打ちつけ始めた。

先端の膨らんだ部分が、ティルダの感じる部分を抉るように、何度も何度も押し込まれる。胎内をかき回すようにあちこちを突かれ、予測のできない快楽の波にティルダの身体は頂点目指して駆け上がる。

我慢できないのはカーライルだけではなかった。何故だかわからないけれど、ティルダもまた我慢が利かなかった。あっという間に頂点に達し、声を上げ、身体をがくがく強張らせながら果てる。膣道が、カーライルの灼熱のような雄芯を締め上げると、カーライルも身を震わせて熱い子種をティルダの胎内に吐き出した。

崩れ落ちてきたカーライルを受け止め、ティルダは忙しく呼吸を繰り返す。心臓が破れそうなほどに早鐘を打っている。今だけは知られても構わない。これは身体の自然な反応であり、心とは関係ない。カーライルもまた、汗ばむ皮膚の下で力強く激しい鼓動を打っているのだから。

ティルダの首筋に顔を埋めたカーライルの、荒々しい呼吸が聞こえてくる。この音にも、彼の匂いにも、ティルダはすっかり馴染んでいた。

こんな日がくるなんて思ってもみなかった。一生カーライルを寄せつけるつもりはなかったから。

今でもカーライルを許すつもりはない。六年間味わわされた屈辱は、どんな償いによっても消えることはない。

終わったのであれば、毅然とした態度で突き放さなければ。

快感に震える腕を懸命に持ち上げ、ティルダはカーライルの肩を押し退《の》けようとする。

そのとき、ティルダの耳元にカーライルの囁きが届いた。

「ティルダ……愛している……」

一瞬、呼吸が止まった。

咄嗟に顔を上げれば、いつになく真剣なカーライルの顔があった。普段のどこかふざけた表情とは違う、きりりとした表情に、ティルダの心臓はどきんと跳ね上がる。

そんな自分の反応に狼狽えて、ティルダの声は裏返った。

「こ……っ、このようなときにいったい何をっ」

睦言は閨でこそ紡がれるものだろうが、ティルダは気が動転してそのように言ってしまう。

カーライルは、ティルダの顔を覗き込みながら微笑んだ。

「このようなときだからこそだ。――言っておかなければ、あとで後悔することもある」

その言葉に、ティルダは身体の中を冷たいものが走り抜けるのを感じた。

それはまるで、もしものことがあるような口ぶり。

カーライルが死んだら、この国はどうなるだろう。民は？　ローモンドとの関係は？　――ティルダは彼を喪《うしな》うことに耐えられるだろうか。

そう思った途端、身の毛もよだつ恐怖が全身を駆け巡る。弱さを隠すことが習い性になっているティルダは、咄嗟に強がりを言った。

「そのような不吉なことを口にしている間に、とっとと行ってとっとと帰ってくればよいのです！」

「ははっ、心強い言葉だ。それでこそ我が妃。肝に銘じて行ってくる。だがその前に、愛しいそなたを忘れずに済むよう、存分に愛させてくれ」

ティルダの胎内に沈められたままの雄芯が、再び硬く大きくなってくる。

それに気付いてティルダが顔を真っ赤にすると、カーライルはバツの悪さを吹き飛ばすように「ははは」と笑って動きだす。

カーライルがティルダを解放したのは、夜明けまでもう間もない時間だった。

しばし意識を失っていたティルダは、カーライルが起き出す寝台の揺れで目を覚ます。

だが、カーライルはティルダを起こそうとしなかった。

なので、ティルダは寝たふりを続けた。

そして、空が白む頃、カーライルと兵たちは鬨の声を上げて城を出立した。


カーライルが城を発ったその日、ティルダはなんだかおかしかった。

何をするにつけても気がそぞろで、身が入らない。

ローモンドへ向かうカーライルを見送らないのはいつものことだ。なのに、どうして今回に限って後悔の念が心に渦巻くのか。

兄に壊されたタペストリーは処分し、縦糸を張り直す。ぼんやりしてばかりで、なかなか作業がはかどらない。ようやく杼《ひ》を通し始めても、気付けばその手は止まっている。

それを何度か繰り返した後、遠慮がちな声が聞こえてきて、ティルダは我に返った。

「王妃様、夕餉《ゆうげ》の支度が整っていますが、いかがいたしますか？」

「もうそんな時刻？」

驚き振り返るティルダの前で、スージーが明かりを掲げる。明かりを灯すほどの時刻になっていたことに、ティルダはさらに驚いた。手元が見えなくなっていたのに、自分はいったい何をしていたのか。

そんなティルダを見て、スージーが微笑ましそうに目を細めた。ティルダが怪訝に眉をひそめると、嬉しそうに言う。

「王のことを心配してらっしゃるのですね」

とんでもない誤解に、ティルダは顔をしかめた。

「違うわ」

はっきりと否定したのに、スージーは訳知り顔で話し始めた。

「わたしやこの館の使用人たちの前では、隠さなくてもよろしゅうございますよ。——女は抱かれると、抱いた男に少なからず情を抱くものです。それはどうしようもないことですし、だからといって王妃様を軽蔑する者など、この館にはおりません。館で過ごされるときだけは、何も気負うことなく、王妃様の御心のままに過ごしていただきたいとわたしたちは願っているのです」

ティルダはむっとして言い返した。

「ですから、違うと言っているでしょう」

「わかりました。そういうことにしておきます」

わかってないと思いながらも、ティルダは食い下がるのをやめた。

本当にそういうことではないのだ。心配ではない。なんとなく不安なのだ。不吉な予感が足元から這い上がってくるような、奇妙な感覚に囚われている。

翌日、ティルダは城代に頼んだ。

「何かのついででよいので、兄に気をつけるよう、王に言付けてもらえますか？」

「わかりました。次に伝令を飛ばすときに伝えさせましょう」

矜持をずたずたにされて帰っていった兄が、このまま引き下がるとは思えない。さすがに援軍を罠に陥れることはないと思いたいが、万が一ということもある。ティルダにしてみれば、伝言は落ち着かない気分を宥めるためのものに過ぎなかった。

何事かあるわけがない。カーライルは強いし、頭も切れるのだから。

だが、ティルダの不吉な予感は、後に的中する。

## 21　王の代理

一報が届いたのは、カーライルが兵を率いて出立してから、もうすぐ一カ月が経とうという頃だった。

城の大広間に、丁度居合わせていたゲラー族の族長アルビンが大声を発した。

「王が重傷を⁉　何故そのようなことに⁉　命に別状はないか⁉」

「は、はい、命に別状は……ですが傷が大きく、動かせば大量出血を免れないという状況です」

伝令の兵は、昼夜を問わず走ってきたのだろう。苦しげに呼吸を繰り返し、かろうじて身体を起こしているといった様子で膝をついて返答する。

アルビンが、きつい口調で兵に訊いた。

「何故王が重傷を負うことになったのだ？」

「ふ、不意をつかれたのです。ローモンド王太子に、反乱分子のいる場所はずっと先だと急き立てられて、山間の細道に差しかかったところで両側の山肌を駆け下りてきた敵に襲撃されっ。後続のローモンド王太子は早々に退却して我らは敵に取り囲まれ……死者こそ出なかったものの多数の負傷者を出し、その中で王は、味方を守るために自らを囮として――ッ」

伝令の兵は声を詰まらせ項垂れた。

守るべき王に守られ、王を守りきれなかった悔恨が、ひしひしと伝わってくる。

玉座の隣に立ったティルダは、信じられない思いだった。

ローモンドと戦い独立を勝ち取ったアシュケルド一の戦士が、反乱分子の蜂起という小規模な戦いで重傷を負うなんて。もちろん、戦いでは何が起こってもおかしくはない。だが、ティルダは心のどこかで、カーライルは大丈夫だと思っていた。

それが過信であったと思い知らされ、頭の中が真っ白になる。

何か言わなければ……そう思うのに、言うべき言葉が出てこない。

ブアマン族の族長ジェフが兵に問う。

「それで、王は今どちらにおられるのだ？」

「……ローモンド王太子に陥れられ、反乱分子のいる谷に誘い出された可能性もあり、反乱分子、ローモンド双方から見つからない場所に潜伏中です」

ティルダは、目の前が真っ暗になるような思いがした。可能性などではない、まず間違いなくその通りなのだろう。いくら兄でも、必死に求めた援軍を陥れる真似はすまい――そう思っていたのに、兄は仕返しを優先させたのだ。

兄の愚かさに憤り、身体が小刻みに震える。が、カーライルに今もなお身の危険が続いていることを思い出し、慌てて指示を出した。

「だ、誰かこの兵が休息できるよう世話を。この者には、王のもとへ案内してもらわなければなりません。それと」

アルビンの怒声が、ティルダの言葉を遮った。

「ローモンドの雌犬が口を挟むな！！！」

アルビンは、掴みかからん勢いでティルダに迫ってくる。

「お前が王にローモンドへ行けと言ったのではないか！　そのせいで王は……ッ」

ティルダが反射的に怯んだそのとき、ジェフが割って入りアルビンを止める。

「やめないか！　王妃がローモンドへ援軍を送れと言ったわけではない。王がそう決断されたのだ」

「だが、王は王妃の言いなりだったではないかっ！」

唾を吐く勢いで怒鳴り散らすアルビンに、ジェフはうんざりした声で言った。

「おぬしは何を見ていた？　王は王妃に発言の機会を与えていたに過ぎぬ。王は王なりの考えを持って、援軍を送ることに決められたのだろう。――その王が、自身にもしものことがあれば、王妃に自らの全権を任せると仰った。儂は、王のそのご意思が守られるよう、王妃を支え、皆を従わせるようにと王に命じられている。今このときより、王に代わって王妃がアシュケルドを率いる。王妃の指示を仰ぎ、従うように」

カーライルが、ジェフにそんなことを命じていったなんて知らなかった。ジェフはヒッグスが最大の勢力の座から転落して後、一番の地位に躍り出たブアマン族の族長だ。その言葉には逆らえないらしく、アルビンは不承不承黙り込む。

「王妃、どうぞご指示を」

ジェフに声をかけられ、ティルダは慌てて口を開いた。

「伝令の兵が休息を取っている間に、救援に向かう部隊を編成してください。王や負傷兵たちの居場所を悟られないよう行動できる者たちを。わたくしは薬を用意します。フィルクロードより手に入れた、よく効く傷薬と化膿止めがまだ残っていたはずです」

「王妃の薬など信用できるか！」

「アルビン！」

ジェフがアルビンを制する。伝令の兵を下がらせてから、近くにいた兵に指示を出した。

「十数人を集めて救援部隊を編成せよ。王たちと合流したら、動ける負傷兵と交代するのだ。大人数になれば、ローモンドか反乱分子に居場所を悟られる可能性があるからな。すぐに人選し、準備に取りかかれ！」

「は！」

それからジェフは、ティルダにも声をかけた。

「王妃の薬は、救援部隊に持たせます。その薬を使うか否かは、王か、王の手当てをしている者の判断に任せます。そういうことでよろしいですね？」

「……ええ」

信用されなくても仕方ない。

ティルダは、離れの館へ急いだ。

その間中、悔恨ばかりが頭の中を巡る。どうしてローモンドへ援軍を送ることを止めなかったのだろう。兄が逆恨みをして王に仕返しをするかもしれないと気付いていたのに。そしてローモンドには、兄が恨みを晴らすのに格好の場が至るところにあるのに。

離れの館の自室に入ると、ティルダは薬箱をひっくり返す勢いで、使えそうな薬をありったけまとめた。

伝令の兵は、食事をとり一眠りしただけでもう出られると言った。若いから回復もはやいらしく、疲労の様子は見受けられない。

日暮れ間近、部隊が出立するのを、門のところからティルダは見送る。

部隊が峠の向こうに消えると、並んで見送りをしていたジェフが言った。

「さあ、我々の戦いはここからです」

箝口令を敷いたものの、カーライル重傷の報はあっという間に広まった。城内は不安に沈み、城外では「これからアシュケルドはどうなるのか」といった話でもちきりだ。

それから程なくして、急報が相次いだ。

「盗賊にまた村が襲われました！」

「抜け道を使い、通行料を払わずに我が国を通る商人がいます！」

盗賊被害はもちろんのこと、商人が正規の交易路を使わないことも国にとって重大な問題だ。

正規の交易路を使わない商人を取り締まることができなければ、真似する商人が増えていくだろう。そんなことになれば、交易路から得られる収益が減るだけでなく、きちんと通行料を払っている商人たちから抗議を受ける。「無料でアシュケルドを通り抜ける者がいるのに、何故我々が通行料を払わなければならないのか」と。

ティルダは報せにきた交易路警備の責任者に告げた。

「交易路を巡回する回数を倍に増やして、盗賊の監視だけでなく、抜け道を使う商人も取り締まりなさい。人手が足りないのはわかっています。ですが、今も巡回当番の合間に畑仕事や狩猟採集をしているのでしょう？　それらより巡回を優先させれば、今までの倍巡回できるはずです。そうしなければ、盗賊被害は今後ますます増え、蓄えどころか命さえも取られることになります」

責任者はこの場に同席する族長たちに視線を走らせた。

命令に従っていいのか迷っているのが手に取るようにわかる。

そのとき、ブアマン族族長のジェフが告げた。

「王妃の仰る通りにせよ」

「は、はい！」

責任者は慌てて返事をしてあたふたと立ち去る。

その様子を見つめながら、ティルダは悔しさに口を引き結んだ。

ティルダがどんなに理由を説明して命じても、多くの者がすぐには従おうとしない。

無理からぬことだというのはわかっている。カーライルが重傷を負ったのは、他でもないティルダの兄のせいなのだから。

だが、ティルダはカーライルの、王の代理なのだ。

その役目を満足に果たせない自分が情けなくて、玉座の傍らに立つのでさえ居たたまれない気分だった。

それでも、ブアマン族族長のジェフは、そこにいるようティルダに告げる。

「今更ですが、言い訳をさせてもらいたい。儂は貴女様を憎んでいたのではなく、腹を立てていただけなのだ。我が国のことを考えれば王妃が晩餐に出るのは当然のこと。その義務を拒否するのはなんという身勝手だ、と。ですが、儂の貴女様への態度が国を危うくするという意見に、頭を殴られた思いだった。貴女様の仰る通りです。上の者たちに不和があれば、下の者らの和も乱す。儂の過ちをいさめてくださり心から感謝する。王が自らにもしものことあれば王妃に全権を委ねるとしたご判断を、儂は間違っているとは思いません。王が命じられた通り、儂は王の代理に立つ王妃をお助けします」

だが、ジェフの助けがあっても、状況は悪くなる一方だった。

巡回を倍に増やしても盗賊被害は減らず、交易路の警備責任者は悔しげに報告した。

「奴らは、王が不在なのをいいことに、我が国を舐め切っているのです。王のいないアシュケルドなど、烏合の衆に過ぎないと……！」

今までだって、カーライルが国を空けることはしばしばあった。

なのに今回に限ってこのような事態に陥った理由を、ティルダは薄々感じていた。

今まで、カーライルは国を空けても健在で、異国の地からも命令を出してアシュケルドを統率していた。だが、現在カーライルは大怪我に倒れ、帰国さえもままならない。命に別状はないと伝えられているが、怪我の程度も、いつ帰国できるかもわからない。

城内にいる兵たちも、その不安のせいで覇気を失っていた。アシュケルド全土に散らばる民は、状況を逐一知ることができない分、いっそう不安に陥っているだろう。そんなアシュケルドの状況を恐るるに足らずと見て、盗賊は活発になり、商人たちはアシュケルドの法を軽んじるのだ。

カーライルが負傷したというだけでこの有様。盗賊や一部商人たちに舐められても無理はない。

そう思う一方で、ティルダはカーライルの偉大さをひしひしと感じていた。

兵士たちはカーライルの命令ならば、きびきび動いただろう。盗賊や不正を働く商人たちに対して隙を作ることにはならなかったはず。カーライルが言い置いていった言葉だけが、ティルダを王の代理に留めているが、ティルダではカーライルに遠く及ばない。

及ばないなりに懸命に務めを果たそうとするが、アシュケルドの民たちとの間に溝ができつつあることを、ティルダは肌で感じ取っていた。


救援部隊が出立してから十日ほどして、軽傷を負った兵が戻ってきた。

その者たちの話によると、カーライルと負傷兵たちは、以前懇意にしていた豪族に匿われ安全を確保したとのことだった。手厚い看護を受けられ、他の負傷者もみるみる回復しているという。ただ、カーライルだけは傷が深いせいもあって、完治にはひと月以上かかるだろうということだった。

その一方、ローモンド国内ではカーライルが亡くなったという噂まで流布しているという報告を受けた。

ジェフが、それを聞いて渋面を作った。

「マズいな。王崩御の報は、他国に侵略の隙を与える。各国に斥候を放って、動向を探りましょう。──そういうことでよろしいですかな？　王妃」

「えっ、ええ──」

ティルダは慌てて返事をする。

年嵩で族長として長年部族を束ねてきたジェフは、判断がはやく的確だ。ティルダは時折ジェフに遅れを取る。

普段なら即座に判断を下せるティルダも、王の代理の重圧に耐えきれず、次第に判断力を鈍らせていた。誰もがティルダの命令に戸惑うのだ。自分の判断が間違っているかもしれないという不安が、昼夜を問わずティルダを苦しめ、夜も満足に眠れない。

人前では気丈に振る舞っているが、ティルダは疲労困憊だった。立っているのも辛いが、座ることもできない。

王の代理として玉座に座るべきなのだろうけど、ティルダはどうしても玉座に座ることができなかった。自らがその座に相応しいとはとても思えなくて。

そんな折、城の見張りが転がるように大広間へ駆け込んできた。

「大変です！　ローモンド王太子が兵を率いて国境の峠に現れました！」

## 22　ティルダの戦い

ティルダが反応する前に、ジェフが大声を上げた。

「ローモンド軍に攻撃を仕掛けてはないだろうな⁉」

「ジェフ、お前までローモンドに与《くみ》するつもりか⁉」

そばで話を聞いていたゲラー族の族長アルビンが喚き立てる。ジェフはすかさず言い返した。

「そういうことではない！　ローモンド軍に攻撃を仕掛ければ、ローモンドに宣戦布告をしたも同然。それがどれだけ危険なことかわからないのか⁉」

「上等ではないか！　アシュケルドの恨みを今こそ晴らすときだ！」

ティルダは、アルビンに向けて声を張り上げた。

「馬鹿を言うものではないわ！　貴方は王や同胞たちを命の危険に晒すつもりですか⁉　ローモンドと戦うことになったら、真っ先に狙われるのはローモンドにいる彼らです。今は安全でも、両国が戦うとなったらどうなるかわからない。少なくとも、彼らが無事帰国するまでは、ローモンドと事を構えるわけにはいかないのです！」

アルビンは己の浅慮を突きつけられて苦虫を噛み潰したが、すぐティルダに食ってかかった。

「向こうが仕掛けてくるというのに、戦うなと言うのかっ！」

唾を飛ばす勢いのアルビンから目を逸らし、ティルダは指示を出した。

「交戦はせず、足止めだけするよう伝達して」

見張りの男はジェフが頷くのを見て「は！」と返事をして駆け去っていった。

アシュケルドの要所には目の良い者たちが配備されていて、身体を大きく動かすことで簡単な伝達を行えるようにしてある。交戦回避と侵入阻止ならば、事前に決めてあった合図がある。だが、これだけでは情報が足りない。ティルダはジェフに言った。

「早馬を出して状況確認をお願いします。あと、ローモンド王太子から、何らかの要求があるはずです」

アルビンが無視されたことに腹を立ててか、話に割り込んできた。

「要求なんぞ聞いて、それに従うつもりか⁉」

「出方を窺うだけです。相手の意図がはっきりしないことには、対処のしようがありません」

「ふん、どうせローモンドにアシュケルドを売るつもりなのだろう？」

鼻で笑うアルビンを、ジェフが窘める。

「アルビン、やめないか。アシュケルドの発展に貢献してきた王妃を、まだ疑うつもりか？」

「そういうおぬしは、完全に王妃に取り込まれたようだな。王妃が我が国を肥え太らせた上でローモンドに差し出す腹積もりかもしれないではないか。違うとは言い切れぬだろう？　何しろ、王はローモンドに殺されかけたのだからな！」

「今回の王の負傷は、王妃とは関係ないと言っただろう！　アシュケルドを王妃に託した王に逆らうつもりか⁉」

「王妃の犬に成り下がった奴に何を言われようと、聞く耳など持たぬわ！」

言い争いはますます激しくなり、殴り合いでも始まりそうな緊迫した状況になっていく。

ティルダは我慢できず、こう言い放った。

「アルビン、わたくしが嫌いなら嫌いで結構！　ですが、アシュケルドを守ろうとするわたくしの邪魔をしないで！」

このとき、周囲にいた何人かの者たちが、何かに気付かされたようにはっとした。そして、アルビンに不信の目を向ける。

それらの視線に目もくれず、アルビンはティルダをせせら笑った。

「アシュケルドを守ると言ったか？　片腹痛いわ！　そもそもローモンドが元凶であるのに、お前の言うことなど信用できるか！」

「そのように仰るのであれば、アルビン殿ならばどのようにアシュケルドを守ろうというのか？　ローモンド軍がアシュケルドに迫ってきていて、王や同胞たちはローモンドで動くこともままならない状況だ。この事態をおぬしならどう切り抜けるのか、我々も納得する方法を教えてもらいたい」

そう口を開いたのは、ベローズ族の族長ディックだった。

アルビンの顔が動揺に歪《ゆが》んだ。アシュケルドを守るための手段など考えてなかったに違いない。

「それは……」

口ごもるアルビンに、ディックは畳みかけた。

「王妃を批判すれば、アシュケルドは守られるのか？　違うであろう？　おぬしも見たはずだ。ローモンド王太子の横暴ぶりを。あの王太子のことだ。王妃を盾に取って引き返せと脅しても、実の妹である王妃を見捨てて軍を進めてくるに違いない。そんな兄に与するほど、王妃が愚かだとは儂は思えん」

ディックはティルダを見て訊ねた。

「王妃なら、どうすればよいとお考えか」

話を正しい道筋に戻してもらったことに感謝しつつ、ティルダは答えた。

「状況を把握しなければはっきりとしたことは言えませんが、簡単に解決する方法があるかもしれません」

＊
＊
＊

その日の夕刻、ローモンド王太子グリフィスは迎えの馬車から降り、意気揚々とアシュケルドの門をくぐった。

実に簡単なことだった。アシュケルド王カーライルを殺せば、今のアシュケルドに王位を継げる者はいない。カーライルの次にアシュケルドで位の高いティルダは、グリフィスの思うがままだ。一カ月余り前に、六年ぶりに再会したとき、確信した。ティルダは昔と変わらず、グリフィスに怯えている。幼い頃から散々虐めてやったのだ。恐怖が染みついているのだろう。グリフィスに逆らうことなど考えられないに違いない。

重傷を負って姿を消したカーライルが今もまだ生きているとは考えられない。王を失ったアシュケルドを、ローモンド王太子である自分が治めてやると伝えると、ティルダはグリフィスに迎えの馬車を寄越した。徒歩での移動はうんざりだったから、グリフィスは喜んで馬車に乗った。ローモンドの村々を回ってなんとか集めた兵はその場での待機を求められた。護衛たちに罠かもしれないと止められたが、グリフィスは一蹴した。連絡を持ってきた者はこう言ったのだ。「アシュケルド王の代理である王妃ティルダがお会いになります」と。つまり、今のアシュケルドにティルダより位の高い者はいない。そんな国に、グリフィスが恐れるべきものなど何もない。

王の代理の座に就くとは、あの愚かな妹にしてはなかなかやる。ローモンドの王女であるティルダが国を掌握しているのであれば、アシュケルドは再びローモンドに下ったも同然。後は、ティルダの持つ実権をグリフィスが手に入れればいい。グリフィスがアシュケルドを手に入れれば、父も見直すに違いない。父に無能呼ばわりされ、王太子の座を取り上げると脅される日々はこれで終わる。

馬車に同乗した三人の護衛と共に、グリフィスは大広間へ通された。古ぼけた紅い絨毯の先に玉座があり、兵士や年寄りに囲まれてティルダは玉座に座っていた。ぴりぴりとした雰囲気にも気付かず、グリフィスは上機嫌でティルダに近付いていった。

「よくやった、ティルダ！　さあ、その座を明け渡せ！」

だが、ティルダは立ち上がろうともしなかった。その上、ティルダにあと数歩というところまで近付いたグリフィスの鼻先で、二本の槍が振り下ろされ、進路を妨げられる。

もう少しで鼻を切り落とされそうになったグリフィスは、怒りに顔を真っ赤にした。

「何をする、無礼者！」

「無礼者はどちらです？　今のわたくしは王妃であるだけではなく、王の代理として一国を統べる身。王太子風情に馴れ馴れしくされる謂れはない。下がりなさい！」

グリフィスの前ではいつも怯えていた妹とは思えない態度だった。

気圧されそうになったが、相手が妹だということを思い出すと、グリフィスは頭にきて喚いた。

「ローモンド王女であるお前が、ローモンド王太子である私に逆らうつもりか！」

そう言えばいつだって怯え縮こまっていたのに、今のティルダは背筋を伸ばし、堂々と玉座に座している。その上、こう言い放った。

「今のわたくしは、ローモンド王女ではありません。アシュケルド王妃です。この場に貴方を呼んだのも、勘違いを正すため。――アシュケルド王は生きています。怪我から順調に回復しつつあるところです。貴方に同行したというアシュケルド王と我が同胞たちが、何故反乱分子に急襲されるという危機に陥ったのかは、あえて問わずにおいて差し上げましょう。それより、長旅でお疲れではありませんか？　部屋を用意してありますので、ゆっくりと休まれるとよい。――連れていけ」

ティルダが低く命じたその瞬間、グリフィスは両腕を拘束された。そのままずるずると近くの出口へ引き摺っていかれる。

「何をする！　離せ！　お前たち、私を助けないか！」

グリフィスは首を振って同行した護衛たちを見るが、護衛たちはいつの間にかアシュケルド兵に囲まれていた。武器を捨てるよう促され、少しも抵抗せず剣を手放している。

「お前たち！　何をしている⁉」

動揺するグリフィスとは違い、ティルダは同情するような声音で護衛たちに話しかけた。

「このような愚か者を護衛しなくてはならなかったなんて、お前たちも不運だったわね。言う通りにするのなら、こちらからは危害を加えないわ。――まずは軍の頭数を増やすために強制的に集められたローモンドの民を解散させて。王太子が国に無断でやったことでしょうから、帰すのは問題ないはず。それからお前たちだけど、護衛対象であるローモンド王太子をここに置いて帰るわけにはいかないでしょう。部屋を用意するから、この城に滞在するといいわ。武器を預からせてもらい、行動を制限させてもらうけれど、食事はきちんと出します」

「……この状況で抵抗するのは、愚か者だけですね。わかりました、仰る通りにしましょう」

容易くティルダに屈する護衛を見て、グリフィスは目を剥いた。

「何を言っている⁉　はやく私を助けないか！」

大声を張り上げるのに、護衛たちは誰一人グリフィスを見ない。

グリフィスは抵抗も虚しく城の地下へと連れていかれた。

＊　＊　＊

最初に拘束した三人の護衛の中に、隊長と呼ばれる責任者がいたために、その後の処理はあっけなく終わった。

アシュケルド兵に見張られながら峠に戻った隊長は、寄せ集めの軍に解散を命令。強制的に連れてこられただけの彼らは、喜んで各村へ帰っていった。護衛としてグリフィスにつけられた十数人のローモンド兵は、隊長の説明を聞いてあっさり投降。剣をアシュケルド兵に預け、大人しく城までやってきた。漏れ聞いた話によると、我儘なグリフィスに振り回される任務に、皆うんざりしていたようだ。疲労も溜まっていたらしく、軟禁状態であるのをいいことに、惰眠を貪っているという。

一人地下牢に閉じ込められたグリフィスは、囚われの身でありながら食事がどうの、寝具がどうのと文句を垂れ流し、見張りを辟易させているという話だった。

本館二階の集会室で、城代から報告を受けたティルダは、すぐに指示を出した。

「ローモンド王太子には弱い者虐めをする癖があるから、彼より細く背が低い者を近付けないで。女性も駄目。屈強な男性に食事を運ばせ、世話をさせなさい。ローモンド王太子を憎む者もいるでしょうが、傷付けないようしっかり言い含めて。怪我を負わせて帰したら、後々戦いの火種になるかもしれません。無傷のまま捕まえておく必要があるのです」

そばで話を聞いていたベローズ族の族長ディックが、意外そうに訊ねた。

「ローモンドへ帰すのですか？」

「ええ。王や同胞たちが、ローモンドから無事帰ってきたら。王の判断に委ねるつもりですが、王もわたくしと同意見だと思います」

「何故そう言い切れる？」

ゲラー族の族長アルビンが、苦々しい顔をして追及する。ティルダの策が上々の成果を生んだため、文句を言えないのが不満らしい。

ティルダは、そのことに気付かないふりをして答えた。

「王は戦いを起こさないことを第一に考えていました。一度《ひとたび》戦いが起これば、誰かが犠牲になる。

それを避けたい様子だったからです。ローモンド王太子をいつまでも帰さずにいれば、ローモンド王であれば、それを理由にアシュケルドに軍を差し向けてきます。今回のような寄せ集めではなく、ローモンド正規兵を主力にした大軍をです。間違いなく大勢の犠牲が出ます。ですが、今のアシュケルドに、多くの犠牲を払ってまでローモンドと戦わなくてはならない理由はありません。王は、穏便に済ますほうが得策だと考えるはずです」

　聞き役に回っていたブアマン族族長のジェフが、おもむろに口を開いた。

「ですが、今現在王太子を捕らえているのであれば、ローモンドがアシュケルドを攻撃する格好の口実になるのではありませんか？」

　ティルダは澄まして答えた。

「アシュケルドは、ローモンド王太子を捕らえてなどいません。ローモンド王太子が我が国の歓待を気に入り、滞在を長引かせているだけです。誰に訊ねられてもこう答えるよう、皆に申し伝えるように。ローモンド王太子を捕らえているなどと、決して言ってはなりません」

　ディックが、己の額を打って大笑いした。

「そりゃあいい！　ローモンド王太子は客人として城に滞在しているのだから、ローモンドがアシュケルドを攻撃する口実にはならないってわけだ」

　一方、アルビンが忌々しげに言った。

「そんな子ども騙しな話、誰が信じるものか」

　これには、ジェフがティルダの代わりに答えた。

「いや、ローモンドはひとまず信じざるを得ないはずだ。何しろ、王太子の身柄を我々が確保している。王太子の身の安全を図るために、まずは探りを入れてくるはずだ。その段階で時間稼ぎができれば、その間に王たちも帰国できるだろう。後は無傷で王太子をローモンドに渡せば、ローモンドは引き下がるしかない」

話を聞き終えたアルビンは、「むう……」と唸って黙り込む。

話は済んだと見て、ティルダは席を立った。

「明日の午後、見張り以外の者を全員大広間に集めて。近隣の部族もその時刻に来られる者は全員」

アルビンが噛みつくように訊ねてきた。

「なんのために?」

「皆に話したいことがあります」

短く告げると、ティルダは振り返らずに集会室を後にした。

そのティルダを、ジェフが追いかけてくる。

ジェフが口を開く前に、ティルダが言った。

「貴方に頼みたいことがあります」

「なんでしょう?」

「ここではなんですので、ついてきてちょうだい」

そう言ってティルダはさっさと歩いていく。

一階に下りる階段を無視して上り階段を数段上がったとき、ジェフは戸惑った声をかけてきた。

「王妃、その先は王の部屋です」

ティルダは立ち止まり、何を考えているか読み取れない表情をして振り返った。

「結婚後、本当であればわたくしはこの部屋に移るはずだったと聞いています。違いますか？」

「いえ、その通りですが……」

王を拒絶し続けるティルダが、自ら王の部屋に向かう様子に疑問を覚えずにいられないのだろう。ティルダは淡々と説明した。

「王の部屋は、アシュケルドにおける権力の象徴の一つです。そこに住まう資格がわたくしにあるとわかれば、皆のわたくしを見る目も少しは変わることでしょう」

ジェフは一瞬驚きに目を見開いたが、すぐに目を伏せお辞儀した。

「仰る通り、王の部屋は王妃の部屋でもあります。どうぞご随意に」

ティルダは深く頷くと、再び階段を上がり始めた。

## 23　王妃のプライド

翌日、離れの館で、ティルダは使用人たちに指示を与えた。

「これらのものと、あとわたくしの普段使っているものを運んでちょうだい」

「機織り機は……」

「置いていきます」

きっぱり言い切るティルダに、使用人たちは困惑する。

「わたくしが王の部屋に移るのは、あくまで一時的なことです。王が帰還すればここへ戻ってきます。――わたくしは一足先に向かいます」

荷物をまとめている使用人たちを置いて、ティルダはくるりと丸まった羊皮紙を何本も抱えて本館に戻る。

カーライルの肖像画を極力目に入れないようにして階段を上がり、ティルダは王の部屋に入った。豪華な装飾品は一切見当たらず、実用的な家具が置かれただけの、王の部屋としては質素な内装だ。

羊皮紙の束を大きなテーブルの上に置くと、ティルダは続きの部屋を確認する。

そこは、大きな寝台が部屋の半分を占める寝室だった。

ティルダの胸に、鋭い痛みが突き刺さる。

かつてここで、何人もの女性がカーライルに抱かれた――。

疲れていたから、昨夜は何も考えずに眠ったが、一夜明けた今、これからしばらくこの部屋で眠らなければならないかと思うと、心臓が嫌な鼓動を立てる。

ティルダは頭を振ってその思いを振り払い、扉を閉めた。

過去に傷付けられてなんになる。

王のもとへ愛人を送り込むと決めたときに、同時に決めたではないか。

決して王を愛さないと。

王に幾度抱かれても、ティルダはこれだけは頑なに守った。

その矜持が、ティルダを守る最後の砦だった。

でも、今のティルダには、その矜持よりも優先して守るべきものがある。

ティルダはテーブルにつき、置いてあったペンとインクを使い、羊皮紙に文章を書きつけた。物思いに耽っている時間などない。やるべきことは山ほどある。

そうしているうちに、使用人たちが荷物を持ってやってきた。

「お邪魔でしょうか?」

「いいえ、構わないわ。片付けてしまってちょうだい」

ティルダの周りで、どこに何をしまうかといった言葉が飛び交い、にわかに騒がしくなる。

そこへ城代もやってきた。

「王がお戻りになったら離れに戻るおつもりだと伺いました。ですが、ここは本来王妃様のお部屋でもあります。王も王妃様がこちらで暮らすことになればお喜びになるでしょう」

「わたくしは王を喜ばせるために部屋を移ったわけではありません」

「それはそうですが……」

言い淀む城代に、ティルダはきびきびと指示を出した。

「フィルクロードへ向かう使者を用意して。わたくしが書状をしたため終えたらすぐ出立できるように。それと、大広間に集まるよう、そろそろ皆に声をかけて」

言いつけられた仕事をするために城代があたふたと出ていくと、ティルダは片付けをしていた使用人たちにも、大広間へ行くよう言いつける。

誰もいなくなったところで、ティルダは寝室に入って着替えを始めた。

着るのをずっと避けてきた、アシュケルドの衣装。長袖シャツの上から袖のない足首丈のチュニックを被り、腰を帯で止める。三つ編みを解いて背中に流し、母の形見のサークレットを外して、アシュケルドの女性がよく着けている額飾りを頭に巻く。

アシュケルドに住むようになって六年の間は、彼らと同じ衣服を身に纏うのは媚びを売るようなものだと感じ、嫌った。待遇が改善した後も、恨みを忘れるものかとばかりに、アシュケルドに馴染んだ様子を見せることを拒んだ。

だが、今はそんなことをしていられない。カーライルが帰国できない今、これまで以上の団結が必要不可欠なのだ。

濃い目の化粧で僅かに残る幼さを消すと、ティルダは最上階の王の部屋から、一階の大広間へ下りていった。

上座に直接入れる入り口に回ると、扉の隙間から溢れ返らんばかりの民の姿が見えた。いったいなんの話があるのかと、皆不安そうに顔を見合わせている。

ティルダは深呼吸をして気を落ち着け、扉を大きく開き大広間へと足を踏み出した。

集まった者たちが、前列から順に気付いてティルダに目を向ける。

今までとは違うティルダの装いは、人々をいっそうざわつかせた。

「あれは本当に王妃か？」

「いつものローモンドの服はどうしたんだ」

「静まりなさい」

ティルダの力強い一言に、数百はいるであろう民は口をつぐんだ。

若さを隠す化粧はティルダに威厳を与え、集まった者たちを圧倒する。

静まり返ったところで、ティルダは大きく息を吸い込み、大広間全体に響かせるように話し始めた。

「皆に集まってもらったのは、アシュケルドの現状について申し渡したいことがあるからです」

一旦言葉を切ると、ティルダは集まった者たちを見渡した。

「アシュケルドは建国以来、初めての危機に瀕しています。盗賊被害が急増し、王の不在を狙って周辺各国が侵略の機会を窺っている。――この危機を招いているのは、他ならぬお前たちです」

皆があっけにとられる中、一人の男が叫び声を上げた。

「何を言われる！　王が重傷を負ったのは、ローモンドのせいではありませんか！」

大広間のあちこちから、そうだそうだと声が上がる。

ティルダは大きく頷いて話を続けた。

「王の不在はローモンドのせい、その通りです。ですが、王や名だたる戦士たちの留守を、お前たちは、以前は立派に守ってきたではありませんか。それなのに、今の腑抜けぶりはなんですか」

「腑抜けとはなんだ！　もう一度言ってみろ！」

一人が上座にいるティルダに殴りかからんばかりに近寄ろうとすると、周囲の者たちがそれを止める。

見かねた城代も、壇に上がってティルダに耳打ちした。

「王妃、そのような喧嘩腰では……」

ティルダは心配する城代を押し退け、なおも言った。

「今のお前たちは腑抜けていると言ったのです。王の不在を不安に思う気持ちが行動に現れ、それ故に盗賊に遅れを取り、商人たちからも侮られるのです」

ティルダに殴りかかろうとした男は、今初めて気付かされたというようにはっとする。その他の者たちも心当たりがあったようで、場は一時的にざわついた。

その様子を眺めていたティルダは、ざわめきが落ち着いた頃を見計らって、毅然として話を再開した。

「少し前の自分たちを思い出しなさい。王が数カ月に渡って国を空けても、盗賊たちに好き勝手をさせず、他国の脅威を退けてきたのは、他ならぬお前たちです。王が負傷したといっても、今は安全な場所で療養し、動けるようになり次第帰国します。その間、たかだかひと月ふた月のことです。お前たちが本来の力を発揮できれば、国を守り切るのはたやすい期間のはず」

あっけにとられる民一人ひとりの顔を見つめながら、ティルダは話を続ける。

「ただ、他国は今回のことを、単なる王の不在とは受け止めないかもしれません。王が帰国を果たせても、おそらくその後も療養を必要とするでしょう。それを侵略の好機と捉える可能性はあります。こんなときこそ、一人ひとりが最大限の力を発揮し、一丸となって国を守るべきです。わたくしも王妃として、王の代理として全力で国を守ります。しかしながら、わたくしだけでは国を守ることはできません。お前たちの力が必要不可欠です」

人々は再びざわつきだす。

その理由を感じ取って、ティルダはこうも告げた。

「ローモンドから嫁いできたわたくしに反感を持ち、わたくしになど従いたくないという者もいるでしょう。それでも構いません。——ジェフ族長」

ティルダが声をかけると、壇の間近に立っていたジェフが応えた。

「ここに」

「貴方にはアシュケルドの民の統率を一任します。わたくしが口を挟んで無駄な時間を費やす必要もないですし、皆も従いやすいでしょう。——王の代理として、皆に最後の命令を下します。王がお戻りになるまでの間、ジェフ族長の命令に従うように。わたくしからの話は以上です。後はジェフ族長の話を聞くように」

ティルダは、用は済んだとばかりに身を翻し、大広間を後にした。

限られた者しか通ることを許されないその通路の向こうに、ゲラー族族長アルビンが立っていた。

「ジェフに権限を与えて、そのことを恩に着せ、自らの支配下に取り込もうという算段か。よく知恵の回る」

なんでもお見通しというようにいやらしく笑うアルビンの前で、ティルダは一旦立ち止まった。

「わたくしはこの国にとって最善の選択をしたまでです。ジェフ族長が民を統率することに反対の意があるのなら聞きましょう」

アルビンは黙り込んだ。

反対する理由などないだろう。アルビンとて、ティルダよりジェフの意見のほうが従いやすいはずだ。

ティルダは、黙り込んだアルビンの前を通り過ぎ、王の部屋へ向かった。

王の代理の責務を半ば放り出したようなティルダにアシュケルドの民は失望し、ティルダの立場は悪くなるかもしれない。

だとしても構わなかった。

ティルダが欲しいのは、王の愛でも、権力でも、名声でもない。

アシュケルドを次の御代まで存続させること。誕生したばかりのアシュケルドという国が、数代数十代と続く強国になるよう、その基礎を築くこと。

王の部屋へ続く階段の途中で、ティルダは足を止めた。

目の前にあるのはカーライルの肖像画。若かりし日の姿でありながらも、威風堂々としたその姿を、ティルダは挑むように睨みつける。

昨日、ジェフと話し合ったことが思い出された。

——お待ちください！　民の統率こそは、王の最大かつ最重要の務め。それを儂に譲ったら、王の代理の務めを放棄したも同然だ。貴女様の立場を盤石とするために王が全権を預けられたのに、それを無為になさるおつもりですか？

——わたくしは、立場を盤石にしてほしいと王に頼んだ覚えはありません。わたくしの立場より優先すべきは、この国アシュケルドです。国がなくなれば、アシュケルド国内での立場が盤石になったところで、それこそ無意味。わたくしはアシュケルドを何がなんでも守りたい。そのために必要なことはなんだってするつもりです。

決意を新たにし、ティルダは肖像画の前を毅然と通り過ぎる。

ティルダが王妃になったから、アシュケルドは滅んだなんて言わせない。

それがティルダの、王妃としてのプライド。

＊　＊　＊

ティルダの去った大広間で、ブアマン族の族長ジェフが壇の上に立ち、集まった者たちに語った。

「王妃から事前に話があり、儂は皆の統率を引き受けた。最初は辞退するつもりであったが、王妃の言葉に感銘を受けたがゆえに引き受けなければならないと強く思ったのだ。王妃はこう仰せになった。――わたくしはアシュケルドを何がなんでも守りたい。そのために必要なことはなんだってするつもりです――と。王代理の権限のほとんどを儂に譲ってでも、この国を守りたいと考えておいでなのだ。そんな王妃に、我々は何をした？　『ローモンドのお姫さん』と蔑んで陰湿な嫌がらせを繰り返し、王がその償いを始めてもしぶしぶ従うばかり。アシュケルドが建国以来初めての危機に直面している今でも、それが王妃のせいであると糾弾し自分たちは国を守る努力をしない」

皆心当たりがあるのだろう、気まずげに視線を落とす。

そんな者たちを見渡してから、ジェフは話を再開した。

「王妃の仰った通りだ。王が負傷したと聞いただけで動揺し、本来の力を発揮できていない。王妃がローモンド王太子を『歓待し、王のお帰りまで滞在していただく』方法を取らざるを得なかったのも、我らが不甲斐なかったためだ。恥ずかしくはないか？　お前たちが王の代理と認めなかった王妃こそが、我らよりもよっぽどか国を守っておられるのだぞ。アシュケルドの民としての誇りがあるのなら、王妃よりも国を守るのだという意地を見せよ！　ローモンドより独立を勝ち取り、王の不在が度重なった六年間もアシュケルドを守り通した実力を、今こそ国内外に知らしめるときぞ！」

＊　＊　＊

この日を境に、アシュケルドの人々の様子は少しずつ変わっていった。

自分たちこそが国を守るのだという自負が生まれ、そこかしこに漂っていた不安な雰囲気は消え失せる。自主的に三倍に増やされた巡回により、盗賊の襲撃を未然に防ぐことが多くなり、次第に奴らの数そのものも少なくなっていった。抜け道を使う商人も減り、国は落ち着き活気も取り戻しつつある。

そこに、各国に放たれた斥候たちからの報せが届く。

予想通り、いくつかの国がアシュケルドへの侵攻を企てているらしい。そうした国々が手を組む動きもあるとの報に、集まった族長たちは頭を悩ませた。

「盗賊共や過日のローモンド王太子の独断専行ならまだしも、複数の国が一斉に侵攻してくることがあれば……」

複数の方向から侵攻してくる軍と戦える戦力は、今のアシュケルドにはない。

歴戦の強者であるジェフも、有効な手だてを講じられず黙り込んでいる。

最近、同席するだけで意見することのなかったティルダが、おもむろに口を開いた。

「それについては、一つ策を用意してあります」

数日後、フィルクロードからの特使が到着した。

大広間で待っていると、特使が二人の従者だけを連れて入ってくる。

その姿を見て、ティルダは玉座から立ち上がって壇を下り、特使に近付いていった。

「アイオン殿、フィルクロード王太子の貴方が来てくださるなんて」

「父王に命じられたのだ。従妹殿の力になってやれとな。それに身分が高ければ高いほど、君の策には有効なのだろう？　ティルダ」

「ええ。仰る通りです。お越しくださり、ありがとうございます」

特使とティルダの会話に、族長たちはあっけにとられる。族長たち自らが何度も歓待し、気さくに話したこともある旅人がフィルクロード王太子だったと知ったのだから無理もない。我に返った族長から順に壇から下りて、ティルダの背後で一様にかしこまった。

アイオンは、苦笑してひらひらと手を振る。

「かしこまらずともよい。堅苦しいのは嫌いだ」

「長旅でお疲れでしょう。案内させますので、まずは旅の汚れを落として休憩なさってください」

「その前に、この場ではっきりさせたい。本当によいのか？　フィルクロードにある君の所領を、我が国に返還しても」

「フィルクロードがアシュケルドにご助力くださる見返りに、足りましたらよいのですけど」

「私が滞在するだけでよいというのだから、十分すぎるほどだ」

ティルダの策はこういうものだ。――フィルクロード王の名代に相応しい高官にアシュケルドに滞在してもらい、周辺諸国への牽制とする。

周辺諸国は、大国フィルクロードには手を出せない。国力が違いすぎるからだ。そのフィルクロードの重要人物が滞在しているということは、両国の間で同盟などの重要な取り決めが交わされていると各国に邪推させる。アシュケルドに手を出せば、フィルクロードが軍を出してくる可能性があると思わせることができれば、各国も容易に侵略を行わないはずだ。

フィルクロードにとってはなんの利もない取引だった。ティルダが交換条件に差し出した所領とて、フィルクロードが一方的に取り上げてもティルダは抗議もできない立場にあるのだから。

だが、母が亡くなってからも、ティルダへの援助が打ち切られることはなかった。そのことから、フィルクロード王はティルダにも多少は肉親の情を持ってくれているのではないかと考え、それに縋《すが》ったのだった。

「だが、本当によいのか?」

「元々母のものだったのを、伯父上であるフィルクロード王のご温情でわたくしが引き継がせてもらっただけなのです。返還するのが筋かと」

「だが、そなたの暮らしは、領地の収益で成り立っていると聞いていたぞ。命綱ともいえるそれを手放して大丈夫なのか?」

「ずいぶん助けていただきました。けれど、わたくしにはもう必要ありません。今までのご恩を、心より感謝いたします」

ティルダが晴れやかに微笑むと、フィルクロード王太子も微笑んだ。

「アシュケルドに骨を埋める覚悟を決めたのだな」

「はい」

「ティルダ――とはもう呼べないな。アシュケルド王妃よ。王妃の要請通り、アシュケルド王が帰国するまで滞在させていただく。ついでに、アシュケルド王が帰国されたら会談をし、正式な同盟を結んでくるようにと父王より言付かっている。我が従弟ローモンド王太子も、そのためにアシュケルドに滞在しているのだろう？　明日にでも会わせていただきたい。『ローモンド王太子はアシュケルドの歓待に大変満足している』と私から便りを送れば、ローモンド王もいっそう『安心』なさるに違いない」

ローモンド王が、いつ王太子を返せと言ってきてもおかしくなかった。万が一の確率ではあるが、グリフィスを見捨てて、すぐさまアシュケルドに攻め入ってくる可能性も。

アイオンもその危険に気付いていたのだろう。だからアシュケルドのために嘘の書状をしたため、ローモンド王に送ってくれると言うのだ。今やローモンドを凌ぐ大国であるフィルクロードの王太子にそのような書状を送られては、ローモンド王もグリフィスを口実に、アシュケルドに軍を進めるわけにはいかなくなる。

同盟にしたってそうだ。国力に大きな差があるゆえにアシュケルドからは申し出ることができなかったことを、フィルクロードのほうから提案してくれた。

いずれフィルクロードとの間に同盟が結ばれる――その言葉は今のアシュケルドにとって、どれだけ大きな助けとなることか。

「なんとお礼申し上げたらよいか……」

胸を詰まらせて言うと、フィルクロード王太子は親愛のこもった微笑みを浮かべて答えた。

「アシュケルドが我が国と末永く友好を結んでくれること。それが何よりの返礼だ」

フィルクロード王太子がアシュケルドに滞在し、その滞在理由が同盟を結ぶためだと知れ渡ると、各国の反応はがらりと変わった。

手を組んで侵攻しようとしていた国々は、先を争うようにアシュケルドと親交を結びたがり、その他の国はアシュケルドが他国に侵攻するためにフィルクロードの後ろ盾を得たのではと警戒を強める。

滞在するだけという役目に退屈していたフィルクロード王太子は、ティルダの頼みはアシュケルドにいなくても果たせるからと言って、アシュケルドへの侵攻を企てていた国々へと旅立っていった。

警戒させてしまった国々をそのままにしておくわけにはいかなかった。警戒は攻撃に転じることもままあるからだ。ただ、相手が警戒しているという情報は斥候を使って得たものなので、書簡の内容にはひどく気を使う。ティルダは朝はやくから夜遅くまで、頭を悩ませながら書簡をしたため続ける日々を過ごしている。

書簡を送った国々から概ね友好的な返事をもらい、その返礼の書簡をすべてしたため終えようとしていたときのことだった。

ノックもそこそこに、城代が王の部屋へ転がり込んできた。

「王がまもなくご到着だというのに、何をなさっておいでなのですか！」

城代にしては珍しく騒々しい。

ティルダはペン先をインク壷につけながら返事をした。

「王が今日にもお帰りになることは、数日前からわかっていたことです」

書簡の最後に署名をし、その隣に印章を押す。

インク壷に蓋をして立ち上がったティルダは、城代に命じた。

「これらの書簡を、各国に送る手配をしてちょうだい。王を出迎えて、一段落してからでいいわ」

部屋を出て階段を下りていくティルダに、城代はほっとしながらついていく。

だがティルダは、一階を歩いている途中で城門とは別の方向へ歩き出した。

「どちらに行かれるのです？」

「離れの館に戻ります。王がお戻りになるのですから、王の代理であるわたくしはお役御免ですから」

ティルダはこれからも、カーライルを出迎えたり見送ったりするつもりは一切ない。

「ですが……！」

そのとき、城門のほうから、わっと歓声が上がるのが聞こえた。

城代が迷ったのは、ほんの少しだった。すぐさま城門に向かって走り出す。

ティルダはその足音が遠ざかるのを聞きながら、離れの館に向かって回廊を進んだ。

途中で回廊から外れ、小さな庭に出る。離れの館前の小庭だ。

しばらく目を留める余裕もなかったのだが、ティルダがすっかり忘れていた間も水やりがなされていたらしく、小庭いっぱいに広がる花畑で花々は瑞々しく咲き誇っていた。

今度は決して枯らすなと、カーライルが使用人たちに命じていたのを思い出す。使用人たちは、律儀にその務めを果たしていたようだ。

ティルダは花畑の縁を回って離れの館の入り口へ向かう。

その手前でふと立ち止まった。

そういえば六年以上前、カーライルと初めて出会ったのはここだった。ぼんやり花畑を見ていたら、いきなり彼が現れて――。

「ティルダ！」

大声で名を呼ばれ、ティルダはびくっと身体を震わせた。

ティルダのことをこんなふうに呼ぶ人物など限られている。はっとしてあたりを見回せば、城門のほうの建物の陰から、カーライルが姿を現していた。

六年前と同じだ。カーライルはその角から姿を現し、早足でティルダに近寄ってきて有無を言わせず抱き上げたのだった。

今は城代に身体を支えられ、立っているのがやっとという様子だ。

「もう少し傷を治してからお戻りになればよろしかったのに」

アシュケルドの危機が回避できた今、カーライルが急いで帰国しなければならない理由もなくなった。

そのことを皮肉げに口に出してみたものの、胸が高鳴るのは抑えることができない。

「そなたに会いたい一心で帰国を急いだのだ。なのにそなたが出迎えてくれないと聞いて、俺のほうから出向いた」

嬉しさを押し隠しながら、王妃はつんと澄まして言った。

「貴方を出迎えるなんてまっぴらです」

「ははは。っ！　それでこそ我が妃だ」

カーライルはあと数歩というところまで来ると、城代の支えを離れてティルダに早足で近付いてきた。

転びかけたと言っても間違いではないかもしれない。

倒れかかってきた大きな身体を、ティルダは慌てて支えた。

「もたれないでください！　重い！」

「そなたに会いたくて急いだら、足が笑ってしまってな」

ここまで来てしまったからには、離れの館で休ませるしかないだろう。

ティルダはため息をついて城代に言った。

「離れの使用人に、一階のどこかに寝台を一つ用意するよう伝えて」

「承知しました！」

城代は嬉しそうに返事をして離れの館に駆け込んでいく。

カーライルは腹を怪我しているのと聞いていたので、ティルダは腹に触らないようそっと身体の向きを変えようとした。先ほど城代がしていたように、肩に掴まらせて歩くしかない。

重たい身体を支えながらのことなので、思うように向きを変えられない。四苦八苦していると、カーライルが耳元で言った。

「長い間留守をしてすまなかった。その間、アシュケルドを守ってくれて感謝する」

ティルダの息が止まった。

王の愛も、権力も、名声も欲しくないと思っていた。アシュケルドを守り通し、国を滅ぼしたなどと言われなければそれでいいと。

けれどカーライルの言葉はティルダの心に染み入る。

今の一言で、すべての苦労が報われたような気がした。

だからといって、カーライルを許せるかといったら、そうもいかない。六年もの間、決して許さず決して愛さずと心に誓ってきたのだ。そう簡単には自分を変えられない。

口からは、つい憎まれ口が零れてしまう。

「わたくしはアシュケルド王妃なのですから、アシュケルドを守って当然です」

「ははは、そなたらしい――ったた」

笑いが腹に響いたのか、カーライルは呻《うめ》き声を上げてさらに前屈みになる。

ティルダは呆れてため息をついた。

「もう少し歩けば寝台で横になれますから、辛抱なさってください」

ティルダはカーライルの身体を支えながらゆっくりと歩き出した。

「二階のそなたの寝室に連れていってはくれないのか？」

顔をしかめそろりそろりと歩きながらも、カーライルの口調にはからかいが交じる。

ティルダは気付かなかったふりをして、淡々と答えた。

「その身体で二階に上がるのは辛いでしょう」

「ではそなたも一階で俺と寝てくれるのか？」

「わたくしは二階の自分の部屋で休みます」

「せっかく帰ってきたのに一人寝せよというのか？」

「その身体で他人と同じ寝台で休めば、傷に障ると言っているのです」

軽口を叩きながら、二人は離れの館に姿を消した。

# 短編集一

## 番外編　王の回想　４

ティルダと初めて契りを交わした翌朝。

カーライルが人々の声や物音を聞きながら微睡んでいると、腕の中の温もりが急に身動《みじろ》ぎした。起き出そうとしているると察し、腕枕にしているのとは反対の腕で、ティルダの肩を押さえつける。

「もう少し寝ておけ」

夢現《ゆめうつつ》に声をかければ、ティルダはぎくっと身体を強張らせた。

恋人同士のように寄り添い合って眠る、夢のような時間は終わったらしい。

残念に思いながら、カーライルは目を開け、ティルダの顔を覗き込んだ。初夜——結婚して六年だが、初めての夜だったのだからそう呼んでいいだろう——が明けた照れくささもあって、それを誤魔化すべくにやりと笑う。

ティルダの顔に様々な表情が浮かんだ。恥じらいに頬を染めた次の瞬間には後悔に青ざめ、悔しそうに下唇を噛み締める。

もう何度そうしているところを目にしたことか。カーライルはティルダの頬に手を添え、親指で顎を押して下唇を外した。

「あまり噛むな。血が出るぞ」

実のところ、ティルダの世話を焼くのは楽しい。怪我の看病をしている間も、義務感より彼女にしてやれることがあるのが嬉しかった。

さして抵抗せず噛むのを止めたティルダを見て、カーライルはうっそりと笑う。それを見たティルダは、表情を険しくしてカーライルを押し退け、寝台を下りた。身体が痛むらしく、その動きはぎこちない。ゆっくり優しく慣らしたが、やはり身体に負担をかけてしまったようだ。

「もっと寝ていなくてよいのか？」

心配して声をかけたが、返ってきたのは取りつく島もない言葉だった。

「規則正しい生活を心がけておりますので」

寝台に呼び戻すのを諦め、カーライルは勢いをつけて寝台の上に起き上がった。

「良い心がけだ。俺も起きるとしよう」

寝る前に揃えて置いたサンダルを履き、夜着の上にガウンを纏う。「着替えてくる」と言って一旦離れたが、戻ってくるとティルダはすでに食事を始めていた。

「ご覧の通り、一人分しか用意させておりません」

友好的になる気はさらさなさそうだ。一緒に食事をする気は全くないと、言外に伝わってくる。

それは予想通りだからいいにしても、ティルダの食事の内容はいただけなかった。パンにスープと、一杯の飲み物。これだけでは、十分な滋養は取れまい。

「そなたの言いたいことはわかった。しかし、それだけの量で足りるのか？　夕餉には滋養のあるものを持ってこよう。そなたにはたっぷり栄養をとってもらい、丈夫な子を産んでもらわねばならないからな」

ここ最近冗談交じりに言ってきたことを、何気なく口にする。すると、思いがけない反応が返ってきた。

「……！」

ティルダが息を呑み、カーライルを睨みつけてくる。彼女の頬に赤みが射しているのに気付く。

ティルダが気まずげに表情を歪めるのを見て、カーライルは笑い飛ばすことにした。

「ははは。我が妃は大層初心でいらっしゃる」

軽口を叩きながら部屋を出る。

変わらないことばかりではない。契りを交わしたことで、ティルダも少しは意識してくれたようだ。そのことが嬉しくて、カーライルの口元は緩んだ。


その夜も、カーライルが本館から運ばせた料理に、ティルダは一切口をつけなかった。

「毒でも入っているのではないかと心配しているのか？」

「……」

「二度とひもじい思いをさせないから、なぁ食べてくれ」

今度は無言で睨まれる。

ティルダが粗食に甘んじるのは、保存食で飢えを凌いでいた時期があるからだと城代から聞いている。離れに炊事場が作られ温かい食事を食べられるようになっても、ティルダはパンと多少具の入ったスープしか食べない。そのせいか、腰の括れも手足も折れそうに細かった。我が子は欲しいが、ティルダの命と引き換えにするつもりはない。

「俺はそなたの身体が心配なのだ」

しつこく言えば、ティルダは深くため息を吐いて言った。

「わたくしが食しているのは、アシュケルドの多くの民と同じものです。女たちはこの食事をとって子を産み育てているのですから、なんら問題ありません」

これ以上しつこくしたところで、ティルダは聞く耳を持ってはくれないだろう。どうやって食べさせるかはまた考えることにしたが、この後のことは引き下がるつもりはなかった。

食事を終えて席を立ったティルダを追いかけ、カーライルは寝室まで足を運ぶ。ティルダは扉の前に立ち塞がるようにして言った。

「今宵はもうお引き取りください」

「何故だ?」

空とぼけて訊き返せば、「それは……」と目を逸らして口ごもる。そんな彼女が可愛らしすぎて、からかわずにはいられなくなる。

「誰に聞かれてしまうかわからない廊下で、このまま痴話喧嘩を続けるか?」

「は?」

ぽかんとするティルダの耳元に、唇を寄せてそっと囁く。

「痛いのであろう?」

そう言ってにやりと笑えば、ティルダは顔を真っ赤にして息を呑んだ。

「だっ誰が聞いているかわからないと言ったのは、貴方ではないですか……っ」

「だから寝室に入って話さないかと言っているのだ」

自分の言っていることがちぐはぐなのには気付いていたが、そんなことはどうでもいい。要はこの扉を突破し、ティルダを逃がさなければよいのだ。

釈然としない様子のティルダに、カーライルは目を細めて微笑み甘い声で囁いた。

「今宵はするつもりはない。ただ、一緒に眠りたいだけだ」

カーライルの色気に動揺したティルダは、すぐさま目を逸らした。

「ね、眠るだけでしたら、自分の寝室で休めばよいではありませんか」

「そうやって距離を置き続ければ、そなたはいつまで経っても、俺に慣れてくれそうにないからな」

強引に寝室へ入ろうとするのはそのためだった。日頃から同じ寝台で休めば、契りを交わす際もあまり緊張しなくなるのではないかと。それに、契りを交わすときだけ一緒に眠る夫にはなりたくなかった。

黙り込んだティルダの表情からは、慣れるつもりなどないという意思がひしひしと伝わってくる。

こうなったら根比べだ。ティルダが自分を押し通すか、カーライルが彼女の意思を曲げて見せるか。

カーライルはティルダを抱き寄せ、彼女の背後に回した手で寝室の扉を開けた。

「な……っ！」

抗議の声を上げかけたティルダを抱えたまま、カーライルは寝室に押し入る。扉を閉めて抱きしめる腕を緩めると、ティルダはカーライルの腕から逃れて距離を取った。

「何をするのです⁉」

「あのまま扉の前で話し続けていても、寝室に入れてもらえそうもなかったのでな」

悪びれることなく言えば、ティルダは諦めのため息を吐いた。それを了承の合図と受け取り、カーライルはさっさと寝台に近付く。

使用人に言いつけておいた通り、寝台にはカーライルの夜着も置かれている。

着替え始めたカーライルは、ティルダが背を向けたことに気付いた。

「どうした？」

「……男性の着替えを見る趣味はありません」

動揺を押し隠したその返答に、カーライルは思わず笑ってしまう。一度だけとはいえ、素肌を晒し合い重ね合わせたのだから、そんなに恥ずかしがらなくてもよいのに。今も初々しい様子を見せるティルダをついからかいたくなったが、機嫌を損ねるわけにはいかないと思い直した。

「着替え終わったら、俺はすぐに寝台に入って毛布を頭から被ろう。そなたはそれから着替えるとよい」

カーライルは手早く着替えると、急いで寝台に入る。

「着替え終わったぞ。そなたもはやく着替えて休むといい」

声をかけてから、毛布を頭から被る。

それから少しして、衣擦れの音が聞こえてきた。だが、なかなか寝台に入ってこない。逃げられるかもしれないと一瞬案じたが、すぐその考えを打ち消した。逃げるのであれば、ティルダにその機会はいくらでもあった。フィルクロードに助けを求めれば、簡単にアシュケルドから脱出できただろう。なのに逃げなかったのは、責任感故だ。幼い頃から己の立場を理解し、それ故に理不尽な仕打ちも耐え忍んできた憐れな娘。

ティルダが、ようやく寝台に入ってきた。毛布の端をそっと持ち上げ、寝台から落ちそうな隅で横になる。それも予想のうちだった。カーライルは有無を言わせずティルダを抱き込んだ。

「しないと言ったではありませんか！」

「しないしない。ただ、こうやって抱きしめて眠りたいだけだ。――だが、これくらいは許せ」

そう言うなり、カーライルは唇を重ねた。嫌がられる前に唇を離し、悪戯の成功ににやりと笑う。

「これ以上すると、理性が保たないかもしれないからな。おやすみ」

本当のことを冗談めかして言うと、カーライルはティルダに腕枕をして肩口に抱き寄せた。深くゆっくりと呼吸をし、寝入っているふりをする。

ティルダはなかなか眠れない様子でしばらく腕の中で身動ぎしていたが、やがて静かな寝息を立て始めた。力の抜けた身体をそっと抱え直しながら、カーライルは思う。カーライルの腕の中でだけは、ティルダも心安らげるようになればいい、と。

それから三日間は、穏やかな日が続いた。

が、四日目の午後、五人の族長に話があると言われる。集会室に場所を移すと、ゲラー族族長アルビンが真っ先に文句を言ってきた。

「王よ、ローモンドの小娘に義理立てしても無駄というものです。なんと言ったかわかりますか？　我々の都合など知ったことではないと言い放ち、無礼にも我々に帰れと言ってとっとと話を切り上げたのです！」

頭に血を上らせるアルビンを、ベローズ族族長ディックが窘めた。

「待て待て。そのような話し方では、要領を得ん。——最初から説明しましょう。王が、王妃が出席しないのであれば晩餐を開かないと仰ったので、我々五人は王妃のもとに訪問したのです。我々としては努めて礼儀正しく出席を求めたのですが、王妃はけんもほろろに我々の頼みを断ったのです」

そう説明するディックも、憤慨を堪えるのが精一杯という様子だ。

ブアマン族族長ジェフも、眉間に皺を寄せて苦言を呈した。

「我々に失礼がなかったとは言いません。ですが、我が国のことを考えもしない王妃を立てたところで、国のためになるとは思えません」

ジェー族族長ウォルター、ニーダム族族長パーシも、頷いてジェフに同意する。

カーライルは皮肉に思った。アシュケルドの発展に最も貢献したティルダを、族長たちは国のことを考えないと言って非難する。

　本当に国のことを思っているのはいったい誰なのか。一度話し合ってみたいと思いながらも、カーライルはこの場は一度腹に納めておくことにする。

「王妃がお前たちの都合など知ったことではないと言った気持ちは、わからないでもないな。俺が言えたことではないが、お前たちも王妃を王妃として扱わず、自分たちの都合の良いときだけ会いに行く。それでは、お前たちのために何かしてやろうという気になれなくても当然だ」

　族長たちは、悔しげな表情をして押し黙る。

　話に決着がついたと見て、カーライルは立ち上がった。

「王妃に謝罪の一つもするつもりがないのであれば、王妃が晩餐に出る気になるまで黙って待っていると良い」

　族長たちは、集会室から出ていくカーライルを引き留めはしなかった。


　王妃が晩餐への出席を拒む、思いもよらない理由を知ったのは、翌々日の夜のことだった。

　ティルダははやい時間に夕餉を済ませ、寝室に立てこもった。

「ティルダ！　開けてくれ！」

　カーライルは声を張り上げ、寝室の扉を叩く。だが、扉には鍵がかけられ固く閉ざされ、扉の向こうから声だけが返ってくる。

「王が晩餐を開かない限り、寝室には入れません」

「そなたが出席してくれるのであれば、すぐにでも開くつもりだ」

「わたくしは出席しません」

「ならば、何故晩餐を開けと言うのだ⁉」

「晩餐に招かれるのはアシュケルドの民にとって栄誉なこと。それを民から奪ってはなりません」

「何故急にそのようなことを言う？」

ティルダはそれきり黙ってしまい、カーライルが叫んでも扉を激しく叩いても出てこない。

扉を壊すこともできるがそうまでして無理強いしたくもないと思案していると、階段をそろりと上がってきた護衛の者に気付いた。

「なんだ？」

「少々お話をよろしいでしょうか？」

声を潜めるので聞かれたくない話だろうと思いついていくと、階段を下りたところで護衛は話しだした。

「昼間、族長たちが再び王妃のもとを訪れたのです」

族長たちの謝罪とは思えない謝罪の後、王妃が晩餐に出席しない理由を聞かせたのだという。

その理由に、カーライルは唸らずにいられなかった。――晩餐という公の場で王妃と族長たちの対立を見せれば、民が惑い国は弱体化する――ティルダがこのようなことを考えていたとは思いもよらなかった。族長たちに、王妃はお前たちに恨みを抱いているのではとほのめかしたのを恥ずかしく思った。ティルダが晩餐を拒む理由を、カーライルの脅しに屈した己を恥じて人前に顔を出したくないのだと、勝手に想像していた。

「教えてくれて感謝する。ところで、お前はやけに詳しいが、王妃と族長たちの面会の場に同席したのか？」

護衛は目の下を赤らめ、もごもごと言い訳した。

「館に入っていった族長たちの様子が不穏だったので、気になって聞き耳を立てていたんです。何かあったらすぐに飛び込めるようにと……」

すっかり王妃の味方になった護衛に微笑ましさを感じながら、彼の腕を叩いて言った。

「いい判断だ。これからも王妃をよく守ってやってくれ」

「は！」

褒められて安堵した護衛は、誇らしげに胸を張って返事をした。


翌日、カーライルは謁見の後で、五人の族長たちを前に並ばせて言った。

「王妃が俺に、晩餐を開けと言ってきた。王妃も出席してくれるかと問えば、出席しませんとくる。何故そのようなことを言い出したのかと訊ねても答えなくてな。寝室に鍵をかけて、晩餐に出なければ入れないと脅迫してくる」

ティルダの賢さに舌を巻いたのか、族長たちは前回と比べ覇気がない。

明かすべき時が来たと感じ、カーライルは口にした。

「我が国に交易路を開き、そこから金を得る手段を城代に教え、そなたらに広めたのは王妃だ」

族長たちは反論したが、それには動揺も交じっていた。ティルダの知性を垣間見た彼らは、交易路を作ったのは王妃だという話を偽りと断じて捨て置くことはできなかったのだ。

彼らの反論を論破したカーライルは、最後に自身も王妃に屈してみせた。

「今宵から晩餐を再開する。晩餐がないことを不満に思っているという者たちに、そのことを伝えてやるといい」

謁見が終わった直後の場を利用したのは、族長以外にも謁見の場を守る兵たちがいたからだった。族長たちだけだと揃って口をつぐむ可能性があるが、兵たちの口までは閉ざせない。今まで限られた者しか知らなかった衝撃の事実を、驚きをもって広めてくれることだろう。カーライルが正式に伝えるより、このほうが人々も信じやすいはずだ。


カーライルが企《たくら》んだ通り、ティルダは晩餐への出席を承諾した。

ブアマン族の族長ジェフは曲がったことが嫌いな男だ。ティルダがカーライルを説得してくれたと聞けば、己の非を認め謝罪するのはわかり切っている。晩餐に王妃が出席しないのも間違いだと思い、改めて晩餐出席を願うことも。対するティルダは、カーライルも拒み切れないように、話がわかる相手を無下にできない誠実な性格をしている。心のこもった謝罪と頼みを聞けば、断ることなどできないだろうと予想していた。

カーライルの予想通り、ティルダは晩餐出席を承諾した。城代を通じてその話を聞いたカーライルは、離れの館まで迎えに行くことを伝えさせた。

夕刻になって迎えに行くと、ティルダはすっかり支度を調え、一階の広間でタペストリーを織っていた。

カーライルが入っていくと、ティルダは手を止め立ち上がる。薄いマントを捌いて振り向いた姿に、カーライルは見惚れた。

膝下まで垂れ下がる飾り袖のついたブリオー。裾は床に引き摺るほど長く、優美な襞を作っている。臀部に引っかかる程度に結わえられた飾り帯の上には、絹布がぴったりと纏わりついた信じられないほど細い腰。襟ぐりは広く、豊かな胸の上に僅かに谷間が覗く。左肩から下がる亜麻色の三つ編みに、額を飾るのは細いサークレット。アイスブルーの怜悧な瞳がカーライルを射貫くが、その冷ややかさでさえも高揚するカーライルの心を冷ますことはなかった。

「美しい……まるで妖精の女王だ……」

惜しみない称賛を向けながら近寄れば、ティルダはほんのり頬を染めて言葉を詰まらせる。その動揺を隠すかのように、カーライルの横を通り過ぎた。

「世辞は結構」

流れるようにティルダについていく薄布を捕まえたい衝動に耐えながら、カーライルは彼女の後に続く。

「世辞ではない。本当にそう思ったのだ。そなたは幼い頃から美しかった。花嫁姿は、今もこの目に焼きついている」

前を歩くティルダの肩が、ぴくっと震えた。きっと、心の中で「その割に、一度も会いに来なかったではないか」と思っているのだろう。ティルダが口にしない代わりに、カーライルはこう続けた。

「先日までの六年間、そなたを思い起こすときは決まって花嫁姿だった。衣装と化粧で背伸びした、だが、抗い難い魅力に溢れたそなたのな」

ティルダは、振り返って睨んできた。

「そういうことは外で言わないでちょうだい」

頰が先ほどよりも赤い。カーライルはついついからかいを口にした。

「中でならよいのか？」

案の定、ティルダは怒りに眉を吊り上げてぷいと前を向いてしまった。

男という奴はしょうがないな、とカーライルは思う。どうしてこう好きな女性をからかわずにいられないのか。

カーライルは、自分の中にあるティルダへの想いに、とっくに気付いていた。

美しさだけではない。ティルダの気品、知性、民に向ける思いやりなど、新しい一面を垣間見るたびにことごとく惹かれていく。

その想いは、今は伝えられない。伝えたところで、ティルダが眉をひそめてカーライルを遠ざけるのは目に見えている。多少なりとも想いを受け入れてもらえる日まで、決して口にはすまい。

ティルダは道順を覚えているらしく、案内をしなくても壇上に直接繋がる入り口へ向かった。大広間に入る直前、カーライルはティルダの横に並んで手を差し出す。

「体裁は取り繕わねばな」

この言い訳は効いて、ティルダはしぶしぶながらもカーライルの手に己の手を重ねる。それだけのことにも胸に喜びが溢れるのを押し隠しながら、カーライルは大広間へと足を踏み出した。


食事を終え、早々に席を立ったティルダに続いて、カーライルも大広間を出た。

ティルダは後ろを振り返りもせず、早足で離れの館に向かう。その様子からして、カーライルに腹を立てているのは明らかだ。だが、どうしてこれほど腹を立てているのかわからない。

館の入り口をくぐったところで、カーライルは我慢できずに訊ねた。

「何か考え事でもあるのか？」

ティルダは立ち止まり、僅かに振り向いた。

「それはわたくしの訊きたいことです。いったいなんのつもりですか？　わたくしに敬意を払わなければ晩餐に招待しないと宣言したり、はやめに席を立ったわたくしと一緒に晩餐から抜け出したりなどして。そのような振る舞いをして、民が貴方をどう思うか、考えもしなかったのですか？」

カーライルは笑いそうになってしまった。ティルダの考えは、本当に予測ができない。己がされたことに腹を立てていたのではなく、カーライルが民にどう見られるかを心配していたとは。

あの程度のことで、民がカーライルを見損なうなどと思ってはいなかった。王としてそれだけのことはしてきたという自負はある。

自負を語ったところで、ティルダには聞くに堪えない自慢話にしか聞こえないだろう。だからそのことには触れず、話をはぐらかした。

「皆酔いが回って浮かれ始めていたから、退席にはいい頃合いだった。そなたもそう思って席を立ったのであろう？　俺たちがいたのでは、あやつらも羽目を外せなかったであろうからな」

望む答えを得られなかったのだろう。ティルダは失望を隠すことなく、無言で階段を上がる。

一緒に寝室に入るカーライルのことも、ティルダは黙認した。毎夜しつこく押しかけているうちに、ティルダも諦めという慣れが出てきているのだろう。喜ばれていないというのは残念ではあるが、表面上、二人の仲は進歩していると言える。

だが、今宵はそれだけでは足らなかった。好いた女の着飾った姿を見て、その気にならない男はいない。しかも、ここ数日ティルダの身体を思いやって我慢してきたのだ。自制の箍《たが》はあっという間に外れた。

逃れようとするティルダを寝台に縫い留め、見下ろして「いつまでも何もされずにいられるとは思ってないだろう？」と言えば、ティルダの抵抗は止んだ。

こんな方法でしか好いた女をものにできない自分に嫌気がさしながらも、せっかく得た機会を逃す気にもなれなかった。緊張に強張るティルダを触れるだけのキスで宥めながら、カーライルは彼女のブリオーを脱がせていく。肩が露わになるところまで襟ぐりを押し下げると、ティルダは不意に息を呑んだ。

布地が傷に擦れたと気付き、カーライルは声をかける。

「痛かったか？」

「……いいえ」

ティルダは少し迷った後、そう答えた。

傷は完全に塞がっている。手当てが良かったために、化膿することもなければ、傷口が変に引き攣れることもなかった。しかし、新しい皮膚で覆われ変色した傷を見ていると、遣り切れない気持ちになる。

「美しい肌にこんな傷を作って――いや、この傷を作らせたのは俺だな。すまなかった」

カーライルは、衝動的に、傷痕へ唇を落とした。ティルダはびくっと震えたが、特に抵抗する様子はなかった。新しい皮膚はもとからある皮膚より敏感だから、不思議に思っているのだろう。抵抗がないのをいいことに、カーライルはティルダの肌を唇で味わった。

しばらくすると、ティルダが狼狽えた声を上げた。

「あっ、やっ、待って……！」

傷に口づけられているだけで快楽を覚えるとは思わず、驚いているようだ。

「気持ちよいのだろう？　躊躇わず、俺の与える快楽を享受するといい」

ティルダが混乱している隙をついて、カーライルはまろやかな膨らみの先に色付く蕾に舌を這わせる。

「んんっ、ぁあっ」

喉元を露わにして声を上げるティルダに、たまらないほどそそられる。今すぐ征服してしまいたい衝動に駆られるが、カーライルはなんとか堪えた。一度しか経験のないティルダの身体は、まだ硬いはずだ。丹念に解してやらなければ、また苦痛を与えてしまうことになる。ただでさえ忌まわしく思われているだろうに、この行為に嫌な記憶を植えつけたくない。

カーライルは丁寧な愛撫を施して、何度も何度もティルダを高みに押し上げた。ティルダの瞳が焦点を失い、意識がぼんやりしているのを確認してから、カーライルは衣服を脱ぎ捨て、大きく開いたティルダの脚の間に腰を据える。

「そのまま力を抜いていろ。入れるぞ」

カーライルの言葉には反応したが、力は入れられない様子だった。朦朧としているティルダをいいようにするのは良心が咎めたが、彼女にとって今もまだ辛いことであろうから、意識が混濁しているうちに終わらせてしまったほうがいいと考えてのことだ。

そんなカーライルの思いやりだったが、痛みが彼女を正気づかせてしまった。

「いっ、く……っ」

ティルダの苦悶の声が聞こえてきて、カーライルは道半ばで腰を止めた。

「痛いか。馴染むまでこのままでいよう」

そう言うと、カーライルはティルダの胸の膨らみを揉みしだき、二人が繋がっているすぐそばにある淫芽に指を這わす。

上気したティルダの顔が、屈辱に歪んだ。

「やっ、触らないで……！」

弱々しくも抵抗するティルダに、カーライルは快楽を送り込み続ける。

「快感は痛みを和《やわ》らげるものだ。どうだ？」

まだ若いティルダの身体は、教え込まれた快楽に素直に反応した。淫芽を擦るたびに痙攣したように身体を震わせ、堪え切れない声が唇の隙間から漏れる。

「あっ、ん――ッ」

「悦さそうだな」

膣奥から染み出した熱いものに先端が潤うのを感じ、カーライルは笑みを零した。

我慢も限界に近かったからほっとした。軽く突き上げるようにしながらゆっくりと繋がりを深くしていく。少々強引なやり方ではあったが、ティルダが痛みを感じている様子はなかった。カーライルのものが入り込むたびに、背中をしならせ、嬌声を耐える代わりに口をはくはくと開ける。その抵抗も長くは続かず、ティルダは首を左右に振って身を捩った。

「あっ……あっ……」

ティルダが快感に悶える姿を目の前にして、カーライルは理性が焼き切れるのを感じた。

「善い声だ。もう痛みもないだろう」

言い訳じみた言葉を口にして、カーライルは勢いをつけティルダの奥を穿つ。

「あぁっ！」

艶めいた悲鳴を上げながら身体を仰け反らせるティルダは、軽く達したようにも見えた。カーライルの見間違いでなければ、ティルダが初めて中だけで達した瞬間だった。カーライルの胸に歓びが溢れ、中芯に血が集まるのを感じる。が、暴走しそうな自らを抑え、ティルダをより悦ばせることに集中した。収縮する胎内で自身を小刻みに動かして奥を突き、締めつけが緩くなってくると、ティルダの腰を掴んで大きな抽送を繰り返す。

ティルダも抵抗する力を失い、ひっきりなしに喘ぎ声を漏らした。

「んぁっ、あっ、あっ、あっ、ふぁ……んッ、……」

快楽に怯え惑うようにも見える媚態にたまらなくなり、カーライルはティルダに覆い被さって細い身体を抱きしめる。

「ティルダっ、ティルダ……ッ」

耳元で譫言《うわごと》のように名を呼んだけれど、ティルダには聞こえなかったに違いない。己を抱きしめた相手がカーライルだとわかっていたかも怪しかった。ティルダは縋りつくものを求めて、両腕をカーライルの身体に回す。

その瞬間、カーライルは至福に包まれ、ティルダの最奥で想いの丈を解き放っていた。

## 番外編　王の回想　5

ブリアナが騒動を起こしたのは、ティルダが初めて晩餐に出席した翌日のことだった。ブリアナの住むヒッグスの村は、城から一日で往来できる距離にない。きっと、ティルダがカーライルと褥を共にした噂が村に届き、それを聞いて村を出てきたのだろう。

報せを受けたカーライルは、昨夜の幸福の余韻も吹っ飛び、血相を変えて離れの館へと走った。間一髪のところで間に合ったが、間に合わなかったらと思うと背筋が凍る。

喚き暴れるブリアナと、憔悴して無抵抗の戦士たちを、地下牢に連れていくようカーライルは命じた。その様子を見守りながらほっとため息をつくと、背後から声をかけられる。

「助かりました。礼を言います」

落ち着き払ったその声を聞いて、カーライルは勢いよく振り返った。

「この馬鹿！　なんでのこのこ戻ってきたんだ！　標的はそなただったのだから、隠れていればよかったものを！」

「王、この場は人がいます。中で話しましょう」

ティルダはそう言うと、くるりと背を向け館の入り口に向かう。冷静なその態度にますます腹が立って、カーライルはティルダの肩を強く掴んで振り向かせた。

「人目がなんだ！　俺がどれだけ肝を冷やしたと思っている⁉」

振り向いたティルダは、鋭い視線でカーライルを見上げた。

「わたくしとて、己の失態には気付きました。この身に宿っているかもしれない世継ぎを危険に晒したことは反省しています。もう二度と此度のような愚かな真似はしませんので、どうかご容赦ください」

嫌みなほど礼儀正しいティルダに腹を立て、カーライルは両肩を掴んで揺さぶった。

「そのようなことを言っているのではない！　俺はそなた自身を案じたのだ！」

カーライルは、ティルダの両肩を掴んだまま項垂れた。

「頼むから、俺の命を縮めるような真似は二度としないでくれ……」

恥を忍んで懇願したのに、ティルダの返答からはなんの反応も窺えなかった。

「先ほどの六人の戦士ですが、ブリアナにそそのかされたのは明白。無罪放免にしていただくわけにはいかないでしょうか？」

「……彼らが心を入れ替えるのであれば問題ない。善処しよう」

カーライルは、こう答えるしかなかった。

ブリアナと、父親であるヒッグスの前族長イギーの処分が終わったところで、カーライルは次の段階に進むことを決めた。ティルダを公の場に出すことができたからには、今度は皆に王妃として認めさせなければならない。ティルダはブリアナと違って、彼女自身に人心を惹きつける力がある。彼女の人柄や知性を知れば、忠誠を誓うに相応しい人物であることはすぐに知れる。

そこでカーライルは、公の場に出る際はいつもティルダを伴った。最初は反発があったものの、ティルダが発言を重ねる毎に、反発は減っていった。

カーライルは謁見にもティルダを伴った。国内の者にどれだけ認められようと、国外の者にも認められなければ国を統治することはできないからだ。

国外の者は、ティルダが謁見の場に同席することに不快を隠そうとしなかった。女性で、まだ十代であるティルダに政《まつりごと》を理解できるはずがないと侮っているのが察せられた。

その一人が、北に隣接する国からの使者だ。謁見を始める際に王妃であると紹介したのに、女を侍らせて謁見に臨むとは不謹慎なと考えている態度が見え隠れしていた。

交易路を利用した治安維持については、元々ティルダが始めたことだ。そう言っても信じなかった使者も、ティルダの説明を聞いているうちに目の色が変わってきて、謁見が終わる頃にはティルダにすっかり感じ入っていた。

言いがかりをつけてきた隣国の使者を晩餐で歓待した後、カーライルはいつものように、ティルダと共に離れの館に戻った。そしてティルダは、晩餐の後はいつも決まって機嫌が悪かった。

その理由はなんとなく察している。カーライルの思い通りにされることが気に食わないのだ。あるいは、こんなにも簡単に王妃の立場を回復できるのなら、何故もっとはやくそうしてくれなかったのかと腹を立てているのかもしれない。

話し合ったところでどうにもならない事だとわかっているので、カーライルは別の方法でティルダを宥めなくてはならなくなる。

寝台に近付いていくティルダに背後から忍び寄り、華奢な両肩をしっかり掴んで耳元に囁いた。

「ティルダ……」

手のひらから伝わる身体の震えに、緊張だけではなく快楽も交じっていることに、カーライルは気付いていた。若い娘の未熟さにつけ込んで、大人の手管で快楽を教え込んだのはカーライル自身なのだから。

落ち着かない様子のティルダを振り向かせ、顎を持ち上げ深く口づけた。ティルダは口づけの合間も呼吸ができるようになった代わりに、口づけから与えられる快楽に弱くなった。カーライルが口腔を思うように味わうと、ティルダは快感に身を震わせ、次第に力が抜けていく。その頃には、ティルダは機嫌が悪かったのをすっかり忘れているというわけだ。

大人とはズルいものだなと心の中で自嘲しつつ寝台に横たわらせようとすると、ティルダはにわかに理性を取り戻し、ブリオーのことを心配する。こういう衣装はどうやって手に入れているのだろうかと、ふと気になった。ティルダが人前でものを買うとは思えないから、離れの館に商人を呼びつけているのだろうか。

ティルダの許可を得てブリオーを脱がせると、肌着姿になったティルダを抱き上げて、寝台に横たえた。一息置く余裕もないまま、カーライルは再びティルダに口づける。

何度抱いても、ティルダへの欲望は尽きなかった。それどころか、抱けば抱くほどもっと欲しくなってしまう。いくら抱いても、ティルダを自分のものにできたという実感が湧かないからだろうか。

実際、カーライルが真にティルダを手に入れられることはないだろう。――かつて、カーライルの肖像画に見惚れていたというティルダ。カーライルが距離を置かなければそこから愛情を育めたかもしれないのに、己に余裕がなかったばかりにティルダを完膚なきまでに失望させ、カーライルとの間に埋められないほどの溝を作らせてしまった。

その溝を埋めようと努力せず、そっとしておいたほうがティルダには喜ばれるとはわかっている。だが、カーライルとの間に溝があることで、ティルダが今後いっそう傷付くとわかっているのに、どうして放っておけよう。

カーライルの気が逸れたことに気付いたのか、ティルダははっと身を強張らせ、両手でカーライルを押し退けようとした。

心の内に気付かれただろうか。カーライルが考えていることをティルダが知ったら、「余計なことをするな」と突っぱねるに決まっている。けれど、複雑な胸のうちを悟る事はできまいと思い直し、カーライルは声をかけた。

「ティルダ?」

ティルダの表情から、快楽が消え失せていた。青ざめた顔に汗が伝う。ティルダは不意に身を捩って、カーライルの下から這い出ようとした。

「――このようなことに、なんの意味があるというのです？　必要なのは、わたくしの胎内に貴方の子種を注ぎ込むことだけ。それだけをさっさと済ませればいいではありませんか」

いつもの反発かと、カーライルは胸を撫で下ろした。ティルダは、愛撫の最中に時折理性を取り戻して抵抗する。それをしないと、心を保っていられないのだろう。最初から最後まで我を忘れたままでいさせてやりたいのだが、それはカーライルの力不足というものだ。

カーライルはティルダの両腕を寝台に押しつけ、苦笑しながら言った。

「さっさと済ませればよいなどと、無粋なことを。優しく愛撫されれば、気持ちよかろう？」

反論は聞き入れないとばかりに、カーライルはティルダの両腕を頭の上にまとめて押さえつけ、愛撫を再開する。ティルダのなめらかな肌に唇と舌を這わせて味わい、空いている手で彼女の身体をなぞる。そうしているうちにカーライルの興奮も高まってきて、もっと時間をかけるべきだと思いながらも、先に進まずにはいられなくなった。ティルダの脚の間に身体を割り込ませ、手を脚の付け根に差し入れる。

「やめ……っ、あっあぁ……！」

ティルダの悲鳴は、すぐに嬌声へと変わった。

カーライルは双丘を割り開き、中に隠れていた敏感な蕾に触れる。ティルダの胎内から溢れた蜜を指に纏わせ、その指で肉芽を転がす。指先が肉芽を弾くたびに、ティルダはびくびくと身体をしならせた。

何度もカーライルを受け入れている胎内は、最初の頃と比べ、いとも簡単にカーライルの太くごつごつした指を呑み込むようになった。それでも、何かの拍子に傷付けてしまうことがないように、慎重に指を埋めていく。ティルダの胎内は熱く潤んで、自身をそこに埋めたらたまらなく気持ちよいだろうと期待を掻き立てられる。気を抜けば暴走してしまいそうな己を抑えるべく愛撫に集中すると、快楽に我を忘れたティルダのあられもない姿と声に、ますます欲望を煽られてしまう。それで気が逸って愛撫を強くすれば、ティルダはあっけなく絶頂を迎えた。身体を反らせて快楽を享受するティルダは、なんと美しく艶めかしいことか。

すぐにでも我が身を埋めたかったが、ティルダの眦から涙が一滴零れるのを見て、カーライルは思い留まった。

カーライルは、ティルダの腕を解放して声をかける。

「大丈夫か？」

ティルダは解放された腕で、自身の目元を覆った。

「優しくしないで……」

その声は、憐れを誘うくらいに弱々しかった。

彼女をここまで追い詰めてしまったことに罪悪感を覚えながらも、カーライルはティルダの腕を顔から引きはがして、涙の滲む目尻に口づけた。

「誰も見てはおらぬ。俺の腕の中では、思う存分溺れるがよい。そなたは誇り高き王妃だ。その誇りは、俺ごときの手管で損なわれるものではない」

この言葉が慰めとなるように。――そう祈りながら、カーライルは愛撫を再開する。

「や……！　なん……でっ」

いつもなら、ティルダが一度達したところでカーライルは身体を繋げるから、再び愛撫が始まったことに反発を覚えたのだろう。暴れるティルダに、カーライルはのしかかって動きを封じる。逃げられないとわかって屈辱に身を震わせるティルダの耳元に、カーライルは唇を寄せて囁いた。

「そなたに辛い思いをさせたくない。快楽に我を忘れられれば、辛さも紛れるだろう」

「嫌、やめ……んっ、ふ……っ」

拒絶を口にする唇を、カーライルはキスで塞ぐ。

一度達して敏感になった身体は、性急な愛撫であっという間に達した。

ティルダの上げた嬌声を、カーライルは自らの唇で吸い取る。ティルダの吐息を感じなくなったところで唇を離せば、ティルダは必死に空気を貪った。

二度目の絶頂に呆然としているティルダの、力の抜けた脚を抱え上げてカーライルは自身に引き寄せる。ティルダの入り口は、快楽を求めるようにひくついていた。そこに滾った自身の先端を合わせれば、ティルダの身体はぴくんと震える。

カーライルは、ゆっくりと自身をティルダの中に沈めていった。

内壁を擦られるだけで快感を拾うのか、ティルダは喉を仰け反らせて断続的に声を上げる。

「あっ、あぁっ、あっ、あっ、……」

カーライルの大きさにすっかり慣れたのか、ティルダの中はすんなりとカーライルのものを奥まで呑み込む。間を置かず、けれどゆっくりと律動を始めた。奥を突かれるたびに大きく震えるティルダを見て大丈夫と判断したカーライルは、次第に速度を上げていく。

ティルダの手が、縋るものを求めてカーライルの腕に伸びてきた。カーライルはティルダの脚を抱えたまま、身体を前に倒す。ティルダの指先がカーライルの肩を捉え、するりと首に回ってしがみついてきた。無意識の行動だろう。それでも嬉しくてたまらなくて、カーライルはティルダの脚から腕を外して、彼女の細い身体を抱きしめ、ますます律動を速めていった。やがて、ティルダがか細い声を上げて達すると、カーライルもティルダの奥深くに熱い飛沫を注ぎ込んだ。

身体を清めた布を桶に戻して寝台に戻ると、ティルダは虚ろな目で天井を見上げていた。

その目に涙が光るのを見て、カーライルはティルダを慰めたくなった。

自分にその資格がないのはわかっている。けれど、カーライル以外、誰がティルダを慰められるだろう。慰めるという行為は、立場が上にある者ができることだ。下の者が上の者を慰めれば、それは不敬に当たる。誇り高いティルダはその不敬を受け入れることはないし、ティルダを慰められる立場にあるのは、王であるカーライルただ一人。

カーライルに慰められるなど不本意だろうが、二人きりでいるときくらい、肩肘張らずに甘えてくれたらいいと思うのだ。

腕枕をして頭を撫でていると、肩口に濡れた感触を覚えた。そっとティルダの顔を覗き込めば、彼女は泣きながら眠りについていた。

ティルダとの溝が埋められない一方で、国内外の者たちにはゆっくりとだが着実にティルダのことが認められつつあることを、カーライルは実感していた。

だが、ティルダが本当にカーライルの代理になることがあってはならないということはわかっている。それは国にとって不測の一大事であり、その隙を狙って他国が侵略してくることもありうるからだ。そのため、もしもの事が起こらないよう、自分の身の安全に細心の注意を払うつもりでいる。しかしそれでも、もしもの事が起こってしまったときのために、思い付いたことを片っ端から実行した。

隣国の使者を交易路の視察を兼ねて帰国の途につかせた後、ブアマン族の族長ジェフを密かに呼び出したのもその一つだ。

カーライルの部屋にやってきたジェフは、勧めた椅子に座ってすぐ訊ねてきた。

「内密の話のようですが、いったいどのようなご用件で?」

「ティルダが俺の代理に立つことになった際、お前にティルダの片腕を務めてもらいたい」

早速切り出すと、ジェフは目を剥いた。

「王よ、まさか戦いを起こすつもりで?」

「そのつもりはない。戦いを起こさぬよう、全力で努力する約束を王妃としているからな」

ジェフは老いて濁りかけた目に、疑いの光を宿らせた。

「王と共にローモンドへ赴いたことのある者たちから、不穏な話を耳にしていますが」

ローモンドへ連れていった中でも、特に口の堅い一部の者たちしか知らないはずだが、豪族たちと密談を繰り返していては、さすがに不穏な気配くらいは気取られるか。

「少々相談に乗っているだけだ。ローモンド王が安易に我らを呼びつけてくれるおかげで、俺はローモンドのどこにいても不審がられることがなかったからな」

「彼らの地を戦場にしたことを気に病んでおられるのでしたら、それは」

案ずるジェフの言葉を、カーライルは自身の言葉で遮った。

「そのことはとっくに割り切っている。だから俺がしてきたのは、繋ぎを取ることだけで、戦いに加わることはない。——して、王妃のことを頼めるだろうか」

話を戻したカーライルに、ジェフはため息を漏らした。

「国《アシュケルド》のことではなく、王妃のことを頼まれますか」

「国のことは、王妃に任せておけば間違いない。だが、王妃を若い女と侮る者はまだまだいる。王妃に従おうとしない者も多々いるはずだ。そういった輩たちに、睨みを利かせてもらいたいのだ。これはジェフ、お前にしか頼めない」

しばしの逡巡の後、ジェフはこう答えた。

「私は元々戦士ですから、政には向きません。王に代わって国を治めるという点では、王妃が一番適任なのでしょうな」

カーライルは深く頷いた。

「ああ。王妃であれば、俺よりもアシュケルドをより良い国にできるであろう」

「だからといって、王にもしもの事があっては困ります」

ジェフに諫められて、カーライルは笑った。

「王妃に国を任せたいが故に、我が身を危険に晒すつもりはない。お前に頼んだのも、万が一のときに備えてのことだ。頼まれてくれるな？」

「わかりました。万が一のときには、王妃に足らない部分を補って差し上げましょう」

話がまとまって、カーライルとジェフは笑みを交わす。

――このときのカーライルは、自分の身に万が一の事が起こるなどと、一片たりとも思ってはいなかった。


事の起こりは、ティルダの兄であるローモンド王太子グリフィスの訪問だった。

あろうことか、グリフィスはティルダの腕を掴んで罪人のように引き回して、カーライルの前に突き出した。ティルダの片頬が赤くなっているのを見て殴られたのだと気付いたときは、怒りに我を忘れ、玉座に立てかけておいた剣を抜くところだった。

グリフィスとの謁見をさっさと終わらせて、ティルダと共に大広間を後にしたカーライルは、駆けつけた城代に命じた。

「水と手巾を持て！」

「は、はい！」

足腰の悪い城代ではなく、その後についてきていた離れの使用人が返事をして駆け戻る。この場から一番近いのが離れの館で丁度よかった。カーライルは、ティルダを抱えて先を急ぐ。

大人しく連れられながらも、ティルダは言った。

「大したことはありません。そのように大騒ぎせずとも」

ティルダの言葉を、カーライルは遮った。

「今はよくとも、後から腫れ上がってくることもある。はやめの手当てが肝心なのだ」

「広間に用意いたしましたので、おはやく!」

使用人はわかっているらしく、大きく手を上げて急かしてくる。

半ば駆け込むように広間へ入ると、入り口近くに用意されていた椅子にティルダを座らせる。使用人が軽く絞った手巾をティルダの頬に当てようとする。カーライルはその手巾を奪ってティルダの頬に当てた。

「俺がやる」

ひやりとした手巾に一瞬肩をすくめたティルダは、身体の力を抜きながらため息を吐いた。

「王のなさることではないでしょう。使用人に任せるべきです」

「そのようなことどうでもいい。俺がしたいからするんだ。――すまなかった。そなたが席を外すとき、理由をちゃんと聞いておけばよかった」

使用人に絞った手巾を差し出され、カーライルは取り換えた。ティルダは、小さくまたため息を吐いた。

「わたくしが言わなかったのですから、王が気にすることはありません。兄には力がありませんから、頬が腫れ上がることもないでしょう」

ティルダが淡々と話す様子からは、兄グリフィスに対する怒りも侮蔑も感じられなかった。あんな仕打ちをされながらも、兄を心配するような素振りさえ見せた。ティルダは彼のことをどう思っているのか。

「そなたは、兄上のことを低く評価しているのだな」

「低いも何も、それが事実ですから」

それを聞いて、カーライルは苦笑した。

「素っ気ない口調だな。あんなどうしようもない兄であっても、少しは肉親の情を持っているのかと思ったのだが」

返事は期待してなかったので、ティルダが心情を垣間見せたときには驚いた。

「兄と呼んでいますが、肉親だと感じたことは一度もありません。昔から、仲がよくありませんでしたから」

「なら何故、グリフィス殿を心配そうに振り返ったんだ？」

黙り込んだティルダを見て、カーライルは訊き方がまずかったかと悔やんだ。が、ティルダは少し間を置いてぽつぽつと話しだした。

「心配したわけではありません。ただ……わたくしが思っていたほど、兄は父に認められていないのだと気付いただけです。父に認められていなかったのはわたくしも同じですし、常に父のそばにいた兄は、父に認められず苦しい思いをしていたのだろうかと……」

「あのようなことをされたのに、そなたは優しいな」

カーライルが目を細めて微笑むと、ティルダは落ち着かなげに目を逸らした。

「ほんの少し考えただけで、兄を思いやったわけではありません。――勘違いをして援軍を出すことに決めたのでしたら、どうぞ取り止めてくださ い。今のローモンドに援軍を送ったところで、危険はあれど無益です」

考えてのことなのか無意識なのか。ティルダはアシュケルドの兵の身を案じている。――その中に、カーライルも含まれていたら嬉しいのだが。

「そなたの名を連呼して悪かった。どのみち、一度は援軍を出すつもりだったのだ。ローモンドに援軍を出すたびに世話になった豪族がいくつかあってな。ローモンドに援軍を出さなければ、ローモンドの地にいる彼らのもとを訪れにくくなる。最後に一度、挨拶に回りたいと思っていたところだ」

ティルダは目を見開き、それから軽蔑したように目を細めた。

「そんな理由で兵を出すのですか？」

そのとき、城代が遠慮がちに近付いてきたので、カーライルは話を中断する。

「どうした？」

「その……ローモンド王太子がお帰りになったと門衛から報せが来まして……」

城代は困惑しながら話す。カーライルは、片眉を吊り上げた。

「俺に挨拶もなしに帰ったというのか？　一国の王太子でありながら、ずいぶん無作法だな」

ティルダが「申し訳ありません」と謝ったので、カーライルは慌てた。

「そなたが謝罪することはない。そなたの兄は、晩餐の席で歓待されることを恐れたのだろう。ずいぶん恥をかかせてしまったからな。グリフィス殿が逃げ出したくなった気持ちはわかる」

そう言ってにやりと笑うと、ティルダの表情も笑顔とまではいかないが僅かに緩む。これまでになくティルダの態度が和らいでいることに胸を高鳴らせていると、無粋なことに城代がまた話しかけてきた。

「王、門番が伝言を承っています。『明日にはローモンドに入る約束を忘れないように』と」

「やれやれ。念押しだけは忘れないのだな。――城代、今宵の晩餐はいつもよりはやく始めたい。そのように手配を」

「承知いたしました」

城代は一礼して出ていく。

カーライルは、ティルダのほうを向いて肩をすくめた。

「そういうわけだ。援軍の件はどうやら撤回できないらしい。ま、とっとと行ってとっとと片付けて帰ってくるさ」

冗談めかして言ってみたが、残念ながらティルダはいつもの冷ややかな表情に戻っていた。

しかし、ティルダに何らかの変化が起きたことに、カーライルは気付いていた。例えば、晩餐のために迎えに行ったカーライルの手を、いつもより素直に取ったり。例えば、カーライルが取り分けた料理を目の前に置いたときに、いつもより嫌そうな顔をしなかったり。

些細な変化ではあったけれど、ティルダの態度が軟化するのは喜ばしいことだ。これが、二人の関係の改善に結びついていけばいいのだが。

一抹の不安は、ティルダの頬を再び冷やしている最中に現実のものとなる。

手巾を絞り直そうと、水桶に向かおうとしたときだった。

「以前、貴方は民の命を盾にしてわたくしに王妃の務めを強要なさいましたけど、本当はそのようなことをするつもりはなかったのでしょう？」

ティルダに詰られ、カーライルは立ち止まった。疑問を投げかけてくるようでいて、それでいて確信を持った強い言い方。

誇り高いティルダだ。情けをかけられていると思ったら、きっと二度とカーライルを受け入れてはくれない。

カーライルはそ知らぬふりをして、ティルダににやりと笑った。

「そのようなつもりはなくとも、状況によってはそうならざるを得ないことも起こり得る。俺は、そなたが王妃の務めを果たさなかった場合の可能性について話しただけだ」

後は運に任せて、水桶で手巾を絞る。

絞った手巾を持って戻り、ティルダの前に膝をついて、頬に冷えた手巾を当てた。

「頬はもう痛まないか？」

何気なく訊ねるのも一苦労だった。だから、返事を聞いたときには自分を抑えきれなかった。

「ええ」

これだけの、たった一言に、カーライルがしてきたすべてのことを許された気持ちになる。

「ならばよいか？」

訊ねておきながら、その返事も聞かずにカーライルはティルダに唇を重ねていた。いきなり深く重ねる事だけはなんとか思い止まり、小さくふっくらとした唇を、角度を変えつつ何度もついばむ。

その合間に、ティルダは素っ気ない言葉を口にした。

「……明日の早朝、ローモンドへ発つのでしょう？　今日はゆっくり休んだほうがよろしいのでは？」

素っ気なくとも、明らかな拒絶の言葉でないだけで嬉しい。

「出立の準備は済んでいるから問題ない。それに、明日より城を離れるからこそ、そなたとこうしていいたいのだ」

そう答えると、カーライルは口づけつつティルダを寝台に押し倒した。ティルダの衣装を性急に脱がせ、滑らかな肌に手のひらを這わせる。そして、ティルダの全身を熱心に見つめた。

完全に受け入れてもらえる日は来ないとわかっている。けれど、今日という日は、ティルダとの新たな関係の始まりとなる。その記念すべき日を、この目に、心に刻みつけておきたかった。

するとティルダは何を思ったのか、怒った顔をしてカーライルの剣帯を外そうとする。自分ばかり脱がされて狡いとでも思ったのだろうか。だが、彼女の細く繊細な指先では、硬い剣帯は外せない。意地になって外そうとするティルダがあまりに可愛らしくて、カーライルはついつい笑ってしまった。詫び代わりに剣帯を外し、ついでにその他の衣服も脱ぎ捨てる。もう何度も素肌を重ねたのに、ティルダは未だカーライルの裸に慣れないらしく、途中で横を向いて目を固く閉じてしまった。

頬を冷やしている途中で押し倒したため、ティルダは膝から下を寝台から下ろした状態で横になっている。カーライルは、そんなティルダを抱き上げて寝台の中央に移動させると、自身もティルダに身体を添わせて寝そべった。片肘で上体を支えてティルダの顔を上から覗き込み、横を向いた彼女の顔を上向かせて、また唇を重ねる。

愛撫に時間をかける余裕もなく、胸や腹におざなりに触れてすぐ、蜜口に指を這わせた。ティルダの感じやすい部分を集中的に攻めて愛液を誘い出し、十分に濡れたと思ったところで性急に繋がった。

ほぼ毎日交わっているとはいえ、ほとんど慣らさなかったティルダの中はきつかった。それなのに無理に押し込めば、ティルダは息を詰めて目を固く閉じる。

「すまない。痛かったか?」

すっかり収めたところで訊ねると、ティルダは少し考え込んでから首を横に振る。そんな素直な様子にたまらなく煽られて、カーライルは果ててしまいそうになるのを必死に堪えながら、小さく微笑んで謝った。

「すまん。我慢できない」

言うなり、カーライルは抽送を始めた。ティルダの狭い隘路をこじ開けるようにして突き進んでいるうちに、やがて路は解れて楽に行き来できるようになる。それに乗じてめちゃくちゃに突き込めば、ティルダはあられもない声を上げた。ティルダもすぐに果てそうだと感じると、カーライルは終わりに向かって激しく最奥を穿ち、ティルダが達したのを見届けてから自身も欲望を解き放った。

力を最後まで出し切ったカーライルは、ティルダの上に崩れ落ちた。いつもはすぐに退くのだが、今宵はどうにも動けない。男女の交わりでここまで力を出し尽くしたのは、これが初めてだった。それがちっとも嫌ではなく、心地よい疲労感に深い満足感が交じり合って、得も言われぬ幸福感が全身を包む。

ティルダの手が肩に触れたとき、秘めていた想いが溢れ出し、カーライルは思わず口にしていた。

「ティルダ……愛している……」

その一瞬、ティルダは呼吸を止めた。

カーライルはしまったと思ったが、取り消すことなどできない。ティルダの顔を、真剣な面持ちで覗き込む。ティルダは動揺して、声を裏返した。

「こ……っ、このようなときにいったい何をっ」

この反応に、カーライルはほっとする。突然の告白を、ティルダが嫌悪していないのは明らかだ。

今はそれだけでいい。人生は長い。根気強く愛していれば、いつか想いが届く日が来るかもしれない。

すぐそこに待ち受ける未来に気付かないまま、カーライルは束の間の幸福に浸った。

翌早朝、カーライルは静かに寝台を出た。ティルダを起こさないようにと思ってのことだが、気配で目を覚ましているのを感じた。声をかけ、口づけしたい衝動と闘いながら寝室を後にする。

のちに、カーライルはそのことを後悔した。

ローモンド内を行軍中、ローモンド王太子の裏切りによって負傷し、生死の境目をさまようことになったときに。

# 番外編　過ぎ去りし日の肖像

カーライルの腹の怪我が癒え、本館二階の集会室で久しぶりに族長会議が開かれた。

各族長から報告があり、二、三の取り決めが行われたところで、族長の一人がもったいぶった咳払いをして訊いてきた。

「あー……ところで、御子のほうはどうですかな?」

ティルダは内心気まずい思いをした。世継ぎ誕生は国にとって重大事とはいえ、面と向かって訊かれたいことではない。

幸い、ティルダ一人に向けられた質問ではないだろう。ティルダは他人事のふりを決め込もうとする。

が。

「俺はつい昨日まで病床にあったのだぞ。王妃が傷に障ると言って拒むので、もう三カ月もご無沙汰なのだ」

あけすけなことを言われて、ティルダはぎょっとする。その間も、話は続いた。

「ですが、それ以前にできたかもしれないではないですか」

質問してきた族長が反論すると、他の族長も口を挟んできた。

「待て待て。そうすると、子が宿ってから三月にもなる。王妃に妊娠の兆候はあったか？　胸が大きくなったりとか」

さらに別の族長も言う。

「王妃の胸は元々」

黙っていられなくなって、ティルダは会話を遮った。

「わざわざ訊かれずとも、懐妊すれば報告します。国にとって大事なことですから、隠し立てはしません」

きつい口調だったからか、カーライルも族長たちも一瞬で静まり返る。

気まずい雰囲気が漂う中、ブアマン族の族長ジェフが他の族長たちに代わってティルダに謝罪した。

「いやはや申し訳ない。我々は御子の誕生が待ち遠しくてならないのです。度重なる不幸のせいで、王の近親者はいなくなってしまった。アシュケルドの王位を継げるのは、もはやお二人の御子しかおらぬのです」

そう言いながら優しい眼差しを向けてくるジェフを見て、胸に迫るものを感じる。

建国したばかりだというのに、アシュケルド王家の直系はカーライルしかいない。王家の存亡にかかわることでもあるが、それだけでなく、古き時代からアシュケルドを導いてきたカーライルの血筋は、族長たちにとって心の拠り所でもあるのだろう。カーライルの血を後世に繋げていくこと、それは彼らにとって重要なことだ。

下世話な発言をしかけた族長も、取り繕うように言った。

「それに、お二人の御子でしたら、男でも女でもさぞかし利発でしょう。今から将来が楽しみなのです」

「まだできてもいない御子の将来が楽しみとは、気がはやいな」

他の族長がからかうと、場の雰囲気が和やかになる。

ゲラー族の族長アルビンも話に加わった。

「ひと月もあれば、子ができるのに十分だと思うのですがな。閨の秘訣をお教えしましょうか？ 儂は十人の子と八人の孫がおりましてな。子作りに関しては儂に訊いてもらえれば間違いない」

卑猥な話を始めそうな雰囲気に耐えきれなくなって、ティルダは立ち上がる。

「結構です！」

ティルダはさっさと立ち上がり、出口に向かう。

「ティルダ、待ってくれ」

カーライルが伸ばしてきた手を、ティルダは叩いて振り払う。集会室を出ると、中からアルビンを責める声が聞こえてきた。

「アルビン、おぬしという奴は」

「女性に対する配慮ができないのか？」

「わ、儂はただ」

アルビンが言い訳するのも聞きたくなくて、ティルダは扉をぴしゃりと閉めた。

いつの頃からかティルダに突っかかってくることがなくなったアルビンだったが、根は変わらず好色で無神経だ。

集会室の扉は分厚いので、中の声はほとんど聞こえなくなった。ほっとしたところで、ティルダは離れの館に戻るべく、階下に続く階段へ向かう。今日すべき話し合いは終わっているから、このまま帰ってしまって問題ない。

上の階に続く階段の前を通りかかったとき、ティルダはふと足を止めた。この城の最上階には、カーライルの部屋しかない。そのカーライルが怪我でここまで上がれなかったため、主不在の状態が長く続いていた。

その部屋を守るのは、一枚の大きな絵。

ティルダはその絵を見上げた。十年ほど前に描かれたという、カーライルの全身が描かれている肖像画だ。

アシュケルドの伝統的な衣装を身に纏った、大柄で逞しい若者。当時はまだ一豪族の跡取りという立場だったけれど、その頃から王者の風格を漂わせていたことは、肖像画から窺えた。

初めてこの肖像画を見たときのことを思い出し、胸が痛くなる。

まだ十二歳だったティルダは、異国の地での生活は悪くないものになりそうだと、暢気に考えていた。城代は優しく、何より、花壇を作ることでカーライルが歓迎の意を示してくれた。王であるカーライルがティルダに好意的であれば、アシュケルドの民から憎しみを向けられようが耐えていけるだろうと。そんな安心感があったから、荒々しくも美しいこれから夫になる男性の肖像画を見て、ティルダは無邪気に胸をときめかせていた。

今になって思えば、肖像画を見たあのとき、ティルダの心に恋心が芽生えていたのだろう。父親に見向きもされず、血の繋がった兄には虐げられる。そんな人生を送ってきたティルダにとって、カーライルが用意してくれていた心遣いは身に染みるほど嬉しかった。その上外見にも惹かれたとなれば、恋をしたっておかしくはない。

だが、その恋心は、出会った直後から始まった辛く苦しい日々の中で朽ち果てた。カーライルの肖像画を見ていると、純真で愚かだった自分を思い出す。

そんな自分と決別し、ティルダは自分の居場所を自分で作るべく、茨の道を突き進んだ。

カーライルに決して身体を差し出さない。――そう自分に誓うことで、己の矜持を守ってきた。その誓いを破れば、ティルダの誇りは地に堕ち、惨めな一生を送らなければならないと思っていた。

ところが、予想していたその未来を、カーライルが大きく変えた。

一時的には侮辱を受けたが、今はほとんどの民に敬意を払われ、族長たちからは好意的に世継ぎ誕生を望まれている。

こんな未来が来るなんて、数カ月前のティルダは想像もできなかった。

カーライルは宣言した通りティルダに償いをした。そして包み込むような優しさで、ティルダの心の傷を癒しつつある。かといって、カーライルを許せるわけはなく、彼もそのことを承知しているが。

物思いに耽っていると、カーライルが近付いて声をかけてきた。

「肖像画ではなく、本人に見惚れてくれ」

からかいの笑みを浮かべるカーライルに、ティルダはむっとして言い返す。

「見惚れていたわけではありません」

カーライルに恋をしていたのはずっと昔のことだ。——そのはずなのに、何故胸が疼くのだろう。

内心を悟られたくなくてぷいと背を向けると、自嘲のこもった言葉が返ってきた。

「すまん。そんなわけがないいな」

ティルダは唇を引き結んだ。そんな殊勝な態度を取られると、罪悪感を覚えてしまう。カーライルはティルダの名誉を守ってくれたのに、どうして許してやらないのかと。けれど、子どもの頃の素直さを失い冷淡な性格を培ってきたティルダには、許すという選択肢をどうしても選べない。

身体の前で握り合わせた両手に力を込めたそのとき、背後からふわりと抱きしめられた。

「そなたが俺を愛せなくとも、俺がそれを補って余りあるほど、そなたを愛そう」

カーライルの温かな腕に包まれ、耳元に囁かれ、ティルダは目頭が熱くなるのを感じた。

# 王妃のプライド2

## ローモンドの滅亡編

## 1　看病の日々

離れの館一階の広間に、機《はた》を織る規則正しい音が響く。この広間が公式の場として使われることがないため、一段高くなっている上座に機織り機が置かれ、アシュケルド王妃ティルダが毎日時間を見つけてはタペストリーを織っていた。

縦糸の間に杼《ひ》を滑らせる、ほっそりとした白い指。椅子に座っているため、たおやかな腕にかかる垂れ袖は、優美な襞《ひだ》を作るスカートの上から床へと落ちている。ぴったりと上半身に沿うブリオーは、ティルダの豊かな胸を強調する。艶やかな亜麻《あま》色の髪は一本の三つ編みにされて左肩から垂れ下がる。アイスブルーの目はたっぷりとしたまつげに縁どられ、唇はふっくら紅く色づいている。一年前、十八歳のときは幼さの残る丸みを帯びた頬をしていたが、今は女性らしい曲線を描きながらすっきりした顔の輪郭になって、ますます母親の絵姿とそっくりになった。

タペストリーを織るティルダの耳に、身体の芯まで震わせるような低い声が届く。

「ティルダ、近隣諸国から届いた親書はどのようにすればよい?」

声の主は、アシュケルド王カーライルだ。その声に動揺しているのを悟られまいと、ティルダは振り向きもせず素っ気なく答えた。

「お読みになって返事をしたためられればよろしいでしょう」

あしらわれたというのに、カーライルはまるで気にせず訊ねてくる。

「どのような返事を書けばよいのだ？」

一国の王の言葉とは思えない。子どもじゃあるまいに、と文句を言いたいのをこらえて、ティルダは辛抱強く答えた。

「……王のよろしいように。この国のあらゆる決定権は王、貴方にあります。判断に迷うときは、族長たちに相談なされればよろしいかと」

「判断に迷うし、族長たちにどう切り出していいかわからん。そなたの意見を訊きたいのだ。親書に目を通してくれないか？」

ティルダは我慢ならずに振り返り、大きなため息を吐いた。

緩やかに波打つダークブロンドの髪。切れ長の目にへーゼルの瞳。通った鼻は高く、髭《ひげ》は生やしていないが野性味のある精悍《せいかん》な顔立ちをしている。アシュケルドの民の中でも大柄なほうで、威風堂々とした彼だが、今は寝台の住人だ。この広間の入り口ほど近くに運び込まれた寝台で大きな枕を背もたれにして寝台の上に座り込んでいる。いつでも横になれるよう、生成りの生地で作られた簡素な夜着を身に着けていた。

ローモンドで大怪我をしたカーライルは、帰国してすぐまた寝台を離れられなくなった。無理を押して長旅をしたため、傷がまた開いてしまったのだ。ローモンド兵と反乱分子に見つかるわけにはいかないという緊張が、帰ってきて緩んだせいもあると思う。帰城し寝台に横になってすぐ熱が上がり、五、六日は昼も夜も看病を必要とした。熱が引いても開いた傷が再び閉じるまでに時間を要した。

その間も、王の務めは待ってくれない。かといって、王がいるのにティルダが代理を務めるわけにはいかない。

ティルダは先日まで、看病の傍らカーライルに裁可を仰ぎ、横になっている彼にできないことをこなしていった。

しっかり養生したことで、カーライルの腹の傷は塞がった。帰城して十日目、身体を起こせるようになったからには、ティルダが手助けする必要はなくなったはずだ。そのため、膝にかけた毛布の上には、書き物ができるよう低い台が置かれていた。

だというのに、カーライルはいちいちティルダを呼んで意見を求める。

おかげで、機織りに集中することができない。兄グリフィスに織りかけのものを壊された後、新たに縦糸をかけたが、それから三カ月が経つというのに、まだ絵柄を織り込むところまでいっていない。

そもそも、カーライルが静養している部屋に織り機があるのがいけないのだ。ティルダが同じ部屋にいるから、カーライルも安易に相談してくるに違いない。

ティルダはカーライルのほうへは向かわず、広間から出て行こうとした。

「どこへ行く?」

「人を呼んで織り機を二階に運ばせようと思います。わたくしがここにいるせいで、貴方の政務に支障をきたしているようですので」

嫌み交じりに答えてみたけれど、カーライルは気にした様子もなく、鷹揚《おうよう》な笑みを浮かべた。

「そんなことはないぞ。そなたのおかげでとてもはかどっている。今の俺は、そなたに逐一訊かなければ、何一つ決められぬからな」

「先ほども申し上げた通り、王の好きになさればよろしいのです」

冷ややかに言い返したティルダに、カーライルは苦笑した。

「俺の好きなようにするためにはどのようにしたらよいのか、その方法がわからぬのだ」

なぞなぞのような言葉に、ティルダは苛立つ。いい加減文句を言いかけたそのとき、カーライルはつらつらと語り出した。

「近隣諸国と友好的な関係を築きたい。可能であれば互いに助け合う協定を結びたい。但し、援助させられる一方という事態になるのを避けるために、その都度なんらかの見返りを得られるよう、相手国と話し合いたい。――望むことは数多くあるが、それらを実現するために必要な知恵がない。だから、そなたに是非とも知恵を貸してもらいたいのだ」

期待に煌めく目を向けられ、ティルダは無意識に息を呑んだ。

自尊心をくすぐられて、心が疼く。

しかし、カーライルは自身が言うほど政《まつりごと》に疎いわけではない。それどころか、驚くほど知恵が回ることをティルダは知っている。

複雑な気持ちに囚われながら、ティルダはカーライルのそばへ引き返した。

期待に目を輝かせるカーライルから、親書を受け取って目を通す。

その途中で、ティルダはぽつりと訊いた。

「機織りの音がうるさくはないのですか?」

カーライルは嬉しそうに目を細めて答えた。

「いや。そなたの機の音《ね》は心地よい。聞いていると、子守歌を聴かされる赤子のように、心が安らいでいくのだ」

そういえば、熱が引いてからというもの寝台に縛りつけておくのが大変なカーライルだが、ティルダが機を織り出すといつの間にか眠っていたということがあった。

カーライルは、ティルダの機の音が子守歌に聞こえるのか。

何故か、ティルダの頬はじんわりと熱くなってくる。それをごまかすように、ティルダはつんと顎を反らして言った。

「でしたら、これからは遠慮なく織らせていただきます」

カーライルは、ははははと楽しげに笑った。

「是非ともそうしてくれ」

それからティルダとカーライルは、親書についての意見を交換し合う。後は族長たちにも相談してからということになって、ティルダは親書を片づけ、カーライルの膝の上の机をどけた。

「休憩しましょう。横になってくださ い」

「疲れてはおらぬ。寝ているのはもう飽き飽きだ」

駄々っ子のように言うカーライルを横にさせようと、上掛けに手を伸ばす。すると、カーライルはその手をいきなり掴んでティルダを引き寄せた。

「きゃ……！」

ティルダは小さな悲鳴を上げて、カーライルの上に倒れ込む。

カーライルはティルダが身体を起こす隙を与えず、逞しい腕の中に抱き込んだ。ティルダの細い顎を持ち上げると、すっと顔を近づけてくる。

唇が重なり、ティルダは驚きに目を見開く。信じられないほどの早業だった。しかも、唇の隙間から入り込んだ舌に口腔を甘く刺激される。

久しぶりの口づけは刺激が強すぎる。目がちかちかして、開けていられなくなった。

目をぎゅっと閉じた後、ティルダは首を左右に振ってキスから逃れる。

「だっ、駄目です！」

そう言って、カーライルを押し退けようとする。カーライルは再びティルダの顎を捉え、上向かせた。怒りを押し殺したヘーゼルの瞳が、ティルダを射貫くように見下ろしてくる。

「また俺を拒むのか？」

〝また〟の一言を強調され、カーライルが何を言わんとしているか察する。

その誤解に、ティルダは呆れため息を吐いた。

「違います。まだ傷口が閉じたばかりなのですから、もうしばらく安静にしていなければならないと申し上げたいのです」

カーライルがぽかんとするので、ティルダは彼の腹部に手のひらを滑らせ、傷口あたりをぐっと押した。

「――――!」

カーライルは、歯を食いしばって苦悶の声をこらえる。その隙に、ティルダはさっさと彼の下から這い出した。

広間から出て行こうとすると、カーライルの声が追いかけてくる。

「ま、待て……どこに行く……?」

「やはり、織り機を居間に運ばせようと思うのです。わたくしがそばにいると、王は養生してくれないようなので」

「わ、わかった。養生する。だからそばにいてくれ。頼むから……」

思わぬ懇願を聞いて振り向けば、カーライルが脂汗を流しながら、食い入るようにティルダを見つめている。

「この通りだ。な?」

そう言って頭を下げるカーライルを見て、ティルダは仕方なくそばに戻った。

「横になって休んでください」

水差しの置かれた棚から布を取り、横になったカーライルの額から汗を拭う。痛みが和らいだようで、カーライルは調子に乗ってティルダに訊ねる。

「なあ、いつになったらいいのだ? 子ができておらぬからには、いつかまた睦み合わなければなるまい？」

「少なくとも、傷口が痛むうちは駄目です」

ぴしゃりと言い放ってやったけれど、カーライルは諦められないらしい。

「激しく動かなければ大丈夫だ。無理はしない。なんなら、そなたが上に乗ってくれてもよいぞ」

「は？」

ティルダがあっけにとられて呟くと、カーライルはすぐに謝罪した。

「すまん。調子に乗りすぎた。だが、ローモンドの地で瀕死の状態にあったときにも、思うのはそなたのことばかりだったのだ」

「——！」

ティルダの胸がどきんと跳ねる。が、すぐに冷静になり、ティルダは眉間にしわを寄せた。

「調子のよいことを仰らないで。王である貴方が、わたくしのことばかり考えていられたはずがないでしょう。敵のただ中にあってご自身と同行の者たちの安全を考えなければならなかったでしょうし、アシュケルドのことも案じていたはずです」

きっぱり否定したのに、カーライルはちょっと残念そうな笑みを浮かべただけだった。

「それはそうだが、常に仲間や国のことを考えてなければならなかったわけではない。特に、ローモンドの豪族に匿《かくま》われてからは、絶体絶命のときに考えたことが繰り返し思い出されたものだ。——ただ、そなたに会いたいと。そなたに再び会うまでは死んでも死にきれないと。——そなたに会いたい一心で、俺はこうして帰ってきたのだ」

嘘に決まっている。カーライルが王の責務よりティルダを思うなんてありえない。――そう思うのに、頬がじんわりと熱くなってくる。赤くなったであろう顔を見られたくなくて、ティルダはカーライルから顔を背けた。

## 2　民の変化

アシュケルドの民は、良くも悪くも単純にできていると思う。

アルビンを始めとしたティルダに反感を抱いていた族長たちは、王が無事帰ってきた後、いつの間にかまるで以前から親しくしていたかのように、ティルダに気さくに話しかけてくるようになった。これまでティルダの言うことなすことにことごとく反発してきたというのに、大した変わり様だ。族長たちは当たり前のようにティルダに意見を求める。カーライルには「もはや、そなたなしには国が立ち行かぬな」とからかわれた。

それだけではない。族長たちが変わったのと同時に、他の民にも変化が現れた。会う者会う者謝罪をしてきて、それ以降はティルダに気づけば必ず挨拶するし、時に今度結婚するだの子どもが生まれるだのといった近況を話しかけてくる。

かつては民に慕われる王妃になりたいと望んでいたのに、いざそのようになると戸惑うばかりだった。

ティルダのそんな困惑をよそに、彼らはどんどんティルダを受け入れていく。

嫌った者と嫌われた者という違いもあるだろうが、過去に一切わだかまりを持たず接してくる彼らに、釈然としない思いを抱きながらも、ティルダはその単純さを羨ましくも思う。――急に友好的になった彼らに、口を揃えて「世継ぎは？」と訊かれるのは困りものだが。

今日の昼間も、アルビンから子作りの秘訣を聞かされそうになり、ティルダは許可を得ずに族長会議から退席した。好色な中年男性に男女の閨《ねや》について聞かされるなんてぞっとする。

とはいえ、いつまでも王妃の務めを拒んでいるわけにはいかない。

先日、押し問答の末に、ティルダはカーライルに条件を出した。

一つは、押しても傷口が痛まないようになること。もう一つは、本館で族長会議と晩餐に出席できるようになること。

この二つの条件を満たせば応じると告げると、カーライルはそのときより養生に専念した。といっても、ティルダに始終話しかけてきて退屈を紛らわせるのには困ったものだったが。

ともあれ、カーライルはよく寝てよく食べ、五日経った今日には、本館の集会室で族長会議まで開いたというわけだ。

その夜には本館で晩餐が開かれることになり、城内が久しぶりに明るく賑わいをみせていた。そんな中を、ティルダは万事滞りないか確認しながら回り、それから離れの館に戻る。

一階広間では、カーライルが療養中に使った物品が片づけられているところだった。療養の必要がなくなったので、今日からカーライルは自分の部屋に帰る。

カーライルと少々押し問答になったが、ティルダの機嫌を損ねて閨のことまで拒まれてはたまらないと思ったのだろう。かなりあっさりと引き下がった。

――そなたも本館に移らぬか？

――お断りします。

――そのようにきっぱりはっきり言わずとも……わかったわかった、そなたの言う通りにする。だから寝室から閉め出してくれるなよ？

王ともあろう者が、なんとも情けない。この城はカーライルのものであり、どこを自分の部屋にするかは彼の自由だ。閨のことだって、義務と言われたらティルダは応じるしかない。カーライルも、そのことはわかっているはずだ。――何故その手を使わないのだろう。ティルダを脅迫し、矜持《きょうじ》を折らせたくせに。

とはいえ、ティルダは騙されたようなものだった。カーライルは本当に戦いを起こすつもりではなかったのだから。

あのときのように論破されれば、ティルダは従わざるをえない。なのに、今のカーライルは、ティルダの機嫌取りばかりする。ティルダがちょっと眉を上げるだけで、謝ってすごすご引き下がる。そんな、腰の引けているカーライルを、ティルダは時折苛立たしく思う。何故なのかはわからないけれど、どうしてだか無性に。

自分の気持ちなのに、理解できなくてもやもやする。

政のほうがよっぽどかわかりやすいと思う日が来るなんて、思ってもみなかった。

そんなことを思いながら、従兄《いとこ》であるフィルクロード王太子アイオンから贈られた上質なブリオーを身にまとって晩餐に出る支度を終え、ティルダは寝室を出た。階段に向けて歩き出そうとしたところで、ふと壁際の人影に気づき足を止める。

「王……」

迎えに来ることはわかっていたのに。ティルダはひどく驚いた自分にまた驚く。

毛皮を使ったアシュケルド風の豪華なチュニックに着替え腰に大剣を佩《は》いたカーライルは、弾みをつけて壁から離れると、ティルダにゆっくり近づいてきた。

驚いた自分を隠そうと、ティルダは冷ややかなまなざしを彼に送る。

「まっすぐ大広間に行かれればよろしかったのに。まだ本調子ではないのですから」

本人は平気なふりをしているが、壁から離れるときの動作や、歩く際に肩が左右に揺れる様子から、身体のだるさが窺える。

カーライルは、肩をすくめて苦笑した。

「体力が衰えているだけだ。長いこと寝込んでいたからな。鍛えればすぐに元通りになる」

迎えに来なければ、ティルダがそのことを理由に今宵の約束を反故《ほご》にするとでも思ったのだろうか。怪我をおしてまでしたいと思うカーライルの心理が、ティルダには理解できない。

内心呆れるティルダに、カーライルが手を差し伸べてきた。小さくため息を吐きながら手を重ねると、カーライルはゆっくりと歩き出した。

「そなたをこうして迎えに来るのも、俺の楽しみの一つだからな。――ほら、階段だ」

ティルダの衣装の裾は、床に引きずるほど長い。普通に歩くときもだが、階段を下りるときなどは特に気をつけないと転んでしまう。

ティルダは裾を持ち上げ、ゆっくりと階段を下りた。カーライルはティルダに手を貸しながら、歩調を合わせてくれる。

そうした気遣いを、ティルダは妙に面映《おもは》ゆく感じる。男性からこのような気遣いをされる経験が乏しいからなのか――相手がカーライルだからなのか。

思わしくない方向へ思考が流れているのに気づき、ティルダは階段を下りるのに集中することで、考えていたことを頭の中から締め出した。


久しぶりの晩餐は、大いに盛り上がった。王の〝全快〟を祝い、出席者が拙《つたな》い芸を見せて失敗しては、大広間が笑いに溢れる。

そんな中、あちこちで話題に上ったのは、晩餐の代わりにティルダが提案した「夕餉への招待」のことだった。

安静を余儀なくされたカーライル。だが、カーライルが動けなかった折に活躍した者たちをはやく労《ねぎら》ってやらねばならないし、帰ってきたもののなかなか人前に姿を現さないのでは、民がまた不安に陥る。

そのため、カーライルの熱が下がってからというもの、ティルダは王の名において、功績を挙げた者を少人数ずつ夕餉に招いた。安静が必要といってもカーライルも食事をしなければならないし、短時間なら身体を起こしていられる。何より、腹の傷以外、カーライルはどこも悪くないのだ。夕餉に招かれた者たちが、カーライルの元気な姿を見て安心し、それを他の者たちに伝えてくれれば、少しは皆を安心させられるのではないかと考えてのことだった。

だが、「夕餉への招待」を人々は特権と感じたらしい。

「王妃の館に招待されたのか？」

「へへへ、羨ましかろう」

「あんまり自慢すんな！　首絞めたくなる」

いつの間にか「離れの館」が「王妃の館」と呼ばれるようになっているし、館に入れたことが羨望の対象になったことにも驚きだ。

夕餉に招待された者たちは、館の中のことを周囲の者たちに話して聞かせた。本館より間取りが広いこと。壁面に使われる白い石は明かりをよく反射するので、本館よりかなり明るく感じたこと。

一番話題になったのは、タペストリーだった。殺風景な室内が華やかになると、男たちの間でも評判は上々のようだ。族長たちからも、宿に飾りたいので何枚か都合してもらいたいと言われている。

ティルダは、カーライルがよそった料理を食べ、注いでくれた果実水を飲んだ。そんなティルダを酒の肴《さかな》にしているかのように、カーライルはティルダを見つめながら酒の杯に口をつけ、食事に手を伸ばす。

宴もたけなわとなり、ティルダは皿に盛られた料理を食べ終えた。

それを見計らって、カーライルが声をかけてきた。

「そろそろ退席するか？」

晩餐から引き上げることを催促されたのは、今回が初めてだ。カーライルは、よほど待ちきれないらしい。

期待を隠せない彼の光る目を見ながら、ティルダは別のことに思いを馳せていた。

いつまでもためらっているわけにはいかない。そろそろ決断しなければ。

ティルダは思い詰めながら席を立った。

## 3　可愛い決断

思い悩んでいたティルダは、後ろからついてくるカーライルがいつになく無口なことに気づかなかった。

そんな調子だったから、寝室に入ったときにカーライルに話しかけられたときには、飛び上がってしまいそうなくらい驚いた。

驚いたのはそれだけではなかった。カーライルが言いにくそうに衝撃の言葉を口にする。

「そなたがそれほどまでに嫌というのなら、その気になるまで、もう少し待ってもよい」

勢いよく振り返り、冷や汗が出る思いでカーライルを凝視する。

誰から話を聞いたのだろう。〝あれはフィルクロード王太子アイオンとの、二人だけの秘密だったのに〟。

アイオンが約束を破って城代にでも話し、それがカーライルに伝わったのだろうか。〝あの話〟を広められでもしたら、下手をすればティルダは身の破滅だ。

ティルダにまじまじと見つめられ、カーライルは気まずそうに目を逸らし、顎の脇を指でかいた。

「その、あー……あまり待たせないでくれるとありがたいが」

逸らされた視線が、ティルダの背後にちらりと向けられる。

それでカーライルが言わんとしていることを察し、ティルダは慌てて訂正した。

「違います。嫌なのはそのことではありません」

すると、カーライルは嬉しそうに顔を輝かせた。

「では、今宵は約束通り抱かせてくれるのだな」

欲望を隠さないカーライルに居心地の悪さを感じ、ティルダはふいと横を向いて素っ気なく答えた。

「約束ですから」

頬に火照りを感じるのは気のせいだと、ティルダは自分に言い聞かせる。そんなティルダをからかうことなく、カーライルはティルダの背に腕を回して抱き寄せた。

顎をそっと掴まれ、上向かされる。

正直、〝あの話〟をするより、カーライルと閨を共にするほうが気が楽だ。

話をするのはまた今度にしようと、ティルダはそっと目を閉じる。

近づいてきたカーライルの唇は、触れる寸前で止まった。

「なら、何を思い詰めていたんだ？」

ティルダはぎくっと身体を強張らせる。

「な……なんのことですか？」

そろりと目を開けると、間近にカーライルの不審げな顔が見えた。

「大広間を出るときから、何か考え事をしていたではないか。ひどく悩んでいるようだったから、声をかけることもできなかった」

話しかけられなかっただろうか？　記憶がなくて、ティルダは口元に軽く拳を当てて考え込む。

そんなティルダを待たずに、カーライルはさらに言った。

「〝違います〟と言ったということは、閨のこととは違う何かで思い悩んでいたのだろう？」

カーライルは追及を止める気がないらしい。ティルダを抱き締めていた腕を解き、目線を合わせてくる。

ティルダはため息を吐いて、カーライルから一歩下がった。

「……アシュケルドには、これといった特産物がないではありませんか」

「うん？」

突拍子もないところから話を始めたのに、カーライルは気を悪くした様子もなく話の先を促す。

ティルダは観念して、ぽつぽつと話を続けた。

「交易路を国の管理下に置き、ヒッグスにも交易路を敷いたことで、商人の行き来がますます増えています。交易路から得た収益で、訪れる商人たちから商品を買い、民の生活は徐々に豊かになっています。ですが、このまま交易路からの収益にのみ頼っていたら、いつか収益が上限に達します。需要に供給が追いついてしまったら、行き交う商人はそれ以上増えず、交易路から得る収益も頭打ち。アシュケルドはそれ以上の発展を望めなくなります。民は豊かさを追い求めるもの。発展が止まれば、不満の声が上がるようになるでしょう。生活水準がフィルクロードに及ばない段階で発展が止まったら、なおさらにです。そうなってから対策を練っても遅い。ですから、今のうちから何らかの産業を興《おこ》す必要があります」

話にキリがつくと、辛抱強く聞いていたカーライルがすかさず訊ねてきた。

「それで、どのような産業を興すと良いのだ？　そなたのことだ。すでに考えがあるのであろう？」

にっこり笑うカーライルに、ティルダはうっと言葉を詰まらせる。

つらつら話すうちに湧いてきた勇気が、訊ねられることで萎れてしまった。だが、ティルダの都合で国が発展するチャンスを逃すわけにはいかない。

ティルダは、覚悟を決めて口を開いた。

「……ようさんを始めたらどうかと思うのです」

「よーさん？」

「養蚕です！　絹織物の原料を作るのです！」

やけっぱちに叫ぶと、カーライルは仰け反って目を丸くする。

何も言われないうちに、ティルダは言葉を連ねた。

「はるか東の国から絹生産の技術が伝わってまだ年月は浅く、供給に需要がまったく追いついていない今が、絹の一大生産地としてアシュケルドが栄える最大のチャンスかと。この話はアイオン殿――フィルクロード王太子から持ちかけられたもので、毎年一定量の絹をフィルクロードに卸《おろ》すことを条件に、絹生産に必要なものをアシュケルドに融通してくださるそうです。詳しい話はフィルクロード王太子にお聞きいただきたいのですが、冬の厳しいアシュケルドには好都合な産業なのです。それに、アシュケルドの染め物には独特の味わい深い風合いがあって、絹をそれらの色に染めて布を織れば、付加価値をつけて売ることができます。アシュケルドの風景をタペストリーに織り込めば、それもまた高値で取引されることでしょう。絹を仕入れて染めたりタペストリーを織ったりするのでは、原材料にお金がかかりすぎて割に合いません。ですが、絹そのものを生産できるようになれば、アシュケルドを支える産業に発展することは間違いないのです」

力強く説明を終えたティルダに、カーライルは首をひねった。

「願ってもない話だが、そなたは何を思い悩んでいたのだ？　我が国では、絹生産が成功するとは限らないとか？」

「その点は大丈夫かと思います。アシュケルドを訪れた職人が、適していると評価したそうなので。ただ……」

ティルダはまた言いよどむ。カーライルは再びそばに寄り、顔を覗き込んだ。

「〝ただ〟？」

身を切るような覚悟で、ティルダは告げた。

「絹は、その……虫を育ててそれが作った繭から糸を取るのです。虫が嫌いな者には酷な仕事かと」

カーライルはぴんとこないらしく、さらに首をひねった。

「アシュケルドの者は、普段から山野を巡ったり畑仕事をしたりしているから平気だろ。それより、繭から糸を取る？　ということは何かの幼――」

「それ以上は言わないで！　詳しいことはアイオン殿から聞いてください！」

ティルダは怒鳴って、カーライルの話を遮る。

だから話したくなかったのだ。嫌いではない者は、無神経に話題にする。ティルダは話をするだけでも怖気《おぞけ》立つほど嫌いなのに。

このことを民に知られたら……ティルダは身震いして自らの身体を抱き締める。

ようやく察したカーライルは、ティルダの姿を見下ろした。

「しかし、そなたが着ているのは」

「やめて！　言わないで！　わたくしの前で話をしたり、このことを言いふらしたりしたら、二度と寝室に入れませんからっっ！」

ティルダはきゃんきゃんわめき立てて、再びカーライルの言葉を遮った。

そのことを知ったとき、ひどくショックだったのだ。だから別の素材でできたものを求めたが、肌着はともかく、ブリオーの袖やスカートの優美なドレープは絹でなければ作れない。洗練された装いは、ティルダにとって自らを守る鎧のようなものだ。だから、普段は原材料のことを考えないで身に着けている。

この弱点を突かれたら、アシュケルドでは生きていけない。

息荒く威嚇するティルダに、カーライルは笑いをこらえて言った。

「わかったわかった。そなたの前では二度と口にしないし、誰にも言わない。フィルクロード王太子に話をつけてくれれば、後のことはすべて俺がしよう」

「……頼みます」

ティルダはほっとして、肩から力を抜く。

抱きたいがために機嫌を取ろうとするカーライルであれば、ティルダが嫌がることはしないだろう。——そう考えたところで、ティルダは自分に呆れた。顔に出てしまったであろう安堵の表情を見られたくなくて、彼に背を向ける。

カーライルと六年ぶりに顔を合わせてから、まだ半年しか経たない。なのに、ティルダはもう彼に信頼を寄せているらしい。

カーライルがしたことを、ティルダは一生許す気はない。その決意を翻せば、人々の笑いものになることは目に見えているから。もちろん、彼に対して愛情を覚えているわけでもない。六年もの間不遇を強いてきたカーライルを愛せるわけがないし、彼が口にした「愛してる」という言葉を信じたわけでもない。――戦いに赴く前にほろっと零した世迷い言だと、ティルダは考えている。

だが、ティルダの立場を見事立て直したカーライルを、一人の人間として評価しないわけにはいかなかった。

今や、ティルダを愚弄する者はアシュケルドにおらず、皆が敬意か親愛を捧げてくる。

命じるのではなく、民一人一人が心からティルダを敬愛するよう仕向けたカーライルの手腕は驚嘆に値する。ティルダの個人的な事情を抜きにすれば、為政者として、また一人の人間としても、彼は尊敬できる人だと思う。

そんな思いが、彼への信頼に繋がっているのかもしれない。

考えに耽っていると、カーライルに後ろから抱きすくめられた。

「そろそろいいだろうか？　――もう我慢の限界だ」

耳元で低く響く声に、ティルダの身体はぞくぞくと震える。

声を聞いただけでこんな反応をしているなんて思いたくないし、知られたくもない。

だからティルダは、素っ気なく答える。

「約束でしたから」

それだけで、ティルダが了承したとわかったのだろう。カーライルはティルダの顎に手をかけて振り向かせ、覆い被さるようにして唇を重ねた。

## 4　久しぶりの営み

カーライルの口づけを、ティルダは静かに目を閉じて受け入れた。高鳴る胸の鼓動を悟られまいとするがためだった。

ティルダもこの行為を待ち望んでいたなんて思われたくない。これは義務。仕方なく受け入れているのだと、自分に言い聞かせる。

〝言い聞かせる〟という言葉が思い浮かんだ瞬間、ティルダは忸怩《じくじ》たる思いに駆られた。そんな言葉が頭に浮かんだ時点で、期待していたと認めたも同然だ。彼との営みを夢に見て、はっと目を覚ましてはくすぶる身体を持て余し、眠れない夜を過ごした。そんなこと、一度や二度だけではない。

唯一の慰めは、その思いが身体の反応からくるものだとわかっていることだった。

カーライルに言われたこともある。性について覚え立ての身体は快楽に弱い、ティルダの未熟な身体につけ込んでいる、と。

だが、カーライルと身体を重ねたときから半年が経つ。〝覚え立て〟という時期は、とうに過ぎている。いい加減、快楽に翻弄されないようになりたい。

快楽に流されまいと、ティルダは身を固くした。

そんなティルダから、カーライルはサークレットを外して近くのテーブルに置くと、次いで絹のブリオーも脱がせた。

「久しぶりだからといって、緊張することはない」

下着姿になったティルダを、カーライルは寝台へと運ぶ。だが、横たわらせるのではなく、腰かけたカーライルの膝の上に乗せ、彼に背を向けさせた。こんなことをさせられたのは初めてだ。どうするつもりなのかと困惑していると。背後から回ってきたカーライルの手が、下着越しにティルダの両胸を揉みしだいた。

「ん……っ」

声はこらえたものの、喉が鳴ってしまう。

大きく熱い手のひらの中で、ティルダの豊かな乳房が、彼の意のままに形を変えているのが下着越しにもわかる。その卑猥な光景を見たくなくて固く目を閉じれば、感覚が鋭くなり、彼の手をいっそう意識することになった。

カーライルの手は、ティルダの胸をいろんな方向から揉みながら、指の腹で表面を撫でる。その指が膨らみつつある蕾を探り当てると、乳房を掴んだまま指先でぐりぐりと弄《もてあそ》んだ。乳房を揉まれるより強い刺激が、甘いしびれとなって身体の中を駆け巡り、腹の底へたまっていく。

「あっ、や……！」

久しぶりに与えられた快感に、ティルダは身悶える。だが、二の腕ごと彼の腕に抱えられているので、大して動けない。

快感から逃れたいのか、それとももっと快楽を与えて欲しいのか。ティルダの上体は、次第に前へと傾いでいった。それを追いかけるように、カーライルの胸がティルダの背にぴったりと張りついてくる。亜麻色の艶やかな髪を三つ編みにして左肩から前に垂らしているため、右肩側の首筋は無防備にも露わになっていた。カーライルはそこに顔を埋め、ティルダの雪のような白い肌に強く吸いついてくる。

「や……な、何……？」

キスとも違うその感触に困惑していると、何度か吸いつかれた後に軽く歯を立てられた。

「あっ、んっ」

噛まれて感じるなんてどうかしている。自分の反応に混乱するティルダの耳元で、カーライルは低く囁いた。

「すまない」

何を謝っているのかわからなかったけれど、ティルダはそれどころではなかった。耳の中へ吹き込まれたカーライルの声にぞくぞくして、反応をこらえるのが精いっぱいだったのだ。

脚の付け根の疼きはすでに耐えがたいほどで、ティルダは太腿をすり合わせて疼きを散らすのに必死だった。そのために身体はますます折れ曲がり、知らず突き出すような恰好になっていた尻が、棒のような何かに当たる。その瞬間、カーライルが息を呑むのが聞こえて、ティルダはそれが何かを察し顔を真っ赤にした。

ばつの悪さをごまかすように、カーライルは軽い笑い声を立てる。

「まあそんなわけだから、あまり刺激してくれるな」

ティルダは経験が浅いけれど、この硬さといい勃ち上がり方といい、カーライルがかなり興奮しているのがわかる。

「あ……その……」

ティルダがさらに真っ赤になると、カーライルはまた笑い、早業でティルダを寝台に横たわらせた。気まずさを振り捨てるように、上着を脱いで剣帯を外し、チュニックを頭から抜く。床へ無造作に投げ捨てられたそれらの上に、長袖の下着も落とすと、カーライルは振り返ってティルダを見据えた。

カーライルが服を脱ぐ様子をぼんやり眺めていたティルダは、欲望をたたえた視線に射貫かれてびくっと身体を震わせる。

本能的に怖いと思いながらも、身体の奥底にツキンと甘い痛みが走る。

ティルダから視線を外さないまま、カーライルは寝台に上がってきた。寝台がぎしっと音を立てて揺れる。

カーライルはゆっくりとティルダにのしかかり、逞しい身体を見せつけた。筋肉の盛り上がった肩や胸、腕、引き締まった腹部に大小新旧様々な傷痕が残っている。

一番大きいのが、左脇腹近くにある刺し傷だった。一度くっつきかけたものが開いてしまったので、幅が広く皮膚が引きつってしまっている。

ティルダの視線がそこに釘付けになっているのに気づき、カーライルは苦笑した。

「大事ない。もう傷は塞がったし、痛みも消えた。そなたが押して確かめたではないか」

ティルダは気恥ずかしくなって頬を染めた。

もう治ったと主張するカーライルが信じられなくて、何度も彼の腹を押した。力を込めたにもかかわらず彼にはくすぐったかったらしく、「あまり刺激されると、この場でそなたを押し倒したくなる」と笑いながら言った。ティルダが顔を真っ赤にして居たたまれない気分になったのは言うまでもない。

覆い被さってきたカーライルは、ティルダの顎に手を添えて口づけてきた。触れ合わせるだけの軽いものから、やがて唇の間から舌が入り込んでくる深いものへと変わっていく。

カーライルの手が、肌着の裾から入り込んで、ティルダの胸を直に揉みしだく。すっかり膨らんだ蕾を探り当てると、指の腹でこすったり摘んで引っ張ったりする。

「んっ、んん……っ」

キスで口を塞がれているから、声も上げられない。快楽を散らす手段を一つ封じられて、ティルダはカーライルに押さえつけられた身体をわずかに身悶えさせるしかない。

太腿をすり合わせるだけではどうにもならなくなってきた頃、カーライルがティルダの下穿きを取り払い、脚の間に手を差し込んできた。

「んー！　んっん……っ」

欲しかったところに刺激を与えられ、ティルダは唇を塞がれたまま、喉を大きく鳴らす。

カーライルはやや強引にティルダの脚を割り開くと、自身の身体をその間にねじ込んだ。片脚を肩にかけてさらに大きく開かせると、蜜口に指を滑らせかき回す。

くちゅ、という水音が聞こえてきて、ティルダは驚きに目を見開いた。

たった今触れられたばかりだというのに、もう潤っているなんて。

自分の身体の淫らな反応を知り、ティルダの頬は見る間に赤く染まる。

その動揺がカーライルにも伝わったのか、彼は唇を離して囁いた。

「何もおかしいことではない。久しぶりともなれば、快感を拾いやすくなっているものだ。俺は嬉しい。そなたの身体が俺を欲しがっているとわかって」

「なっ――あっ、うっん……っ」

あけすけなことを言われて抗議の声を上げかけたティルダは、カーライルの指が胎内に沈むのを感じ、思わず身体を仰け反らせる。抗議のために開いたはずの口からは、艶めいた声が零れ落ちた。

久しぶりに開かれたそこは、指一本でもきつく感じた。が、それでもティルダの身体はもっと刺激を欲し、狭かった路はすぐに彼の指に馴染む。指はすぐに増やされ、それもまたすぐに馴染んだ。内壁が、指が増えたことでいっそう刺激が高まり、ティルダは快楽の頂点へと追いやられていく。

快楽に弱い自分が恥ずかしくて悔しくて、ティルダは唇を噛み締めた。せめて声は出すまいと、息も止めて耐えていると、カーライルのもう一方の手が頬に添えられ、親指の腹で唇をなぞられた。

「そなたはよく唇を噛む。だが噛むな。傷ができるし、恥ずかしがることはない。ここにはそなたと俺しかいないのだから、大いに乱れても、誰にも知られることはない」

そんなことを言われても、カーライルにも知られたくなければ、見られたくもないのに。

カーライルの言葉に逆らうように、ティルダはふいと横を向いて唇を噛む力を強める。すると彼は、ティルダの身体を持ち上げて、残る肌着を脱がせた。彼自身も寝台の端に腰かけて、下衣をすべて脱ぎ去る。

カーライルの下肢を見ないように目を逸らしていると、脚の間に戻ってきた彼は、ティルダの両膝裏に手をかけ、いきなり折り畳んできた。赤ん坊がおしめを替えるときのような恰好をさせられて、初めて取らされる恥ずかしい姿勢に、ティルダはにわかに抵抗する。

「なっ、何を――あっ」

脚の間に何かが触れ、喘ぎ声を上げてしまう。思わず下肢を見れば、カーライルが自身の先端を、蜜口に合わせようとしているところだった。

数え切れないほど夜を重ねてきているのに、ティルダがまともに見るのはこれが初めてだった。

色形の奇妙さよりも、ティルダはまずそれの太さ長さに恐れをなした。

そんなものを入れられたら、身体が裂けてしまう――。

何度も受け入れてきたことも忘れ、ティルダは怯える。

「嫌……待っ――」

が、その声はカーライルの切羽詰まった声を聞くのと同時に消えた。

「すまない。もう自制が利かない」

言うなり、自身を勢いよく突き入れてきた。

「あぅ……っ！」

ティルダは呻《うめ》き声を上げる。が、それは苦悶の声ではなく、強烈な快楽に小さな果てを見た、驚きの声だった。

ティルダの中が強く引き絞られているというのに、カーライルは構わず自身を叩きつけてくる。

一旦受け入れると大きさへの怯えは嘘のように消え、激しく揺さぶられながらも、呼気荒く汗を滲ませながら腰を振る彼を観察する余裕さえできた。

自制が利かないというのは、本当のことらしい。営みの最中は気遣いすぎるほど気遣ってくれていた彼が、今は熱に浮かされたように律動を繰り返す。

「ティルダッ、ティルダ……ッ」

譫言のような呼び声を聞きながら、ティルダはどこか安堵を覚えた。カーライルほどの男でさえ、欲望に振り回されることがあるのだと知って。

激しく揺さぶられているうちに、一度果てたティルダの身体は再び熱を帯びてくる。思考は快楽に流され、嵐の中でもみくちゃにされる木の葉のように荒々しく揺さぶられながら、ティルダはカーライルと共に頂点へと駆け上がっていった。

## 5　フィルクロード王太子の再来訪

一度果てた後、カーライルは憑き物が落ちたようになった。性急で乱暴だったことを詫び、ぐったりと寝台に沈むティルダに、甲斐甲斐しく世話をする。ティルダに夜着を着せて上掛けを首元までかけると、カーライルは隣に滑り込んできた。

「本当にすまなかった」

「もういいと言っているでしょう?」

ティルダはうんざりしながら答え、カーライルに背を向ける。カーライルはティルダの腰に腕を回して引き寄せると、背中に胸をぴったりくっつけ抱き寄せた。

「痛いところはないか?」

「……ありません」

「やっぱり怒っているのではないか?」

「怒っていません」

なのにとげとげしい言い方になってしまうのは、苛立っているからだった。

久しぶりであり、十分に高められないまま繋がってすぐ終わってしまったために、ティルダの胎内では未だ熱がくすぶっていた。

けれど、足りないなんて決して言えない。そんなこと、矜持が許さない。

不満を抱える自身の身体にも苛立つのに、それ以上に苛つくのは、カーライルのへりくだった態度だった。

過去のことを慮《おもんぱか》ってのことなのだろうが、それにしたって顔色を窺いすぎだ。

彼自身も満足していないことは、臀部に当たる硬いものからもわかる。

けれど腹を立てていたティルダは、それに気づいた素振りを見せず、くすぶる熱を持て余しながら、長い時間寝たふりを続けた。


それから数日後、諸国を回っていたフィルクロード王太子が戻ってきた。

謁見に臨むべく大広間に現れた彼は、到着して間もなかったため、質素な旅装をしていた。使い込まれたマントを背中に流し、生成りのチュニックとブレー、ふくらはぎに巻いた革のゲートルでブレーの裾と短靴を留めた出立ちをしている。

ティルダと面差《おもざ》しの似たこの青年は、たった二人の供を背後に従え、カーライルの前で膝を折った。

「初めてお目にかかります。フィルクロード王太子アイオンと申します」

「アシュケルド王カーライルだ。腰を上げられるがよい、アイオン殿。話は伺っている。貴国にはかねてから我が国にご助力いただき、このたびは同盟を申し入れてくださったとのこと、感謝にたえぬ。話は後にして、まずは旅の疲れを癒やされよ。案内させよう」

カーライルが手を軽く上げると、城代が大広間に入ってきて、アイオンに一礼した。

「お部屋に案内いたします」

アイオンは城代を振り返って声をかける。

「いつものように風呂ももらえるか？」

「はい。用意しております」

カーライルに向き直ると、アイオンはばつの悪い笑みを浮かべた。

「旅は好きですが、風呂に難儀するのだけはいただけない。貴城ではいつも贅沢させていただいています。かたじけない」

温泉のないアシュケルドでは、風呂は贅沢の一つだ。貴重な薪《まき》と湯水を運ぶ重労働。そのため、アシュケルドの民は特別なときにしか風呂に入らない。普段は水を浴びるか、湯水で絞った布で身体を拭く。アイオンはそれを知っているから、カーライルに謝意を伝えたのだろう。

ティルダがちらっと横を窺うと、カーライルはにこやかな顔をして鷹揚に答えた。

「お気になさるな。貴国からの恩に比べたら、風呂など安いもの。滞在中、風呂が欲しいときにはいつでも城代に頼まれるとよい」

「ありがとうございます」

アイオンは一礼して、城代について大広間を出て行った。


その日の午後、集会室にて同盟内容の話し合いがもたれた。事前に協議してあったので、話はすんなりとまとまる。

残りの時間は、風呂の話になった。

風呂を浴び、フィルクロード風の膝丈まである簡素なチュニックを身に着けたアイオンは、意気揚々と説明した。

「かまどの真裏に貯水槽を作れば、そこで水を温められるし、水が自動的に流れ込んで出て行くからくりさえ作ってしまえば、湯水を運ぶ手間もなくなる。そのからくり作りも、山の傾斜を使えば容易なはずです」

風呂の話に、族長たちは興味津々だった。宿泊客たちから風呂に入れないのかと文句を言われ、作ってみたものの風呂の準備は大変で、なのに客からあれこれ不満を言われ辟易しているのだという。

ティルダは黙って彼らの話を聞きながら、内心感心していた。

かつての族長たちなら、文句や不満を言う者たちと一戦交えていそうだ。だが、客商売について学んだ彼らは、忍耐というものを覚えたらしい。

客の我が儘に何でもかんでもつき合う必要はないが、風呂の文化のある国から来た旅人にとって、宿に風呂がないのは辛いだろう。ましてやここは寒い土地。風呂で温まれると聞けば、冬場もアシュケルドを通る旅人が増えるだろうと予想している。

考え事をしている最中にふと視線を感じ、ティルダは顔を上げる。と、アイオンがにやりと笑みを寄越した。

「風呂が普及するといいね」

ティルダは顔をしかめた。

わざわざこのような場で言わなくてもいいものを。

ローモンドでも風呂は贅沢だったが、母と暮らしていた離宮には温泉が引き込まれた風呂があって毎日入っていた。アシュケルドに嫁いでからは、特別な日以外、わずかな湯で身体を洗うのがせいぜいだった。そんな生活が苦にならないわけではない。だが、自分一人贅沢をするつもりもなかった。――以前、風呂のない生活についてアイオンに訊かれたとき、このように答えたのを覚えている。アイオンはそれを覚えていて、風呂が普及すればティルダも普段から入れるようになると言いたいのだろう。

カーライルが、怪訝そうにティルダの顔を覗き込んだ。

「なんの話だ？」

「……風呂が普及すれば、アシュケルドを訪れる旅人も増えるだろうと、以前アイオン殿と話したことがあるのです」

本当のことをここで説明して、ティルダがたっぷりのお湯に浸かりたいと思っていることを暴露するつもりはない。それに、今言ったのも本当のことだ。風呂の普及はアシュケルドの発展に一役買うことは間違いない。

話を逸らしたティルダに、アイオンはにやにや笑う。アイオンを睨みつけることに気を取られていたティルダは、カーライルが不機嫌そうに顔をしかめたのに気づかなかった。

風呂の設置に関する話は、晩餐の時間になるまで続いた。集会場にいた一同は、直接大広間へ向かうことになった。

晩餐では、フィルクロード王太子アイオンを賓客に招き、カーライルの左隣に彼の席が設けられた。ティルダはいつものように、カーライルの右隣に座る。

飲み物や料理が運ばれてくると、カーライルは普段通りにティルダの杯に果実水を注ぎ、料理を取り分け始めた。

カーライルの大きな身体の向こうから覗き込むようにして、アイオンはティルダに話しかけてくる。

「へぇ～、王に料理を取り分けてもらってるんだ」

からかう気満々のにやけ顔にむっとしたティルダは、つんとすまして答えた。

「〝もらっている〟のではなく、王が勝手になさっているのです。王がそう望まれたのですから、わたくしの口を挟めることではありません」

口を挟めないのは本当のことだ。

相手が王妃とはいえ、王が他人に給仕するなどあってはならない。そのようなことをする王に民は失望を覚え、他国の者から侮られることとなる。

だが、ティルダが初めて晩餐に出席したときからカーライルが給仕し、使用人たちはかかわろうとしない。カーライルに言ってても取り合ってもらえず、かといってティルダが直接使用人に言えば、それもまた王の権威を損ないかねない。

カーライルが、二人の会話に割って入った。

「〝ティルダ〟の言う通り、俺がしたくてやっているのだ。〝ティルダ〟の好きにさせると、粗食ですませかねないのでな」

ティルダは少しだけ目をしばたたかせ、カーライルを見た。人のいるところで名前を言われたのは、今回が初めてかもしれない。

物珍しく見つめていると、またアイオンがからかってくる。

「確かに。ティルダは粗食に甘んじることに固執してますから。——に、しても、〝あの〟ティルダがねぇ……」

思わせぶりな視線を向けられ、ティルダはまた顔をしかめた。

アイオンは、王に見向きもされなかった頃のティルダを知っている。あの頃はカーライルに助けを求めることを頑なに拒み、彼などいなくてもやっていけることを証明しようとするかのように意固地になっていた。

そんなティルダを知っていて、かつ王との和解を勧めていたアイオンだから、今の状況を喜んでいるのはわかる。けれど、彼のにやにや顔を見ると腹が立ってくる。

「言いたいことがあるのでしたら、はっきり仰ったら？」

「いやいや、わざわざ言うまでもないだろう？」

そう答えるアイオンは訳知り顔だ。

アイオンとは幼少期からのつき合いだ。年に一、二度だったが、ローモンドの離宮にやってきた。

自分の心を隠すことを知らない時期を知られているせいか、アイオンには心のうちを見透かされているような、居心地悪い気分になる。

アイオンは、ティルダとカーライルの関係が上手くいっているとでも思っているのだろうか。

久しぶりに閨を共にしてからというもの、どことなくぎくしゃくして、そんな状況に苛立ちとも焦りともつかない嫌な気分にさせられているのに。

今はからかいを受け流せるほど、心に余裕はない。

国賓に対して失礼ではあるが、そこは慣れ親しんだ仲。アイオンが国賓らしい態度を取らないのなら、ティルダも好きにさせてもらうことにする。

ティルダはアイオンを無視して、カーライルが取り分けてくれた料理を口に運ぶ。さっさと食べ終え、いつものように早々に席を立とうと考えていた。

## 6　王の嫉妬

普段と変わらずさっさと晩餐から引き上げたティルダの後を、カーライルはつかず離れずの間隔を空けて追いかけた。

その心に、今にも爆発しそうな複雑な思いが渦巻いていた。

ティルダとアイオンは従兄妹同士だ。しかも、カーライルがティルダをかえりみなかった六年の間、アイオンは何度かティルダのもとを訪れ、彼女に協力し助けとなってきた。

カーライルに怒る筋合いなどない。むしろ、ティルダと共にアシュケルドの発展に寄与してくれたことに感謝すべきだ。

そう自分に言い聞かせるのに、どうしてもカーライルの心は鎮まらない。

先ほどのやり取りはいったいなんだったのだ——そう問いただしたくなる。

集会室でのこともそうだ。二人が言外に交わし合ったのは、ティルダが答えた通りのことではないだろう。

言葉にしなくても通じ合っている二人を見ているとむしゃくしゃする。

回廊に差しかかったところで、カーライルはおもむろに口を開いた。

「ところで、アイオン殿は何か用でも?」

立ち止まり、背後を振り返る。

何食わぬ顔をしてついてきていたアイオンは、悪びれない笑みを浮かべて答えた。

「ええ。あの話はしたかとティルダに」

「〝あの話〟?」

また二人だけの話か。腹の底からむかむかしてくる。アイオンにとって従妹であろうが、ティルダはカーライルの妻だ。馴れ馴れしくしていい道理はない。

怒りが爆発しそうになったそのとき、先にティルダが声を荒らげた。

「絹生産の話でしたら、どうぞ二人でなさってください！」

言い切るなり、肩を怒らせてすたすたと行ってしまう。

カーライルがあっけにとられて見送っていると、後ろからくっくっと押し殺した笑い声が聞こえた。

もう一度振り返ると、片手で腹を押さえたアイオンが、もう一方の手で目尻を拭いながら言う。

「大人顔負けの知力で国を発展に導いたかと思うと、あんなものを怖がるなんて、可愛いところがありますよね」

ティルダを可愛いと言われむっとしたが、二人がなんの話をしているのかわかってひとまず怒りは収まった。

相手は、借りを作りまくっている国から来た王の代理人だ。王とはいえ、いや、王だからこそ私情を挟むわけにはいかない。

「よければ今から話をしよう。こちらへ」

行き合った使用人に酒肴を持ってくるよう命じ、カーライルは三階の自室に入る。

続けて入ってきたアイオンは、狭く雑多に物の置かれた部屋を物珍しげに眺めながら訊いてきた。

「ここは？」

「俺の部屋だ」

答えながら、上着を脱いで椅子の背にかける。

再びアイオンを見ると、彼はカーライルに顔を向け、目をしばたたかせていた。

驚き方もティルダとそっくりだ。それだけでも嫌な気分になるのに、アイオンはカーライルが気にしていることを平気で抉る。

「離れの館でティルダ——失礼。王妃と一緒に暮らしているのでは？」

剣呑な視線を向けたからか、アイオンは言い直す。

代々アシュケルドの長は、妻と共にこの部屋で暮らした。アシュケルドが国となり、カーライルが初代王となってからも、その伝統を続けるつもりだった。

それが、ティルダの思いがけない幼さと、そんな彼女に覚えてしまった疚《やま》しい欲望によって狂ってしまった。

どんなに謝罪しても、どんなに償い名誉を回復しても、カーライルが望むところまでティルダに近づけない。

最初は見た目や色香に惹かれた。それは否定しない。だが、謀《たばか》られたと思い込んだ時に感じた怒りが罪悪感に変わった後、彼女の人となりを知っていった。カーライルのことをもう恨んでも憎んでもいないと言いながら、冷ややかな瞳の奥に悲しいほどの諦観を滲ませていた。

カーライルを責めて詰って、拳の一つも振るえばいいのに、ティルダはそうしなかった。諦め——夫であるカーライルはあてにならないと閉め出す。気位が高いと言い切ってしまえばそれまでだが、その気位の高さこそが彼女を守る鎧だった。それをまとうことでプライドを保ち、プライドだけを支えに生きている。まだ一八歳なのに。それよりも前からずっと。味方らしい味方のいない異国の地で。

カーライルはアイオンから視線を逸らし、ぶっきらぼうに答えた。

「俺たち夫婦はこれでいいのだ。アイオン殿が気にされることはない」

手振りでアイオンに椅子を勧め、カーライルも上着をかけた椅子に腰かける。

視界の隅にちらりとかすめたアイオンは、もの問いたげな表情をしていた。が、カーライルが椅子に腰を落ち着けると、諦めたように彼も椅子に座った。


酒肴が届けられてから、本題に入った。

フィルクロードは、絹生産に必要なものをただで与えてくれるわけではない。国内での生産が伸び悩むため、アシュケルドを絹生産の拠点にしようという考えだ。かといって販路をフィルクロードに限られてしまうと、アシュケルドが様々な不利益を被る心配もある。だが、それはいらぬ心配で、話はすんなりまとまった。

フィルクロードは定められた量の優先購入権を持つ。あくまで優先権なので、上限まで購入する義務はない。一方アシュケルドは、フィルクロードが購入しなかった分を自由に売ることができる。優先権の上限以上に生産できれば、もちろんその分もである。

アイオンはさらに話を詰めてきた。

「売買価格は、その時々の市場価格に合わせるということでどうでしょう？」

「それは願ってもないことだが、フィルクロードはそれでよいのか？」

「もちろん。今は品不足で高値が続いていますが、アシュケルドが生産に乗り出せば流通が増え必然的に値も下がっていきます。今の値段で固定にしてしまったら、我が国が大損ですよ」

アイオンは笑い飛ばすけれど、カーライルは納得できずにいた。

アシュケルドは、大国フィルクロードに多大な恩がある。カーライルが大怪我のためにローモンドから帰れないでいる間、王太子アイオンがアシュケルドを公式訪問してくれたことで他国の侵略を回避できた。

アシュケルドに与えたこの恩を思えば、フィルクロードは市場価格よりずっと低い値段での取引を要求してもおかしくなかった。絹生産の技術を伝えてくれもするのだからなおさらである。

そのことを言い出して、フィルクロードの気を変えさせ、国益を損なうわけにはいかない。かといって、恩を売られっぱなしでは落ち着かない。――いや、落ち着かない一番の理由はそれじゃない。

アイオンと出会ってから、いや、アイオンとティルダの二人が言葉を交わしたときから感じていたもやもや。

カーライルは我慢しきれず、つい零してしまった。

「アイオン殿が便宜を図ってくださるのは、我が国にティルダがいるからか？」

アイオンが探るように見つめてきたのに気づいて、カーライルは自らの失言に気づいた。

「今のはなかったことにしてくれ」

王が撤回するなど情けない。揺るぎなく堂々としているべきなのに、アイオンを相手にしていると、どうにも調子が狂う。

アイオンはおもむろに話し出した。

「王妃の笑顔をご覧になったことはありますか？　とても愛らしいのですよ。といっても、九つか十くらいの歳でしたが」

カーライルの杯と自分の杯に酒を注ぎ足しながら、アイオンは話を続けた。

「小さな花がほころぶように、可憐に笑うのですよ」

知っている、とは言い出せなかった。

アシュケルドに来て間もない頃に見た。控えめに、はにかみながら微笑んだティルダの顔。カーライルはその笑みに邪《よこしま》な感情を抱いてしまい、欲情を抑え込むためにティルダと距離を置いた。

劣情など、何故強き心をもってねじ伏せてしまわなかったのだろう。

六年の時を経て再会したときには、ティルダは笑わなくなっていた。いや、笑いはしたが、カーライルの愚かさをあざ笑う、すさんだ笑みだったのだ。

それ以降、一度たりともティルダの笑顔を見たことはない。その原因がカーライル自身であることをわかっているからこそ、罪悪感に胸が痛む。

「アシュケルドでティルダ王妃と再会できたのは、彼女が嫁いで一年以上過ぎた頃でした。当時、フィルクロードとアシュケルドには国交がなかった。だから、うかつにアシュケルドの地を踏むことはできなかったんです。再会のきっかけを作ったのは王妃でした。『取引したいから、王の代理人に来てもらいたい』と。私は真っ先に名乗りを上げ、臣下の者たちに止められる前にアシュケルドにやってきました。可愛い従妹殿が元気でやっているか、この目で確かめたかった。王妃は元気でしたよ。――ですが、再会した彼女は別人のようになっていました。大人びたと言えば聞こえがいいですが、顔に冷ややかな表情を張りつけて、滅多に笑わなくなった。笑っても計算ずくの笑みしか見せない」

カーライルは、言外に責められているのをひしひしと感じた。

ティルダがそのようになったのは、カーライルのせいだ。それは嫌というほどわかっている。

アイオンにとって、ティルダは大事な従妹だ。その従妹を傷つけてしまったカーライルは、言い訳のしようもない。

それにしても、作り笑いとはいえティルダはアイオンにも笑いかけたのか？

場違いにも嫉妬心が湧き上がり、カーライルは目を閉じてそれに耐える。

カーライルの嫉妬心に気づいたかのように、アイオンはからかい交じりに言った。

「フィルクロードにある所領を本当に返してもらっていいのかと訊ねたときの、一度きりですよ。──あのとき吹っ切れた様子だったのですが、時を置いて戻ってきた今も、相も変わらぬ無愛想。ま、わからないでもないんですけどね」

なんでもわかっていると言いたげなアイオンがしゃくに障《さわ》る。

実際、アイオンは知っていて、カーライルは知らないことが山ほどあるのだろう。カーライルは、アシュケルドにやってくる前のティルダのこと、多少は聞きかじっていても実際に見たわけではない。結婚式の翌日から六年間のことも同様だ。ここ数カ月、ティルダのことを知ろうと努力してきて、わかったことも多い反面、まだまだわかっていないと感じることもある。だからといって、他国の王太子にそれをほのめかされるいわれはない。

〝わからないでもない〟？　ティルダが冷ややかな態度を崩さない理由なら、カーライルはわかりすぎるほどわかっている。ティルダはカーライルを許す気になれないのだ。どんなに誠意を込めて謝罪しても、不当に貶《おとし》められた立場を本来あるべきところまで押し上げても、カーライルの仕打ちをティルダが忘れることはないだろう。

　自分が犯した罪の重さは、嫌というほどわかっている。愛する女に決して愛されない辛さは、一生抱えていくつもりだ。

　先ほどカーライルを責めたはずのアイオンが、杯に酒を注ぎながらこんなことを言い出した。

「私から見れば、そろそろ許して差し上げてもいいように思うのですが。王は随分反省なさいましたし、十分償われたと思うんです」

　思わず合意しかけたが、カーライルはぐっと我慢した。

　許すかどうかを決めるのはティルダであって、彼女の従兄であっていいわけがない。

「夫婦のことに、他人が口出しするものではない」

　杯に手を伸ばしながらぶっきらぼうに言うと、アイオンは呆れたように肩をすくめる。

「ご夫婦では解決できそうにないから、口出したくなるんですけどね」

「解決も何も、とっくに決着はついている」

　アイオンは思わせぶりな口調で呟いた。

「そうは思えないんですけどねぇ……」

「何が言いたい？」

「いえいえ、余計なことですのでお気になさらず」

本当に、何を言いたかったのか。かといって口出しするものではないと言ってしまった手前、恥を忍んで教えを乞う気にもなれない。

もやもやした気分を晴らしたくて杯をあおれば、アイオンがまた酒を注ぐ。

が、いくら飲んでももやもやは晴れなかった。

## 7　二日酔いとティルダの葛藤

酒を過ごした代償は、当然のごとく翌朝にきた。

「いたたたたた……」

寝台にうずくまるカーライルの耳に、城代の呆れ交じりの声が聞こえる。

「たまにはよろしいでしょう。幸い、相手はアイオン様でしたし」

「……やけにアイオン殿のことを信頼しているな」

「おふざけがすぎますが、悪い方ではありません」

笑いを含んだその返答が、ますます面白くない。

「アイオン殿と親しいのだな」

嫌みのつもりで言ったのだが、城代はそうと気づかず機嫌良く話した。

「親しいなんて畏れ多い。私は城を訪れるアイオン様をもてなし、人目を忍んで王妃と面会なさるのを手助けしたまでです」

「なんだと⁉」

聞き捨てならないことを聞いて、カーライルは飛び起きる。途端頭がぐわんと痛んで、両手で抱え込む羽目になった。

「大丈夫ですか？　さ、この薬湯を。飲めばいくらか楽になりますよ」

酒はもう二度と過ごさないと自戒しながら、カーライルは城代からカップを受け取り、いくぶん冷めた苦い湯をすする。

「さっきの話はどういうことだ？」

「フィルクロードとの間に交易路に関するいくつかの取り決めをしなければならなかったので、王妃とアイオン様が直接お会いになる必要があったのです。王妃は交易路に自らかかわっていることを内密になさったし、アイオン様は身分を隠して旅しておられたので、お二人の面会も密かに行うしかなかったのです」

そっちの話かとひとまず安堵したものの、話の内容からして、五年も前から密会が繰り返されていたことが窺い知れる。ティルダの平穏のため、アシュケルドの発展のために必要なことだったただろうが、カーライルは心中穏やかでいられなかった。アイオンが訪れたのは、カーライルが不在の折だろう。そうでなければ、城主であるカーライルに挨拶もなく城の出入りなどすまい。二人が会わなければならなかったのは、元はと言えばカーライルのせいなのだが、夫がいない間に妻が男と密会していたと聞いて心穏やかではいられない。

アイオンは美男子だ。年齢は確か二五歳。カーライルより四つも下で、ティルダと歳が近く、従兄妹同士であるために昔から親しい間柄。

二日酔いのおかげで今まで忘れていられたことを思い出してしまい、今度は二日酔いとは別の理由で胸がむかむかしてくる。

窓から差し込む光は、すっかり明るい。かなり寝過ごしてしまった。今日は特に予定がなくてよかった。予定がないとわかっていたから、歯止めが利かなかったというのもあるが。

薬湯をすすりながら、カーライルはふと思った。そういえばアイオンも、カーライルと同じペースで飲んでいたのではなかっただろうか。

「アイオン殿はどうしている？」

自分と同じように二日酔いに苦しんでいるといいなどと狭量なことを思っていると、城代からとんでもない返答があった。

「先ほど回廊で行き合いましたが、離れの館に行くと仰っておいでででした」

最後の一口にむせかえりそうになったカーライルは、頭が痛むのもそっちのけで部屋から飛び出した。

＊＊＊

ちょうどそのころ、ティルダはタペストリーを織りながら、アイオンと話をしていた。

「二日酔いですか」

ティルダは興味もないふりで素っ気なく答える。が、ティルダの横で椅子に座り、脚を組んでいるアイオンは、構わず話を続けた。

「さっき本館で城代と行き合って、二日酔いの薬湯を王に持っていくって聞いたんだ。昨夜のひどい飲みっぷりからすれば、当然と言えば当然なんだけど……」

思わせぶりなことを言われたけれど、ティルダは淡々と織り続ける。

ティルダのそんな態度にじれたのか、アイオンは不満そうな声を上げた。

「ティルダは気にならないのかい？　カーライル王が人前で酔っぱらうなんて、王を知る人なら、よほどのことがあったんじゃないかって心配になりそうなものだけど。実際、城代には何があったのかと訊ねられたよ」

言われなくとも気にはなる。確かにカーライルらしくない。というか、彼が酔いつぶれたところをティルダは見たことがなかった。それを、昨日が初対面だったアイオンが見たと聞かされ、ティルダの心はもやもやしてくる。

すっぱり会話を終わらせたくて、ティルダは単刀直入に言った。

「わたくしに聞かせたい話があるなら、どうぞお話しになって。ないのでしたら、機織りに集中させてください」

視線も向けずすっぱりと言い切れば、アイオンは小さくため息を吐いた。

「……いい加減、カーライル王を許して差し上げないか？」

やはりその話か。ティルダは機を繰る手を止めずにこっそりため息を吐く。

ティルダがその話題を避けたいのだとわかっているのかいないのか、アイオンはぶつぶつと話を続けた。

「王のせいで君が不遇を強いられたのは事実だが、王自身が君の立場を回復させ、王妃として民の敬意を集められるようにしたのもまた事実だ。私が見聞きした限りだけれど、アシュケルドの民に君への悪感情はすっかりなくなったように思う。なりふり構わずアシュケルドを守った君の努力によるところも大きいのはわかっている。けど、そのための場を用意したのもカーライル王だ。すべては本来あるべき形、いや、それ以上と言っても過言じゃない。そこまで償ってもらったというのに、君は何が不満なんだい？」

たまに立ち寄り噂をかき集めるだけのアイオンに、何がわかるというのか。

腹に据えかねたティルダは、杼を固く握り締めた。

「ならお訊きしますけれど、わたくしのどこが王を許していないというのですか？　わたくしは現在、王妃としての務めを果たしています。なんらかの支障がない限り王の意向には逆らいません。それ以上、何をしろとアイオン殿は仰りたいのです？」

そう。今のティルダはカーライルを許したも同然だ。彼がティルダの立場を回復、押し上げるに伴って、王妃としての責任も増えていった。それに不満があるわけではない。むしろ、それこそがティルダの望んでいたことだった。王妃としての役目を果たし、国――そして王を支える。それこそカーライルの望んだことでもあったはず。だというのに、ティルダにこれ以上何をしろと言うのか。

ティルダの気持ちも考えず、アイオンは遠慮なく言った。

「一言『許します』と言って差し上げればいいんだよ。腫れ物でも扱うように君に気を遣う王が気の毒だ」

ティルダの従兄なのに、妙にカーライルへ肩入れするアイオンに腹が立って、ティルダは嫌みったらしく言い返した。

「王が『許さなくて良い』と言ったのです。なのにわたくしが『許す』と申し上げるのはおこがましい行い、そう思いませんか？」

そう言いながらちらりと目を向ければ、アイオンはこれみよがしにため息を吐いた。

「まったく……難儀な夫婦だねぇ」

ティルダはむっとして眉間にしわを寄せた。

「わたくしたちはこれでよいのです。アイオン殿がお気になさることではありません」

これ以上話を聞くつもりはないと言わんばかりに言い切って、ティルダは機織りに戻る。すると、アイオンの小さな笑い声が横から聞こえてきた。

「君とカーライル王は似た者同士だよ。そういうとこ」

夫婦間に口を挟まれれば、誰だってそう言うでしょう――と言いそうになって、ティルダは言葉を呑み込む。言い返せば、アイオンは倍以上にして返してくる。これまでの会話でわかり切ったことだ。

だが、いくら言われたところで、カーライルとの間のことがどうにかなるわけではない。ティルダの父ローモンド王のせいで、二人の関係は出会う前からねじれてしまっていて、そのねじれは修復不可能だ。いびつなりにも安定した、今の状態を維持していくしかない。

とはいえ、言い返さなくてもアイオンはまた何か言ってくるだろうが。

げんなりしながら模様を織り込んでいると、遠くのほうから騒がしい人の声が聞こえてきた。何事だろうと窓に顔を向けると、アイオンが顔を近づけてきて耳元で囁く。

「カーライル王が酔いつぶれた理由、本当に知りたくないの？」

不意を衝かれ、ティルダは動揺して身体を大きく震わせてしまった。そんな自分が恥ずかしくて、頬が熱くなってくる。

本当は知りたい。

カーライルは理性の働く人だ。酒はよく飲むけれど、酔ったところなど見たことがない。ましてや、初対面の相手の前で酔いつぶれるなんて考えられない。今回相手がアイオンだったからよかったものの、王であるがゆえに、相手が悪ければ暗殺されてもおかしくはないのに。

そんな危険を冒してしまったのには、何か理由があるはずだ。原因を突き止めて二度とそのようなことにならないよう対策を採りたい。

けれど、知りたいと言えばカーライルに興味を持っているとアイオンは考えそうだ。

そんなふうに思われたくないので、ティルダはつんとすましてきっぱりと返事をする。

「知りたくなどありません」

アイオンは呆れ口調で言った。

「素直じゃないなぁ。仕方ないから教えるけど、王は嫉妬なさったんだ」

それは、ティルダにとって思いがけない言葉だった。

「――は？」

あっけにとられて間抜けな声を漏らしてしまう。そんなティルダを面白そうに見つめながら、アイオンはさらに言った。

「晩餐の最中も、不機嫌でいらしただろう？　あれは君と僕が親しく言葉を交わすのを見て、王がやきもちを焼いたからだ。王の部屋で酒を酌《く》み交わしていたとき、幼い頃の君がどんなに可愛かったか話したんだ。王は嫉妬を爆発させそうだったけど、フィルクロード王の名代が相手だからと、ぐっとこらえたみたいだね。その鬱憤を晴らそうとして杯を重ねる王は、いっそ哀れだったよ。王の自業自得とはいえ、ね」

アイオンの話を聞いても、ティルダは信じられない思いだった。

カーライルが嫉妬した？　己の義務と、ティルダが肩身の狭い思いをしなくてすむように、世継ぎをもうけることを強要したあの彼が？

――愛してる。

あれは、ちょっとした気の迷いから出た言葉ではなく、もしかして本当なの？

呆然としていると、荒々しい足音が耳を打った。はっとして音のしたほうを見ると、カーライルが夜着のまま、剣だけ持ってずかずか歩いてくるのが目に見えた。

## 8　痴話喧嘩

カーライルはそばまで来ると、アイオンの二の腕を掴んで持ち上げた。

「アイオン殿、俺と一緒でない限り、離れの館に立ち入るのは止めてもらおうか」

凄みを利かせて言う。

アイオンは引っ張られるまま素直に立ち上がったが、怒りを発散させるカーライルを気にした様子もなく、けろりとして言った。

「つまり、王妃に会いたかったら、王の許可をとらなければならないということですか？」

面と向かって言われるとは思わなかったのだろう。カーライルは大きく息を呑む。それからわずかに逡巡した後、思い切ったように返答した。

「そうだ」

カーライルは何故そのようなことを言い出したのか。ティルダにはさっぱりわからない。

ティルダの考えを代弁するかのように、アイオンは肩をすくめて言い返した。

「王妃と私は従兄妹同士です。身内が親交を深める機会を制限するなんて、王は意外と心が狭いですね」

まったくその通りだと思ったけれど、最後の言葉は言いすぎだ。ティルダはたしなめようと口を開きかけるが、カーライルに先を越されてしまった。

「ああ。心が狭いが、悪いか⁉」

開き直って食ってかかる。それだけにとどまらなかった。

「妻が男と二人きりで会っているというのに、寛容になれる夫があるか！　次またティルダと二人でいたらただではすまさん！　覚えておけ‼」

カーライルがとんでもないことを言い出したので、ティルダは慌てて立ち上がり割って入った。

「王！　なんということを仰るのです⁉　相手はフィルクロード王太子、フィルクロード王の名代でもあることをお忘れですか⁉」

カーライルはアイオンの腕を放し、その手でティルダの肩を掴んだ。

「それがなんだ⁉　王太子であろうが王の名代であろうが、男であることには変わりないだろうが！」

まるで駄々っ子のような物言いを聞いて、ティルダは呆れ果てた。

「だからなんだというのです？　先ほどアイオン殿も仰っていたように、わたくしたちは従兄妹同士です。仲良くして何が悪いのですか？」

「悪いに決まっている！　二人とも子どもではないのだぞ⁉　間違いがあったらどうする！」

これにはティルダもかちんときて、声を荒らげた。

「どんな間違いがあると言いたいのですか⁉　アイオン殿に対しても失礼です！」

カーライルは荒《すさ》んだ笑みを浮かべ、皮肉っぽく言った。

「心が狭いと言われた俺は庇《かば》わなかったのに、アイオン殿のことは庇うんだな」

ティルダはかっとなって言い返した。

「庇うつもりでいました！　ですが、わたくしが口を開く前に、ご自分で言い返していたではないですか！」

「〝つもり〟ならなんとでも言える」

「いい加減にしてください！」

もうつき合っていられない。ティルダは肩を掴むカーライルの手をもぎ離し、機織りに戻ろうとする。

が、そっぽを向いた拍子に、入り口に大勢の人が見えてティルダはぎょっとした。

入り口だけでなかった。見回せば、いくつもある窓からも。人々が押し合いへし合い覗き込んでいる。

ティルダより少し遅れて周囲を見回したカーライルは、大きく息を吸い込んで怒号を発した。

「散れ！！！」

その途端、人々はきゃあきゃあ騒ぎながら視界から去っていく。だが、ざわめきが完全に消えることはなかった。皆、興味津々なのだろう。人のいるところで盛大な喧嘩をしてしまったことが居たたまれない。

うつむいて額に手を当てようとしたそのとき、カーライルに手首を掴まれた。

強く引っ張られ、ティルダはよろめいて小さな悲鳴を上げた。

「きゃ……！」

ティルダが体勢を整え切れずにいるというのに、カーライルは構わなかった。ティルダの手首を掴んだまま、ずんずんと歩き出す。ティルダは、転ばないよう小走りでついていくのが精いっぱいだ。

「私は、〝もう一人のいとこ〟と親交を深めてこようかなー……」

そう呟いたアイオンの声は、広間を出て行った二人の耳に届くことはなかった。

## 9　嫉妬に喘ぐ

カーライルは広間を出ると、すぐ近くにある階段に向かう。

ティルダは体勢を整えると、足を踏ん張って抵抗した。

「離して！　嫌です！」

「何もしない。二人きりで話せるところへ行くだけだ」

カーライルはそう言うと、ティルダをやすやすと抱え上げる。

「痴話喧嘩を他の者たちに聞かせたくはあるまい？」

「痴話喧嘩などしていません！」

横抱きにされたティルダが言い返すと、カーライルは階段を上がりながら嘲笑を浮かべた。

「痴話喧嘩でないというのなら、先ほどのはなんだったというのだ？」

「貴方がアイオン殿を脅したりするから、わたくしが止めに入らなければならなかったのです！」

ティルダは睨みつけて文句を言う。

すると、カーライルはふいと目を逸らした。

その直前に見えたのは、傷ついたような表情。

「そなたはやはり、アイオン殿のことが好きなのだな」

「は？」

訳がわからずぽかんとしたそのとき、カーライルはティルダを片腕に抱え直し、もう一方の手で扉を押し開けた。とっさにカーライルにしがみついたティルダは、部屋の奥にある寝台を見て、ここが寝室であると知る。

これから起こることを予感して、心臓がずくんと痛んだ。

カーライルは扉を閉めると、まっすぐ寝台へと歩み寄った。そしてティルダを乱暴に下ろす。柔らかい寝台の上で、ティルダの華奢な身体が弾んだ。

逃げなければ。

そう思い後退ろうとするけれど、それよりもはやくカーライルが覆い被さってくる。

「な、何もしないのではなかったのですか⁉」

動揺して声が裏返る。そんなティルダを、カーライルは獲物を狙う獣のような獰猛な目で見据えた。

「こうでもしなければ、そなたが逃げ出してしまいそうだからだ。――そなたが純潔であったことも、無責任ではないことも知っている。だが、心のほうはどうだ？　俺がそなたを避けていた六年の間、アイオン殿がそなたの支えになっていたのだろう？　しかもアイオン殿は見目麗しく、そなたのことを大切に思っている。身体は俺に差し出しながらも、心はアイオン殿に捧げているのではないか？」

ティルダはうろたえていたのを忘れ、かっとなって叫んだ。

「馬鹿なことを言わないでください！　アイオン殿には感謝していますし、親しくしていることも否定しません。ですが、わたくしには夫がいるのです！　貴方のような不実な真似はしません！」

カーライルが鋭く息を呑む音が聞こえて、ティルダは言ってはならないことを口にしてしまったことに気づいた。

夫婦関係がなかったどころか、一度も顔を合わせなかった六年間。カーライルは妻ではない女たちと関係を持った。だがその女たちは、ティルダがカーライルの寝室に送り込んだ者だ。

妻が幼く夫婦生活を営めない、若く健康な男性に、禁欲を強いるのは酷だ。しかも、城代から伝え聞いた話によると、彼は結婚後、ティルダが用意した女たちとしか褥《しとね》を共にしていないという。

王妃としての立場も完全に回復してもらった今、彼が妻以外と交渉を持ったことを蒸し返すのは公正ではない。それがわかっていたから、ティルダも最初からその点についてカーライルを責めたことはなかった。

ただでさえ話がこじれているところに余計なことを言ってしまった。が、今さら引き下がれない。

真上に覆い被さっているカーライルを真下から睨みつけると、カーライルは激情を込めてティルダの脇に拳を叩きつけた。

力いっぱい叩かれた弾力性のある寝台が、ぐらんぐらんと大きく揺れる。

その揺れが収まらないうちに、カーライルは顔を伏せ、苦しげに声を絞り出した。

「そなたへの仕打ちを考えれば、嫉妬など許されることではないとわかっている。だが……！」

カーライルが何を言いかけたのかはわからない。しかし、ティルダは問うことができなかった。

熱い唇に口を覆われ、呼吸も奪う勢いで貪られる。

何もしないと言ったのに――という心の叫びは、激しい欲望に押し流されていった。

＊　＊　＊

寝台が大きく揺れ、それに合わせてぎしぎしと音を立てる。その寝台にかけられたカバーに、ティルダは両手でしがみついていた。

「あっ、いや……っ」

声がか細いのは、取らされている体勢ゆえだ。

寝台にうつ伏せにされ、尻を持ち上げられて、胎内にカーライルの怒張を受け入れさせられている。

スカートをたくし上げられ、下穿きを下ろされただけ。おざなりの愛撫を施しただけで、カーライルはティルダを今の体勢にさせ繋がってきたのだった。

こんな姿勢で彼を受け入れたのは初めてだった。まるで獣の交わりのようなこの恰好に、ティルダは恥辱を覚える。なのに快楽をすっかり覚えた身体は、彼のものをすんなり受け入れた。最初引きつるような痛みがあったものの、すぐに彼の大きさに馴染み、快楽の露を身体の奥底から溢れさせる。それは彼のものによってかき出されて、内腿を濡らしていた。

何をやっているのだろう。——苦しい体勢と狂おしいまでの快楽の狭間で、ティルダはぼんやりと考える。今はまだ昼日中《ひるひなか》。鎧戸が閉じられて暗いものの、隙間からは日差しが入り、外では皆が働いている。寝室にこもったティルダたちを、皆はどう思うだろう。恥ずかしくてたまらないのに、どうして大人しく受け入れているの？

やがてぐしゅぐしゅという淫靡な音が、寝台の軋む音に重なり始めた。

カーライルの嘲りのこもったような声が、頭上から降ってくる。

「〝いや〟？　ならこれは何だ⁉」

カーライルが角度を変え、最奥を強く突く。

「ひぁっ！　あっ、ああ……！」

立て続けに叩き込まれ、ティルダは仰け反って悲鳴のような嬌声を上げた。外にいる者たちに聞かれてしまうかもしれないのに、声を我慢することができない。

強い快楽のせいで、目がちかちかする。自制を欠いた乱暴な扱いを受けているのに、ティルダは嫌悪するどころか、身体がいつも以上に熱くなっているのを感じる。

嫉妬しているの？　本当に？

義務と贖罪だけで、嫉妬することがあるだろうか？　それは考えにくい。心の在処《ありか》など気になるわけがないし、身体の関係があったとしたら、嫉妬以前の大問題だ。

ならば何故、カーライルは嫉妬しているのか。

そこから行き着く答えを、ティルダの頭が拒否する。

いいえ、ありえない。〝王がわたしを愛してるなんて〟。

「何を考えている？　こんなときに……っ」

不意に脇の下へ手を差し入れられ、身体をぐいっと起こされた。

「あう……っ」

自重でいっそう深くカーライルのものを咥え込んでしまい、痛いほどの快楽にティルダは呻き声を上げる。それに構わず、カーライルはティルダの首筋に唇を寄せ、ねっとりと舐め上げた。ぞくぞくとした快感に頭の芯を刺激され、ティルダはこらえきれず喘ぎ声を漏らす。

「んぁ、あ、あぁ……」

カーライルに小刻みに突き上げられ、もどかしいながらも途切れることのない刺激に絶頂の波が近づいてくる。

身体の前に回ったカーライルの手が、ティルダの身体を支えながら、瑞々《みずみず》しく張りのある二つの膨らみを揉みしだく。

「今だけは、俺のことしか考えられなくさせてやる……っ」

興奮に上擦《うわず》った声が耳朶を打ったかと思うと、首筋に痛みを感じる。吸われたのではない。噛みつかれたのだ。こんなことをされるなんて、信じられない思いだった。まるで捕食されそうになっている草食動物のようだ。なのに噛まれた部分からしびれのような快楽が走る。突き上げられる快楽と相まって、ティルダはひくひくと身体を痙攣させた。

もうすぐ果てが見える。そんなときに、カーライルはいきなり二人の繋がりを解いた。

どうして？　カーライルは、戸惑うティルダを仰向けに押し倒す。艶めかしく白い脚を逞しい肩に担ぎ上げると、細い腰をぐっと掴んで再び二人の身体を結び合わせた。

カーライルは自身を一気に根元まで埋めた後、間を置かず抽送を開始する。

「あぁ……！　あっ、あっ、くっん、ん、あっ、あっ」

寝台の軋む音、淫靡な水音に肌と肌がぶつかり合う音。そこに、止めどなく流れるティルダのあえかな声が交じる。

抽送を速めながら、カーライルは譫言のように言った。

「俺の、ものだ。今だけは……っ、今だけは、俺のッ、ティルダ……！」

そこにこもる哀切に気づいたけれど、ティルダにはどうすることもできなかった。

せり上がってきた快楽を押しとどめるのに必死で喘ぎ声を止められず、首を激しく横に振る。

「あっ、ああっ、んぁ……っ、も、もう……ッ」

「イくといいッ、俺も――」

その声を聞いた途端、瞼の裏に閃光が走る。

「あぁ――！」

全身を震わせながら達したティルダは、カーライルが胎内の奥深くで爆《は》ぜるのを感じた。


絶頂の波が過ぎると、ティルダはぐったり弛緩した。

まだ昼間だというのに、なんということ。カーライルを制止し切れず受け入れてしまった自分に、ティルダは自己嫌悪する。

文句の一つも言ってやりたいが、今は声を出すのも億劫だ。心臓は未だ早鐘を打ち、身体が空気を欲しがるので懸命に呼吸を繰り返す。

ティルダの上に崩れ落ちたカーライルも激しい呼吸を繰り返していた。ティルダよりはやく回復したのか、むくりと身体を起こす。まだ肩で息をしていたが、ティルダとの結びつきを解くことはせず、弛緩したティルダの身体を抱き締めて身体を起こした。

「あっ、やぁっ」

自身の重みで、まだ衰えないカーライルの雄芯が深く入り込むのを感じる。先ほどの不安定な体勢のときより、深いように感じる。内臓を突き破られるのではというティルダの怯えをよそに、カーライルはティルダのなめらかな背中を熱い手のひらでまさぐり、首筋に顔を埋めた。

「なっ、何を……」

「まだ足りない」

「待っ、んっ、あっ、あっ、……」

またもや小刻みに突き上げられ、鎮まったはずの身体にまた火が灯る。

カーライルの唇が首筋から鎖骨、胸へと下りてきてその頂を口に含んだときには、ティルダの身体は引き返すのが難しいほど熱くなっていた。

## 10 アイオンの意図

王と王妃が派手な夫婦喧嘩を繰り広げた日の晩餐を、王妃は〝体調不良〟で欠席した。

出席者は、王が王妃を寝室に引きずり込んだことが原因だろうと思った。が、それを顔に出す者は誰もいなかった。恐ろしいほどの王の不機嫌に、皆すくみ上がっているのだ。ただ一人の例外を除いて。

そのただ一人、夫婦喧嘩の原因でもある、フィルクロード王太子アイオンは、昨日に引き続き賓客としてカーライルの隣の席に座った。

フィルクロードは、これからますますアシュケルドにとって重要な国になっていく。そのことを考えれば致し方ない。幸いなのは、晩餐にティルダが出席しないことだ。カーライルに散々貪られたティルダは、気絶するように眠りに落ちた後、今も目を覚ましていないだろう。

カーライルが乾杯を宣言して晩餐が始まると、アイオンはカーライルの殺気をものともせず話しかけてきた。

「本日の午後は、王妃と随分仲良くなさったようで」

カーライルは横目でぎろりとアイオンを睨んだ。

「ああ。おかげさまでな」

嫌みを言ったのだが、アイオンにはまったく通じない。

「なのに、なんで機嫌が悪いんです?」

おかしいなとでも言いたげに首を傾げるアイオンに、カーライルは殺意を覚えそうになる。

カーライルは確信した。アイオンは恋愛的な意味でティルダに好意を寄せていることはありえない。彼の言動に振り回された自分が馬鹿みたいだ。

それがわかったからといって、怒りが収まるわけではない。カーライルはアイオンのほうを向いて睨んだ。

「ひとの夫婦仲をひっかき回しておきながら、どういうつもりだ？」

射殺さんばかりに睨みつけたのに、アイオンはにやにや笑いながら答えた。

「ですが、本音を言えたでしょう？」

カーライルは言葉に詰まる。

アイオンの言う通りだ。ティルダに負い目があって言えなかったことを、今日すべて吐き出してしまった。伝えるつもりはなかったのに。カーライルにその資格はない。

アイオンはカーライルの気も知らず、揚々《ようよう》と言った。

「王妃は、貴方の愛を思い知る必要があったんです」

〝思い知る〟とは穏やかでない。しかも、意味深すぎて理解できない。

「どういう意味だ？」

目をすがめて問えば、アイオンは平然と受け流した。

「そのままの意味です。どうか愛し尽くして王妃を幸せにしてください」

この王太子は何を言い出すのか。

カーライルは自嘲交じりに言った。

「俺に愛されて王妃は幸せになれると思うのか？」

六年もの間ティルダを踏みにじり続けたカーライルに愛されて、彼女が喜ぶはずがない。

なのにアイオンは、おかしなことをと言わんばかりに笑い飛ばす。

「アシュケルド王ともあろうお方が、随分弱気なことを仰いますね」

本当に、この王太子は何をしたいのか。

謎かけのようなこんな会話、とっとと終わらせたい。そう思っていると、アイオンが唐突に話題を変えた。

「もう一人の私のいとこのことですが」

「誰のことだ？」

カーライルが険しい目をアイオンに向けると、彼はきょとんとした後、呆れた笑みを浮かべた。

「やだなぁ、お忘れですか？　ローモンド王太子グリフィスのことですよ」

ローモンド王太子を今も軟禁しているのは覚えていたが、彼とアイオンもいとこ同士であることは失念していた。

カーライルが不在の折りにアシュケルドに乗り込んできたグリフィスを、ティルダは城の一室に監禁した。カーライルをはじめとするアシュケルドの者たちが全員帰国したので、グリフィスを監禁しておく必要はなくなった。が、当のグリフィスがローモンドに帰りたがらず、今に至っている。

ティルダが想像するところによると、グリフィスは父王に無能者として扱われていたらしい。ローモンドで肩身の狭い思いをしていたのだろうということだった。

グリフィスは、父に命じられて連れ帰った援軍を罠に陥れ、アシュケルドを乗っ取ろうとして逆に監禁されてしまった。このような勝手をしたグリフィスを、ローモンド王は許しはしないだろう。アシュケルドにグリフィスがいることを知っていながら、ローモンド王はグリフィスを取り返すべく軍を送ってくるどころか、使者の一人も送ってこなかった。それでグリフィスはやさぐれてしまい、酒をもっと寄越せと騒ぐ毎日だ。

失念していたことを恥じて目を逸らすカーライルをからかうことなく、アイオンは話を続けた。

「父フィルクロード王が、グリフィスに会いたいと言ってきているんです。彼もまた、父王の愛する妹王女の忘れ形見ですからね。なので私が帰国の折りに、彼を連れて帰りたいと思っています。今日の午後グリフィスと話をしまして、彼もローモンドに帰るくらいならフィルクロードに行きたいと言ってくれましてね。カーライル王に許可をいただければ、明日にでも連れて帰ろうと思っています」

グリフィスを持て余していたアシュケルドからすれば、願ってもない話だ。

「ああ。構わん。とっとと連れて行ってくれ」

カーライルにとっては、しゃくくなアイオンもいなくなってくれて一石二鳥だ。

「明朝に同盟の調印式を行い、その足で、アイオン殿をお見送りしよう。それでよろしいか?」

アイオンを追い出そうと気が急《せ》くカーライルに気づいているのかいないのか。アイオンは優雅な笑みを浮かべて、「そうしていただけるとありがたいです」と答えた。

＊　＊　＊

翌早朝、調印式に出席したティルダは、その足でアイオンの見送りに出た。

昨夜遅く、カーライルから聞かされて驚いた。やたらと急な話だ。もっとも、アイオンはひとところにじっとしているのが好きではなく、来たかと思うとすぐ旅立ってしまうのだが。

しかし、城の外にローモンドの王侯貴族の乗るような豪華な馬車が停まっているのを見て、ティルダは腑に落ちないものを感じた。

こういう馬車でもないと、我が儘なグリフィスを連れて行くのは難しいだろう。けれど、こういう馬車は、簡単に用意できるものではない。

唐突な申し出の割に準備がしっかりしている。このちぐはぐさに、ティルダは違和感を覚える。

かといって、むやみにアイオンを疑うわけにはいかない。

偉そうな態度を取るグリフィスを馬車に乗せた後、アイオンはティルダのところへ来た。

「納得いかないっていうような顔してるね」

「……どうしてこんなに慌ただしい出立をなさることにしたのです？　兄を連れて行きたいというのなら、もっとはやくお知らせくださればよかったのに」

アイオンは肩をすくめて答えた。

「いや、グリフィスの意向を確かめてからにしたかったからね。無理やり連れて行くのは趣味じゃない。慌ただしく出立するのは、君の夫が嫉妬するからだよ。そのうち剣を抜きそうだから、その前にとんずらしようと思ってね」

おどけて言うアイオンが、カーライルを怖がっているようにはとても思えない。

それに、カーライルの嫉妬がなんだというのだ。嫉妬に駆られたカーライルに昨日抱きつぶされたティルダは、今もまだ怒っていた。

昨日の午後、離れの館の寝室で二人が何をしていたか、知らぬ者はいないだろう。そんな恥ずかしい目に遭わせたカーライルへの怒りは、そう簡単には消えないのだ。

少し離れたところで落ち着かなげにしているカーライルをちらり一瞥し、それからつんとすましてアイオンに言った。

「王のことなら、気になさることはありません」

アイオンは呆れた笑みを浮かべる。

「素直じゃないなぁ」

「心外です。これ以上ないくらい率直な考えを申し上げましたけど？」

つっけんどんに言葉を返せば、アイオンは肩をすくめてその点についての言及は避けた。

「本当に父王から連絡があったんだ。――次いつ会えるかわからないから、言っておくよ。――ティルダ、幸せになって」

「え――？」

思いがけない話の展開に、ティルダはぽかんとする。

そんなティルダが面白いのか、アイオンはくすくす笑って言った。

「父が君に数々の援助をしながらも、手紙を送らなければ言伝《ことづて》もしない理由を考えてみて」

どういうことだろう?

悩んでいると、しびれを切らしたカーライルが割って入ってきた。

「何を話し込んでいる。アイオン殿、急いでいるのだろう?　とっとと帰れ」

ティルダは唖然とし、それからすぐにカーライルを叱った。

「なんですか、その言い方は!?　失礼にもほどがあるでしょう!」

「失礼なのはこいつだろう!?　人の妻に馴れ馴れしくしすぎだ!」

「アイオン殿のどこが馴れ馴れしいというのです?」

ティルダとカーライルが喧嘩している間に、アイオンは従者から馬を受け取って颯爽とその背に乗る。それから手綱を引いて馬を操ると、二人のそばに寄って声をかけた。

「夫婦喧嘩もいいけど、ほどほどにね」

「お前が言うな!」

「王!　言葉がすぎます!」

アイオンは笑いながら、先に出発していた馬車を追いかけ遠ざかっていく。

その後ろ姿を見送りながら、ティルダはぽつんと呟いた。

「肝心なことが聞けていないのに……」

「なんの話をしていたのだ?」

「アイオン殿に訊きに行ってはいかが?」

ティルダはつんとそっぽを向き、城の中へ入っていく。

――父が君に数々の援助をしながらも、手紙を送らなければ言伝もしない理由を考えてみて。

それとティルダが幸せになることと、どういう関係があるというのだろう？

意味深なアイオンの言葉について考えていると、ティルダは足下からひたひたと不安が這い上がってくるのを感じた。

## 11　失われしもの

アイオンを見送った後、ティルダはまっすぐ離れの館に戻った。二階の居室に入り、手紙をしたためる準備をする。

――父が君に数々の援助をしながらも、手紙を送らなければ言伝もしない理由を考えてみて。

ティルダはその理由を、肉親の情に薄いからだと考えていた。母の兄とはいえ、ティルダは一度も会ったことがなく、母も兄のことはもちろん、フィルクロードに関することはあまり話そうとしなかった。

だから、フィルクロード王にとって、ティルダは片づけなければならない面倒事にすぎないと考えていた。先王が遺言か何かを残し、現王は仕方なくそれに従っているだけなのだと。

この考えの通りならば、ティルダからのお礼状を受け取っても、フィルクロード王は喜ばないだろう。むしろ、忌々しいに違いない。そう思ったから、ティルダはお礼を言伝だけにとどめ、お礼状も手紙さえも出さなかった。フィルクロード王に不快や怒りを示されたりしたらと考えると、手紙をしたためようとする手は動かなくなってしまう。

けれど、アイオンの話からして、ティルダの思い違いだったのであろう。となれば、ひどく失礼だったということになる。けれど、母も礼状を書いたことはないはずだし、ティルダは口頭ではあるが感謝を伝えて欲しいとアイオンに頼んでいる。アイオンが父親であるフィルクロード王に伝えていないということはないだろう。ならば、ティルダの感謝の言葉に対し返事を返さないのは、フィルクロード王の意志。

それが拒絶に感じられて、ティルダの胸は痛んだ。

実の父親に存在を無視されて育ったティルダは、拒絶されるということに過敏だ。相手から少しでも拒絶を感じると、守りに入ってしまう。

カーライルとのこともそうだ。城代を通じてカーライルに窮状を訴えられなかったのも、拒絶を恐れたからだと今ならわかる。ティルダの年齢を知ったときのカーライルの怒り、愛情どころか気遣いさえなかった結婚式。新婚初夜、夫婦の部屋に入れてもらえなかっただけでなく、他の女が夫と一夜を過ごした。後に、ブリアナとは一度も閨を共にしたことはないと聞いたが、何も知らなかった一二歳のティルダはひどく心傷つけられた。

あのとき、さらに傷つくのを恐れずカーライルに助けを求めていれば——最近、そんな後悔が脳裏を過《よぎ》って仕方ない。

あのときはそうするしかなかったでしょう？　ティルダが自分の居場所を作るために非情な決断をしなければ、アシュケルドを牛耳っていたヒッグスを追い落とすことはできなかったし、この国の今の発展はなかった。

――本当にそう？　カーライルは、良い意見は誰のものでも取り入れる。彼がティルダに負い目を持たない、まだ子どもの頃であっても同様だっただろう。カーライルは執政の悩みをティルダに打ち明けはしなかっただろうが、ティルダは何かを察し、人々の噂話に耳を傾けるなり城代に訊ねるなりして情報を集め、なんらかの形で彼に助言したと思う。カーライルと決別する道を選ばずとも、今の発展はあったかもしれない。

けれど、後悔したところで遅い。ティルダはカーライルを決して愛さない道を選び、今さら引き返すことはできない。

あれほどのことをしておきながら、カーライルを愛したりしたら、それこそ皆の笑い物だ。表向きだけであっても、ティルダはカーライルを拒絶し続けなければならない。

そう考えると胸の痛みを覚える。芽生えそうになる自覚を抑え込みながらも、ティルダは思う。

こんな自分が、どうやったら幸せになれるというのか。

頭の中が、様々な考えで混乱してくる。

ティルダは考えることをひとまず置いておいて、手紙を書くことから始めた。

フィルクロード王には、感謝してもしきれないくらいの恩がある。向こうから伝言の一つもないからといって、こちらからお礼状を送らないでいたのは不作法だった。

それを反省し、お礼の手紙を書き始めたのはいいが、緊張しすぎているのか、次第に気分が悪くなっていく。めまいがして吐き気もしてきたため、ティルダは途中でペンを置いた。

刻々と悪化している体調に耐えかねて、ティルダは使用人に「少し休みます」と告げて、寝室に入った。夜着に着替えて寝台に横になる。すると、すぐさま眠気をもよおし始めた。体調不良と思ったけれど、単なる睡眠不足だったかもしれない。

昨日の午後、カーライルに散々貪られたティルダは、気絶するように寝入ってしまった。起きたのは深夜近くだった。それから食べ物を少し腹に入れて再び寝台に横になったのだが、うつらうつらするものの眠りは一向に訪れず、そのまま一夜を明かすことになってしまった。

義務だから拒むつもりはないけれど、加減はして欲しい。

心の中で文句を呟きながら、ティルダは深い眠りに落ちていった。


目を覚ましぼんやり宙を見上げるティルダの耳に、カーライルの低く耳朶を震わせる声が聞こえてきた。

「大丈夫か？」

声がしたほうを見ると、ベッドの端に座ったカーライルが、心配そうな表情をしてティルダに視線を注いでくる。

どうしてそんなことを訊かれるのかわからず、ティルダは眉をひそめた。

「〝大丈夫〟？」

「昨日は無理をさせてしまった。そのせいで体調を崩してしまったのではないか？」

何を言われているのかわからない。思い出そうとして思考を巡らせているうちに頭がはっきりしてくる。そして心当たりに思い至ると、ティルダは頬を赤らめた。昨日の午後の出来事が、まざまざと脳裏によみがえる。

横になったままカーライルに見下ろされるのが落ち着かなくて、ティルダはゆっくりと身体を起こした。

「大丈夫か？」

カーライルが先ほどと同じ言葉を口にする。手を貸そうかどうしようかと宙をさまよう手に、ティルダの胸は痛んだ。

アイオンの言う通りだ。カーライルはティルダに気を遣いすぎている。

「単なる寝不足です」

心配するまでもないとわかってもらいたくて言ったのに、カーライルは悲しそうに瞳を揺らす。

「やはり俺のせいだな。いつもと違う時間に寝てしまったせいで、夜中眠れなかったのだろう？」

眠る前は文句があったのに、これを聞いたら怒る気になれなくなった。

カーライルは、なんでもかんでも自身のせいにする。ティルダに負い目があるから下手に出ているのだろうけど、そんなことしてもらいたくない。

寝台の上で横座りをしたティルダは、膝の上で両手を握り合わせ、そこに視線を落として言った。

「……もう十分です」

喉から絞り出すようにした声は小さく、カーライルの耳に届かなかったのかもしれない。

「何？」

ティルダの顔を覗き込むように首を傾け、優しく問いかけてくる。

これを伝えるのは、強い抵抗感があった。

六年間のことをなかったことにはできない、取り返しはつかないと、ティルダは何度もカーライルに告げてきたのだから。

間違いを認めるのは辛いことだ。でも、認めなければ道義に反するし、何より先に進めない。

「もう十分償っていただきました。ですから、わたくしに負い目を感じなくともよいのです」


こう言えば、カーライルはほっとすると思っていた。

それなのに、彼は否定する。

「いや、俺の罪は一生償っても消えないだろう」

なんで？

もう十分償ってもらったと伝えたのに、何故罪に固執するのか。

カーライルが罪を忘れない限り、この先へは進めない。過去を忘れて新たに関係を築いていくことはできない。

ティルダは苛立ち、顔を上げてカーライルを睨みつけた。

「貴方は十分すぎるほど償ってくださいました。それなのに、何が償えていないと言うのですか？」

終わっていない償いなど何もない。そう思っていたのに、カーライルは悲しげに微笑み、静かに答えた。

「そなたから笑顔を奪ってしまった」

思いがけない言葉に、ティルダは息を呑んだ。

「……わたくし、笑っていませんでしたか？」

「意図的に笑みを作ったことはあるが、それだけだ。心より笑ったところは、正直見たことがない。――アイオン殿から聞いたが、そなた、ローモンドでは笑っていたそうだな。だが、その笑顔がアシュケルドで失われてしまった。俺だけでも味方であれば、そなたは笑っていたかもしれないのに。――いや、城代はそなたの味方だったな。それと、この館の者たちも」

自嘲的に言い、カーライルは苦笑いを浮かべる。

言われるまで、全然気づかなかった。言われてみれば、アシュケルドに来てから、笑った覚えがない。『残酷な王妃』と言われるに相応しい言動を心がけているうちに、笑顔の似合わない性格になった。ティルダが笑えば、皆は気味悪がるだろう。そういう印象になるよう自分を作り上げてきた自覚はある。

アシュケルドで生きていくためにそうしてきたけれど、『冷酷な王妃』にならずともよかったのだと、今なら認められる。

ティルダは、間違いを認める辛さに耐えて声を絞り出した。

「わたくしが笑わないのだとしても、それは貴方のせいではありません。貴方が以前仰ったように、わたくしは貴方を頼っていればよかったのです」

身を裂くような思いで告げた言葉を、カーライルはやんわりと否定する。

「それは違う。俺が以前言った言葉のほうが間違っていた。信頼してもらえるようなことを何一つしなかった俺が、そなたに信頼されなかったのは当然のことだ。俺は若かったとはいえもう大人で、身一つで我が国に来たそなたを保護し、信頼されるに足る振る舞いをすべきだった。そなたに辛い選択をさせた責任は俺にある。本当にすまなかった」

ティルダはかぶりを振って訴えた。

「謝って欲しいわけではないのです。アイオン殿に言われました。腫れ物のようにわたくしを扱う貴方が気の毒だと。だからわたくしは」

必死に紡ぐ言葉を、カーライルに遮られる。

「ならば訊くが、俺を許せばそなたは笑えるようになるのか？」

「それ、は……」

戸惑い言葉に詰まると、カーライルは自嘲気味に笑う。

「難しいのであろう？　そなたはアシュケルドで生き抜くために、冷淡な人間にならなければならなかった。そうさせたのは俺だ。俺はそなたが笑うことを——生きる歓《よろこ》びを味わう手段を奪ったのだ」

カーライルの言葉に、ティルダは反論できなかった。

今のティルダに、生きる歓びなど感じられない。あるのは、王妃として生き続けなければならないという義務感と、自分にも不可解な空しさだけだ。

呆然とするティルダに、カーライルは切なげな笑みを浮かべて言った。

「無理に笑って欲しいわけではないことはわかってくれ。そなたが王妃であるがために強いてしまうことも多いが、俺はいつだってそなたの幸せを願っているんだ」

## 12　返されたお礼状

言葉は違うけれど、カーライルもアイオンも、ティルダに幸せになれと言う。

でも、ティルダはもはや、幸せになりようがない。

カーライルに頼らない道を選んだ結果、ティルダは笑い方を忘れた。ティルダが心から笑わない限り、カーライルは負い目から解放されない。彼が負い目を忘れなければ、ティルダが自然に笑えるようになる日が来るとは思えない。

そんなことを考えていたせいか、フィルクロード王への手紙はなかなか書き進まなかった。手紙を携えた使者が城を発ったのは、アイオンの出立から五日も過ぎた頃だった。

それからしばらく、表向き穏やかな日が続いた。周辺の国々との関係は良好で、戦いの心配がなくなった人々は平和な日々を謳歌する。

そんな中、ティルダの心は穏やかではなかった。カーライルは以前にも増してティルダを気遣うようになり、ティルダはその気遣いが苦痛になっていく。

そのせいか、ティルダは身体に不調を覚えることが多くなった。身体がだるく、日中でも睡魔に勝てずうとうとしてしまう。

しかし、朝夕に軽い吐き気がするようになってくると、何か悪い病にかかっているのではないかと心配になってくる。

それでもティルダは、薬師に相談に行くのをためらっていた。カーライルがそのことを知れば、余計に気遣うことは目に見えているからだ。

今のところ、なんとなく体調が優れない程度だ。はっきりとした不調が現れるまで、様子見するつもりだった。


そんな折、フィルクロードに送った使者が戻ってきた。アイオンの従者を一人伴って。

城代から、アイオンの従者がティルダへの面会を願い出ていると伝えられる。ティルダは嫌な予感を覚えつつ、従者を離れの館に案内するよう、城代に指示した。

離れの広間に通された従者は、一通りの挨拶をした後、懐から手紙を取り出しティルダに差し出した。

それを見たティルダは瞠目《どうもく》する。

「これは……」

封蝋に押された印章はティルダのもの。中を改めなくてもわかる。それはティルダがフィルクロード王に宛てて書いたお礼状だった。

封も切らずに送り返されたことに強い拒絶を感じ、ティルダの胸は塞ぐ。

震える手で受け取ろうとしたとき、アイオンの従者は説明した。

「我が王は、この書状が届く前に、出立してしまいました。アイオン王太子からの伝言です。『残念。一歩遅かったよ。父王は軍を率いてローモンドに攻め込んでしまった』」

「なんだと？」

急に割って入った声に、ティルダはぎくっと身体を震わせる。出入り口に目を向ければ、たった今入ってきたカーライルが険しい顔をして早足で近づいてくるところだった。

「ここでは外の者にも丸聞こえだ。場所を変えよう」

カーライルの言葉に従い、二階にある居室に移動した。

城代が扉を閉めて立ち去った後、カーライルは早速アイオンの従者に訊ねた。

「それで、フィルクロードはなんの目的でローモンドに攻め入ったのだ？　領土を広げたかったのであれば、その機会はずっと前からあったはず。何故今のタイミングに？」

従者はカーライルの前にひざまずいて答える。

「ローモンド王太子グリフィス様を掌中に収めたからです。ローモンド王はグリフィス様の廃嫡を宣言。それを知った我が王が、グリフィス様に協力を申し入れて兵を挙げました」

フィルクロードの挙兵はもちろんのこと、グリフィスの廃嫡の報もアシュケルドにはまだ届いていない。

ティルダの背がぞわっと粟立った。もしかすると、フィルクロード王は廃嫡の件も裏から糸を引いていたかもしれない。ローモンドに攻め入る機会を得るために。

カーライルが苦々しく呟いた。

「それで、あの馬鹿兄貴を引き取ってくれたのか」

「会いたかったというのも本当のことです。グリフィス様の噂は我が王の耳にも届いていましたが、噂とは嘘が交じりやすいもの。我が王はご自分の目で見て確かめたかったのだと思われます。確かめた結果噂に違わぬ御仁と知ったからには、ローモンドを手に入れても、グリフィス様に任せることはなさらないでしょう。適当な城に住まわせ、生涯不自由なく暮らせるよう援助するに留めるのではないかと、アイオン様は予想しています」

アイオンに仕えているだけあって、この従者もさりげなく皮肉を込めるのが上手だ。ティルダの兄グリフィスは、確かに噂通りの人物だ。どのような身分を持っているか知らないが、一従者の立場にありながらティルダの前で実兄のことを皮肉るとは度胸がある。それとも、ティルダたちがそのような些末事《さまつじ》に気を取られていられないとわかっているから口にしたことなのか。

アシュケルドは、ローモンドとも同盟を結んでいる。ローモンドから援軍を要請されたら――いや、ローモンド王なら間違いなく援軍を求めてくるだろう。そのとき、アシュケルドはどうしたらいいのか。

「まずいな……」

カーライルが深刻そうにつぶやく。そのつぶやきに自分とは違うものを感じ、ティルダは窺うように訊ねた。

「どうかしたのですか？」

カーライルは返事をせず、ちらりと従者に目を向けた。それから考え込むように眉根を寄せる。

代わりに口を開いたのは、アイオンの従者だった。

「ローモンド北部、北東部の豪族たちが、近々一斉に反旗を翻す計画を立てていることは我が主アイオンも存じております。アシュケルドが豪族たちの側に立ち、彼らの独立を認めるようローモンド王に迫る約束をしていたことや、独立後の彼らと国家連合を結成することになっていたのも」

「……！」

ティルダは絶句し、カーライルを凝視した。

そんな話はまったく知らなかった。

呆然とするティルダの前で、カーライルがアイオンの従者を詰問している。

「何故アイオン殿がそのことを知っている⁉」

「我が主は、旅を好みますので」

「理由になっていない！」

カーライルが従者の胸倉を掴もうとしたところで我に返って、ティルダは割って入った。

「アイオン殿は旅人を装って、自らが先頭に立って各国に探りを入れているのです。それより、何故教えてくださらなかったのですか？」

そう言って非難の目を向けると、カーライルは後ろめたそうにティルダから目を逸らした。

「六年近く前から、交流のあった豪族たちと約束していたのだ。彼らの独立を手助けする代わりに、独立後国家連合に加わってもらうことになっている。誓って言うが、戦いを起こすつもりはなかった。あくまでも話し合いで独立が認められるよう、その下準備に六年もかけたのだ」

さらに言い訳を続けようとするカーライルを、ティルダは憤慨して遮った。

「国家連合の必要性は、わたくしにもわかります！　ローモンドやフィルクロードと比べ、アシュケルドは一小国にすぎません。小国同士手を組まなければ、大国と渡り合うことはできないでしょう。アシュケルドと共に独立を果たした国々は、自国の利を求めるあまり牽制し合い、同盟を結ぶこともままならない。ローモンドの北部と北東部の地方といえば、数多の豪族がひしめく広大な土地です。彼らをまとめて味方にできれば、アシュケルドにとって大きな力となります。豪族たちも、独立後なんらかの庇護がなければ生き残りは難しい。お互いにとって理に適った取り決めです。わからないのは、何故そのような大事なことをわたくしに教えてくれなかったのかということです！」

憤りを込めて言い切れば、カーライルは弱ったように眉尻を下げた。

「そなたの母国を追い詰めることになる取り決めゆえに、なかなか打ち明けられなかった。すまん。それに、俺が戦いを起こそうとしていると、そなたに誤解されたくなかったのだ」

心外だった。けれど、そう思われても仕方ない。

ティルダは息を吸って気を落ち着けると、カーライルに打ち明けた。

「ローモンドという国については、とっくに見切りをつけています。父ローモンド王が心を入れ替える気がない以上、ローモンドと戦わずして独立できるのであれば、それほど喜ばしいことはありません」

一旦言葉を切り、まっすぐカーライルを見つめた。

「以前のわたくしでしたら疑ってかかったかもしれませんが、――今なら貴方の言葉を信じられます」

ティルダがそう言った途端、カーライルの表情が驚くほど変化した。

最初、信じられないといわんばかりに目を見開き、次いで目元をほんのり赤くする。表情に戸惑いの色が交じったかと思うと、見る間に照れたようになった。落ち着かなげに目を逸らして、くしゃりと髪をかき雀る。

「ええっと……ああ、そうだ。フィルクロードがローモンドに攻め込んだとなると、豪族たちが独立できなくなる可能性がある。今はまだ彼らもローモンドの一部だからな」

話しているうちに落ち着きを取り戻していくカーライルを、ティルダは呆然としながら見つめていた。

信じると告げただけなのに、カーライルの反応はなんなのだろう。まるで、思いがけない愛の告白を受けたとでもいうような。

ティルダの頬がにわかに熱くなってくる。とっさの反応だからこそ、そこに嘘はないと感じられる。もしかすると、カーライルは本当にティルダを――。

続くカーライルの話を耳にして、ティルダは気を引き締めた。

「今から独立を宣言したところで、果たしてフィルクロードがそれを認めてくれるかどうか。下手をすれば反逆とみなされ、攻め込まれる可能性もある」

アイオンの従者がそれに答える。

「それは大いにありえるでしょう。我が王はローモンドのすべてを憎んでいますから」

今は個人的なことを考えている場合ではない。ティルダは気持ちを切り替えて従者に訊ねた。

「フィルクロード王は何故ローモンドを憎んでいるの？　ローモンドとは同盟を結んでいるでしょう？」

だから、フィルクロードがローモンドに攻め込むなんて思いもよらなかったのだ。

ひざまずいている従者は、残念そうにティルダを見上げ、それから顔を伏せた。

「王妃様の書状が届いたとき、我が主アイオンは王妃様が先日の問いかけの答えをまだ見つけておられないのだと察しました。ですが、王妃様に見える状況から答えを見つけるのは難しいだろうと思い直し、事情をお伝えするよう私に命じられたのです」

それでアイオンは、常日頃自身につき従っている従者をあえて寄越したのか。

「長くなりそうですね。椅子に座って話しましょう」

## 13　もう一つの〝負い目〟

室内にいる三人全員がテーブルを囲んで着席したところで、ティルダは話を促した。

「それで、おまえはわたくしに何を伝えるよう、アイオン殿に言われてきたの？　フィルクロード王がローモンドを憎んでいることと、わたくしを……避けることに関係があるようだけれど」

嫌われていることを認めたくなくて言い換える。

アイオンの従者は悲しげに微笑んだ。

「仰る通り、フィルクロード王はティルダ王妃を避けておられると思います。ですが、それは王妃に対する負い目ゆえなのです」

思わぬことを言われ、ティルダは目をしばたたかせた。

「フィルクロード王は、わたくしにとてもよくしてくださいました。感謝こそすれ、負い目に感じていただきたいことなど何もありません」

「ところがフィルクロード王は、そうは思われないのです。――事の始まりは、王妃様のお母上がフィルクロードで暮らされていた頃にさかのぼります。なにぶん昔のことなので、私は伝え聞いただけですが……」

視線をテーブルの上に落とし、従者は話し始めた。

「王妃のお母上であるフェリシア様とフィルクロード王は、とても仲の良いご兄妹だったそうです。そんなお二人に、ある日悲劇が訪れました。フェリシア様のご結婚です。その頃はまだローモンドが強く、フィルクロードはローモンドと事を構えるわけにはいかない立場にありました。当時王太子だったローモンド王に妃にと望まれ、先フィルクロード王はローモンドの機嫌を取り同盟を結ぶために、フェリシア様を差し出したのです。もちろん、当時王太子だった我が王は反対しました。その頃から、かの御仁はろくでもない方だという評判でしたから。ですが、フェリシア様が嫁ぐのを止めることはできませんでした。ローモンドに嫁ぎたくないと言っておられたフェリシア様も、最後は承諾なさったそうです。将来フィルクロード王となる兄君のため、フィルクロードとローモンドとの架け橋になるために。ところが、かの御仁は望んで妻にしたフェリシア様を、次第に疎ましく思うようになります。元々外見だけを気に入っていたので、フェリシア様の人となりを知っていくうちに気持ちが冷めてしまったのだと思います。フェリシア様は大層な人格者でいらっしゃったそうですから、出来の悪い御仁は煙たく思うようになったのでしょう。御子を二人ももうけたというのに、かの御仁はフェリシア様を無視するようになりました。フェリシア様のその後は、ティルダ王妃のほうがよくご存じかと思います」

ティルダは唇を噛み締め、亡き母に思いを馳せた。

誰からも見向きされなくなっても、誇り高く顔を上げていた母。離宮に移り住んでからも、ローモンドのため、民のために心を砕いていた。

自身の心のうちを語るような人ではなかった。幼かった頃は気にしたことがなかったけれど、今になって思う。何を考え、どう思っていたのかと。

「父君が亡くなり王におなりあそばすと、さっそくフェリシア様に帰国を促す書状を送られました。その頃には、フィルクロードもローモンドを凌ぐ国に成長しておりましたし、フェリシア様を犠牲にして結んだ同盟はもはや形骸化していたからです。ですが、フェリシア様は決して同意なさらず、私的な手紙のやり取りも拒否なさいました。そのことから、我が王はフェリシア様に恨まれていると思ったようです。フェリシア様がローモンドに嫁ぐのを阻止できなかったばかりか、一番辛かったであろう時期になんの手助けもできなかったことを負い目に感じているのでしょう」

負い目――。

はっとして従者を食い入るように見つめると、従者はティルダのその驚きに気づかなかったふりをして淡々と話し続けた。

「我が王がフェリシア様にできたことは、〝フィルクロードにフェリシア様の領地があると偽って、送金する〟ことだけでした」

ティルダは、零れ落ちんばかりに大きく目を開いた。

「前フィルクロード王が、結婚に際して母に領地を贈ったのではなかったのですか⁉」

「我が王はそのような理由をつけて送金なさったと聞き及んでいます。兄君を拒んでいらしたフェリシア様も、それだけはお受け取りになりました。――受け取らざるをえなかったのでしょう。夫に存在を無視され離宮に追いやられたフェリシア様は、日々の生活にも事欠いていたようでしたから」

ショックだった。そんな事情があったなんて。

ティルダが言葉を失っている間も、話は続いた。

「他にも助けになれないかと我が王が手をこまねいている間に、フェリシア様は早逝なさってしまわれました。和解叶わなかったことを激しく後悔なさった我が王は、今度はティルダ王妃、貴女様の力になることを決意しました。しかし、それを行動に移す前に、貴女様はアシュケルドに嫁がされてしまったのです。――我が主アイオン様ですらためらったように、まったく国交のなかったアシュケルドに侵入するには、慎重に慎重を期す必要がありました。当時、フィルクロードにとってアシュケルドは未知の国でした。出方がわからないため、下手に刺激をしてティルダ様に危険が及ぶようなことがあってはならないと考えたのです」

これまで黙って話を聞いていたカーライルが、苦虫を噛みつぶしたような表情をして口を開いた。

「独立してすぐの頃のアシュケルドは、野蛮な国と思われていたからな。実際血の気の多い者も少なくなく、ちょっとしたことですぐかっとなった。フィルクロードが信用しなかったのも無理はない」

カーライルの言葉を否定することなく、アイオンの従者は続きを話した。

「閉鎖的だったアシュケルドに足を踏み入れ、アシュケルド城にまで入ることができたのは、ティルダ様がアシュケルド城城代の名を借りて、我が王の名代を呼んでくださったおかげでした。ですが、そのときにはすでに結婚から一年以上が経過し、ティルダ様は別人のようになっておられました。アイオン様は、とてもじゃないけれど我が王にそんなティルダ様のご様子をお伝えできないと申しておりました。が、ティルダ様のお望み通りの形で交易路を開くためには、どうしてもティルダ様が置かれた状況を説明する必要があったのです」

交易路を通す際、ティルダの目的を果たすためには、交易路を開いて最初のうちはヒッグスに知られないようにする必要があった。ヒッグスの勢力が強いうちに知られたら、交易路を独占されてしまう危険があったからだ。フィルクロードは、面倒で難しいこのティルダの要求を叶えてくれた。

アイオンから、フィルクロード王の許可を得たと聞いていたけれど、ティルダはてっきりアイオンがフィルクロード王を説得して許可を引き出してくれたのだとばかり思っていた。

しかし、もしその許可がフィルクロード王なりの、ティルダへの罪滅ぼしだったのだとしたら。伝言という形で感謝を伝えられ、フィルクロード王は心のこもらないおざなりなものだと感じただろう。負い目を感じていたというフィルクロード王は、母のみならずティルダにも恨まれていると思ったかもしれない。

アイオンが書簡を返してきた理由がわかったような気がした。伯父との間にできてしまった溝は、書簡一つで埋まるものではない。ましてや、その内容が形式張った堅苦しいものならなおさらに。アイオンは、封も切らずに内容を見抜いたというわけだ。

「我が王は、ティルダ様の置かれた苦境を知り、救うことができなかったと心を痛めました。そして決意したのです。――ティルダ様、貴女様に若くして政略結婚を強いたローモンド王を倒し、ローモンドという国を滅ぼしてアシュケルドとローモンドの間で交わされた同盟を破棄し、貴女様を政略の道具という立場から解放したいとお考えなのです」

## 14　ティルダの悩み

アイオンの従者は、話がすむとすぐアシュケルド城を発った。アイオンの護衛でもある彼は、長く主のそばを離れているわけにはいかないのだという。

カーライルは早急に情報収集にあたることを兵に命じ、族長たちを集め状況を話した。

「国家連合なるものを作るために、王はローモンドの要請に応じていたのですか。いやはや、教えてくださっておれば、王が兵を率いてローモンドに発つたびに歯噛みする思いをしなくてもよかったものを」

「おぬしが歯噛みしなくなっていたら、ローモンドに筒抜けになっていたかもしれぬ。内密にしていただいてよかったのだ。――今は、それよりもフィルクロードの動向だ。アイオン殿の従者はなんと?」

「フィルクロード王も入念に準備を重ねていたようだ。ローモンド南西の豪族たちは、事前に交わした密約に従って次々投降しているという。フィルクロードの者から聞いた話をそのまま信じるわけにはいかぬから、早急に確認に行かせたがな」

城にいなかった族長たちも呼び寄せて連日今後について話し合いを続ける。

万が一に備えて戦いの準備も進められ、民の不安も次第に高まってくる。

そんな中、ティルダは一人ぼんやり過ごしていた。

族長会議への出席は、初日以外閉め出されていた。ティルダの意見はただ一つ、万一のときはフィルクロード王にティルダを差し出せばよいというものだった。これにはカーライルだけでなく、意外にも族長たちからも反対の意見が出た。「我らが王妃を敵に売るとお思いか」と言われたときには、耳を疑ったくらいだ。

それはともかくとして、フィルクロード王はティルダの伯父にあたる。ティルダが直接出向いて交渉すれば、多少の譲歩を引き出せるかもしれない。

だが、ティルダのその意見はため息と共に却下され、翌日からは体調不良を理由に、族長会議に呼んでもらえなくなった。

これで身体はどこもなんともないのだったら腹を立てるところなのだが、体調不良は事実なのだからぐっとこらえるしかない。

アイオンが発った頃から続いている身体の不調は今なお、いや、前より少しずつ悪くなっていた。朝晩吐き気をもよおし、ときに嘔吐してしまうことがある。ちゃんと睡眠を取っているのに、日中もやたらと眠い。

眠いからといって昼間から寝台に入るのが嫌で、ティルダは城内を見回ることで眠気を紛らせていた。機の前に座ろうものなら、ろくに織りもしないうちにうつらうつらするに決まっている。

護衛の二人を供にして城内を歩いて回っていると、通りすがりの者や仕事場にいる者が、ティルダに話しかけてくる。

「王妃様、こんにちは！」

「いらっしゃいませ、王妃様」

ティルダは頷くことで返事をしながら、滞りなく仕事が行われているか、不都合など起きていないか確認して回る。

その途中、赤ん坊を抱いた女が、身内と思われる女二人につき添われて近づいてきた。

「王妃様、無事生まれました。見てやってください」

赤ん坊の顔を向けられ、ティルダは知らず知らずに表情を和らげる。

本当に生まれたばかりのようで、まだしわくちゃで見た目は可愛いとは言いがたい。けれど、小さくも確かに息づく命に、愛おしさを感じずにはいられなかった。

「可愛いわね。男の子？　女の子？」

母親はぱっと花開いたように喜んだ。

「女の子です！　この子は安産で――」

産気づいたときの様子や、産後のてんやわんやなど、三人で代わる代わる話す。

話を聞きながら、ティルダの心は別のことへと飛んだ。

ティルダが妊娠したら、カーライルは喜んでくれるだろうか。表向きは喜ぶに違いない。古くから続くアシュケルド王家の血筋は、度重なる不運によって彼以外すべて絶えてしまっている。男児であれ女児であれ、王家に新しい一員が加わることを民は切望している。カーライルも義務を果たすことができ、さぞかし安堵するだろう。

そう。カーライルにとって子を為すことは義務。

ならば、彼自身の気持ちは？

そのことを考えるたびに、初めての夜の、苦り切った彼の表情を思い出す。カーライルも、義務で仕方なくティルダを抱いているのだと思ったことも。

今なら仕方なく抱いているというわけじゃないとわかっている。カーライルはティルダに対して欲望を隠さないし、怪我の療養中でさえ誘ってきたのだから。

でも、御子はどうだろう。カーライルは、ティルダが自分の子を産むことを望んでいるだろうか。ティルダの、王妃としての立場をなくさないようにするため、罪滅ぼしのためだけにティルダとの子を望んでいるのでは？

尽きることないと思っていた話は、唐突に終わりに近づいた。

「それで、図々しいとは思うのですが、この子に王妃様と同じ名前をつけさせていただくわけにはいかないでしょうか？」

思ってもみなかった願いに、ティルダは一瞬呼吸を忘れる。その様子を見て、女は慌てて引き下がろうとした。

「やっぱり図々しかったですね。申し訳ありません！　できたらこの子も王妃様のように気高く誇り高く生きて欲しいと思って」

「いいわよ」

「王妃様がご許可くださったらいいねと夫と話していたのですが——って、え？」

ティルダが急いで告げた返事に、女たちはぽかんとする。

言葉をなくした彼女たちに、ティルダは再度答えた。

「わたくしの名前を子につけたいという者が現れるとは思ったこともなかったから驚いただけ。わたくしのような可愛げのない女の名でよければ、その子につければよいわ」

つい憎まれ口を叩いてしまったけれど、母親は勢いよく主張した。

「王妃様は可愛らしいとは違うかもしれませんが、すばらしいお方です！　王妃様を受け入れようとしなかったわたくしたちを罰しなかったどころか、アシュケルドを発展に導いてくださいました。それだけでなく、アシュケルドを守るためにご自身の矜持を犠牲にされたと聞いています。兵である夫が生きていて、この子が無事に生まれたのは王妃様のおかげです。王妃様を尊敬しますし、アシュケルドの王妃になっていただいたことを誇りに思います！」

今度はティルダが言葉を失った。

愛人を用意してまで夫を拒んでおきながら、いとも簡単に王に屈したティルダは、人々にあざ笑われて当然だと思っていた。

でも、そんなティルダの行いを、民が誇りに思ってくれている。

ティルダの矜持は損なわれていなかった。

赤ん坊と女たちと別れた後、ティルダはふらふらと離れの館に向かった。

今も驚き冷めやらない。

親が、何よりも愛しい我が子に名前をつける際、嫌いな人間の名前をつけることなどまずありえない。あえてティルダの名前を望んだその夫婦は、娘をその名で呼びたいほど、ティルダのことを慕ってくれているのだろう。

そうとわかっても、なかなか実感がわかない。六年もの間、嫌われ厭われてきたのだ。好かれてもどうしていいかわからない。

館のそばまで戻ってきたものの、何か用事があったわけではないので、ティルダは館に入らず、花壇のそばにあるベンチに近づいた。

護衛の一人が、雨ざらしのベンチに手ぬぐいを広げてくれる。短く礼を言ってベンチに座ると、ティルダはぼんやり花壇を眺めた。

カーライルが約束通り手入れを命じているので、花壇は青々としている。ただ、今は花の季節ではないので、咲いている花はない。

それもまた、ティルダの心を落ち着かなくさせた。

ローモンドは花の種類が多く、広い花壇に一年中何かしらの花が咲いているようにと工夫が凝らされている。が、花を愛でる習慣のないアシュケルドの民は、今は花の咲いていないこの草を手入れすれば、ティルダが喜ぶと思っている。

野山に自生していたのにここに植え替えられてしまって、人が手間暇かけないと生きていけなくなったこれらの植物。

枯らさないようにしてくれるのは嬉しいけれど、やはり母国の花壇と比べ見劣りがする。

それでも、ティルダを喜ばせようとせっせと水をまく彼らが、ティルダが礼を言うと嬉しそうに笑うのを知っているから。青々としているだけのこの花壇も美しく思えるし、見ていて飽きない。

しかし、彼らの笑顔に応えられない自分に、ティルダは悩みを抱えていた。

自分の顔が無表情で、時に冷ややかにさえ見えるのはわかっている。礼を言うときも、笑顔を返されたときもそれでは、彼らもがっかりするのではないだろうか。今のところそんな様子は見られないけれど、そのうち笑顔を返さないティルダに表情を曇らせるようになるだろう。

王妃として認められ、民に慕われ、王も重臣たちもティルダの意見を重要視する。

望んだ以上のものを手に入れられたのに幸せだと感じられないのは、今の状況がいつまでも続くと思えないからだ。無愛想で可愛げのない王妃など、慕われ続けるわけがない。

でも、だからといって微笑み返すのはティルダらしくないように思うし、何より笑い方を忘れてしまった。

カーライルの言う通りだ。笑えないから幸せになりきれない。それがわかっていながら、ティルダにはどうすることもできないのだ。

どのくらいぼんやり考えていたのか。

回廊を逸れてこちらに向かってくる大柄な人物に気づいてティルダは顔を上げた。

肩を張り、堂々と歩いてくるカーライルは、花壇を回り込みながら話しかけてくる。

「大丈夫か？」

最近、この言葉がカーライルの口癖になっている。

ティルダは軽くため息を吐いた。大方、誰かがティルダの様子がおかしいと、カーライルに報告したのだろう。報告にいく者もだが、報告を受けるたびに様子を見にやってくるカーライルもどうかしていると思う。こんなの、ほんの少し身体の調子が狂っているだけ。先日の、睡眠のリズムの狂いを引きずっているだけで。

それを大袈裟に騒ぎ立てるなんて。王ともあろう方が、恥ずかしくないのだろうか。

腹を立てながら、ティルダはすっくと立ち上がる。

と、そのとき。

急に意識が遠退き、目の前が闇に閉ざされた。

## 15　待望の

ティルダ……ティルダ……

遠くから名前を呼ぶ声が聞こえる。

他にも、何を言っているかわからないが誰かの話し声が。

状況がのみ込めずにいるうちに、声は急速に近づいてきて間近で聞こえるようになった。


「ティルダ！」


切羽詰まった呼び声に戸惑いながら目を開けると、目の前でカーライルが安堵の笑みを浮かべる。

「気がついたか。よかった」

そう言われて、ティルダは自分が気を失っていたことを思い出した。

なんという失態。

「申し訳ありません。わたくしは、どのくらい気を失っていましたか？」

今はカーライルの腕に抱かれていて、彼の顔の向こうには青空が見える。花壇の前から移動していないから、さほど時間は経っていないのだろう。

カーライルの腕から逃れようとすると、そうさせまいとするように、彼はティルダを強く抱き締めた。

「じっとしているんだ。また倒れたらいかん」

そう言うがはやいか、カーライルはティルダを抱いたまま立ち上がり、早足で館の中へ入っていく。

「下ろしてください！　わたくしはもう大丈夫です」

抗議の声を上げれば、それよりも大きな声で言い返された。

「大丈夫なものか！　ここ最近、ずっと青い顔をしていたではないか。我慢せずに寝台で休め！」

二階に先回りしていたスージーが、寝室の扉を開けて待っている。

「心配することはありません」

カーライルは扉をくぐって、まっすぐ寝台に近づくと、ティルダをそっと横たえた。

「心配するなというほうが無理だ。そなたは立ったかと思ったら、糸が切れるように崩れ落ちたのだぞ？　そうだ、薬師を呼ばなければ」

「その必要はありません。少しめまいがしただけで」

ティルダの夜着を持ってきたスージーが、のんびりした声で割って入ってきた。

「王の慌てぶりは大袈裟ですが、王妃様には今まで以上にお身体を大事にしていただかないと。もうお一人のお身体ではないのですから」

「何が大袈裟なものか！　――――は？」

勢いで怒鳴った後、カーライルは間の抜けた声を漏らす。

ティルダに至っては、声を出すこともできなかった。

〝お一人のお身体ではないのですから〟？

ティルダとカーライルの驚きようを見てスージーも目を丸くしたが、すぐにくすくす笑い出した。

「気づいてらっしゃらなかったのですか？　てっきり、ご公表を先に延ばしたくて、気づかないふりをしてらっしゃるとばかり」

先に我に返ったティルダが、起き上がって慌てて訊ねた。

「それは本当なの？」

勢い込んでしまったためか、スージーは急に自信なさげになった。

「ええ、たぶん……。他の人たちも言ってましたもの。最近とても眠そうにしてらっしゃることや、お太りになったわけではないのですが、お顔やお身体の線が丸みを帯びてきてらっしゃるのは、きっとご懐妊の兆しだろうって。月のものも、ここしばらくありませんし」

「……ここしばらくといっても、数日遅れているだけではないの」

動揺を押し隠しつつ、ティルダは反論した。

懐妊は待ち望んでいたことだけれど、にわかには信じがたい。懐妊を公にして、もし違っていたら目もあてられない状況になりかねないから、ことさらに慎重になる。

ティルダの心配を読み取ってか、スージーは柔らかに微笑んで説明した。

「先月、月のものが極端に少なかったではないですか。あのときすでに御子を宿してらっしゃったのかもしれません。妊娠した後に出血することもあるのです」

話を聞いているうちに、じわじわと実感が湧いてくる。

ティルダは下を向き、下腹部にそっと手を当てた。

ここに宿っている？　カーライルの子が？

物思いは、カーライルの大声に唐突に破られた。

「やった！　でかした！」

そう言ってティルダをぎゅうぎゅう抱き締める。

「俺たちの子だ！　とうとうできたんだ！」

胸元に顔を押しつけられたせいで、呼吸がままならなくなる。背中に手を回して叩くけれど、叫び続けるカーライルは気づかない。

見かねたスージーが、ティルダの代わりに言ってくれた。

「王、王妃様が窒息なさってしまいます」

カーライルは急いで腕をほどくと、ティルダの顔を覗き込んだ。

「すまん。あまりに嬉しくて、我を忘れてしまった」

照れたように笑うカーライルを見て、ティルダはぽかんとしてしまう。

喜びを顔に表さないティルダに、カーライルは心配そうに表情を曇らせた。

「大丈夫か？　まだ具合が悪いのか？」

「もう大丈夫です。それより、御子ができて貴方は嬉しいのですか？」

焦って訊ねれば、カーライルは怪訝そうな顔をする。が、すぐに微笑みを取り戻し、

「もちろんだ。言ったではないか。俺はそなたを愛していると。愛する者との間に子が生まれると

いうのに、嬉しくないわけがない」

思わぬところで愛の言葉を聞き、ティルダは頬を熱くする。次の瞬間、スージーがそばにいることを思い出し、目で彼女の姿を探した。

聞かれていたら恥ずかしい。だが、スージーの姿はどこにもなく、開いていたはずの寝室の扉も閉じられていた。どうやら、気を利かせて席を外したらしい。

ほっとしたのも束の間、カーライルの両手のひらで頬を包まれ、彼のほうに向かせられてしまう。間近に顔を寄せてきたカーライルは、蕩《とろ》けるような笑みを浮かべて言った。

「俺が喜ばないとでも思ったのか？　馬鹿だな。俺はそなたとの子しか欲しくない。ここにいる子は、待ちに待った待望の子だ」

言いながら、カーライルは下腹に当てたままだったティルダの手に己の手を重ねる。

すると、ティルダの心はすうっと軽くなった。

何を悩み、不安に思っていたのだろう。

カーライルは嘘を吐かない。飾らない性格で、己の感情も素直に表現する。そんな彼が口にする言葉は、どれも本心だとわかってもいいものなのに。

不意に、カーライルが諸手を上げた。

「すまん！　嫌ではなかったか？」

何を言っているのだろう。いつもは遠慮なく触ってくるくせに。

「別に嫌じゃありませんけど」

釈然としなかったものだから、ついとげのある言い方になってしまう。

それでもカーライルはほっとした表情をした。

「これからはそなた一人の身体ではないからな。もっと大事にしなければ」

それを聞いたティルダの心に、別の不安が過った。

## 16　フィルクロード侵攻

ティルダの不安は的中した。

以前からカーライルは過保護気味だったが、それが今や過保護すぎを通り過ぎてとどまるところを知らない。

離れの館だろうが晩餐の席だろうが構わず、ティルダにせっせと食べ物を勧めてくる。

「もっと食べよ。そなたは二人分の栄養を取らなければ」

「これ以上食べたら、逆に具合が悪くなります」

ティルダが城内を歩いているのを見つけると、走って近づいてくる。

「何をしている？　あまり動き回っていると身体に障りが」

「見回りです。体調が悪くないなら、動き回らないほうがよっぽどか障りがあると聞いています」

カーライルは納得しかねた顔をしたが、気を取り直してティルダの横に並んだ。

「ならば、俺も一緒に行こう」

ため息を吐き、仕方なく歩き始める。

「お忙しいのではないのですか？」

歩調を合わせてついてくるカーライルは、ティルダの顔を覗き込んで嬉しそうに微笑んだ。

「そなたより優先すべきことは何もない」

カーライルの馬鹿げた言葉に頬が熱くなり、落ち着かない気分になる。

どうかしている。カーライルもだ。

王である彼には、優先的に行わなければならないことが山積《さんせき》している。


事実、フィルクロードのローモンド侵攻にかかわることは、差し迫った案件だった。

届いた報告によると、ローモンド軍はすでにほとんど形をなしていないという。ローモンドの兵は、兵役を課せられた者たちの寄せ集め。故郷が南西部にある者は事前に軍から抜け出すよう指示されていただろうし、それを見た他の者たちもローモンドがいよいよ危ういと感じ逃げ出したに違いない。

迎え撃つローモンド軍の勢いは弱くなる一方、フィルクロード軍の進軍はますます速まり、今頃王都を陥落させているかもしれない。

ローモンド王――ティルダの父は今どうしているだろうかと思わないでもない。

けれど、ティルダの今の関心事は、カーライルと協定を結んだローモンド北東部の豪族たちと、彼らが守る民のことだった。

独立目前にしてのこの事態。フィルクロード王は彼らもフィルクロードのもとに下すつもりでいるとのこと。急いでローモンドからの独立を宣言したものの、フィルクロードからは投降するよう呼びかけられているという。

フィルクロードは悪い国じゃない。話し合いさえできれば、双方にとって良い形で合意できるかもしれない。

カーライルは彼らに使者を送り、フィルクロードと話し合いを持つことを勧めた。ティルダを同盟の証《あかし》という立場から解放したいと考えるフィルクロード王は、アシュケルドも敵と考えているかもしれない。まずは豪族たちが話し合うという方針を固め、フィルクロードが話し合いに応じなかったときだけ、アイオンに頼んでフィルクロード王を説得してもらおう、と。

だが、その後の連絡によると、豪族同士のみならず、各豪族の内部でも意見が分かれ、フィルクロードに話し合いを持ちかけることもできずにいるという。

そんなことをしているうちにフィルクロード王がしびれを切らし、攻め込んできたらどうするのか。そうは思っても、ティルダにはどうすることもできない。

胎動を感じ、下腹が丸みを帯びてきた頃のことだった。

連絡を取り合っている豪族たちから急使がやってきた。

大広間でカーライルたちを前にし、急使は膝をついて奏上する。

「先日、ようやくフィルクロードと話し合いをしたのですが、我らが投降したらフィルクロードは我らに分かれて移住を命じ、一族を解体するつもりだと言ってきました。それを承伏できないのなら、我らを攻め滅ぼすと」

よほど急いで来たのだろう。身なりはぼろぼろで、顔には疲労の影が濃い。はやく休ませてやらなければとティルダが思っていると、隣にある玉座に座るカーライルは、急使に問いかけた。

「それで、おまえたちはどうしたいという考えなのだ？　長たちの意見は？」

急使は大きく息を吸い、苦渋を滲ませ答えた。

「それが、意見が真っ二つに分かれまして……。命が助かるならと言う者と、一族が滅ぶというのに人が生きてなんになると言う者と」

ティルダは思わず口を挟んだ。

「聞いたことがあります。フィルクロードは新たに加わった民を完全な自国の民とするために、ばらばらの地域に移住させて絆を断ち切るのだと。移住先の人々はそうした国のやり方を理解していて、移住してきた者たちを快く受け入れるといいますが、一族のそれまでのやり方を改めなければならないため、馴染めず孤立する者もいると聞きます。年嵩の者ほどそうなりやすく、一族を解体することにも抵抗するのだとか」

思い当たる節があるのだろう。急使にやってきた若者は、ショックを隠せない表情をしてうつむく。

「じいちゃ――祖父たちの言い分もわかるし、私たちもできれば慣れた土地で親しい者たちとの暮らしを続けたいのです。ですが、フィルクロードは強大です。戦って勝てる相手じゃない。そこで、アシュケルド王妃にお願いがあるのです」

「わたくしに、フィルクロード王から譲歩を引き出して欲しい、そういうことですか？」

先回りして言えば、カーライルが止めに入った。

「すまぬが、王妃は今大事な身であってな。交渉の場に出てゆくことは無理なのだ。他の頼みであればなんとか都合をつけるが」

急使は慌てて訂正した。

「王妃様に交渉の場についていただきたいということではないのです。一筆書状をしたためていただき、我らにしばしの猶予を与えて欲しいと頼んでいただきたいのです。聞けば王妃様はフィルクロード王の姪御様だとか。姪御様の仰ることならば、フィルクロード王も聞き入れてくださるのではないかと」

書状と聞き、ティルダは暗い気持ちになった。

フィルクロード王に宛てて送ったお礼状は、フィルクロード王太子アイオンによって送り返された。書状一つではどうにもならない行き違いが生じていると知った今、ティルダが書状を送るのは得策ではないとわかっている。カーライルに命じられてティルダが仕方なくしたためたと誤解されようものなら、猶予も何もなく攻め込まれる危険さえある。

カーライルもその危険性はわかっていて、急使にこう説明してくれた。

「我が王妃は、現在フィルクロード王と行き違いをしているのだ。書状でそのようなことを頼めば、下手な誤解を生んで、おまえたちに被害が及びかねぬ。他に良い手がないか考えるから、その間おまえは休息を取るが良い」

急使は、そんな時間などないのにと言いたげな焦り顔を見せたが、何も言わずカーライルに従った。


謁見に使っていた大広間を出たところで、ティルダはカーライルに話しかけた。

「やはり、わたくしが直接フィルクロード王のところへ」

「駄目だ！」

カーライルの怒声が、ティルダの言葉を遮る。

振り返ったカーライルは、怒りのこもった目でティルダを見つめた。

「そなたは身重だということを忘れたのか⁉　それに、フィルクロード王はそなたを欲しているのだ。交渉の場にのこのこ出て行って、フィルクロードに連れ去られたらどうするつもりだ⁉　──ああ、そなたにとっては、そのほうがよいのか。フィルクロードには仲の良いアイオン殿だけでなく、嘘を吐いてまでそなたを支えようとした優しい伯父上までいるものな」

カーライルのひねくれた言い方に、ティルダはかっとなった。

「馬鹿なことを仰らないでください！　わたくしはアシュケルド王妃です！　アシュケルドのため

にできることをしようとしているのに、下手な勘ぐりはよしてください！」

ティルダはカーライルの脇をするりと抜けて、暗い廊下をすたすた歩いていく。

「どこへ行く⁉」

ついてくるカーライルに見向きもせず、ティルダはつんとして答える。

「離れの館に戻るのです。人前で言い争いをするというみっともない真似はもうしたくありませんから」

「何を言う！　そなたが無謀なことを言い出すからではないか！」

「怒鳴らないでください。みっともない」

「みっともないと言うな！」

声の響く狭い廊下を抜け、壁のない回廊に出たというのに、カーライルの声は外でも響く。

はやく離れの館に入らなければ。あそこならば、二階に上がって鎧戸を閉めてしまえば、多少は声が漏れにくいだろう。

回廊から外れ、急いで館に入ろうとしたそのとき、近くの城壁の上から大声が降ってきた。

「大変です！　ローモンド王が兵を引き連れて、我が国に侵入しようとしています！」

## 17　ローモンド王との対決

交易路の整備の際、ティルダがそれと同時に行わせたことがある。それは、アシュケルドの要所に物見櫓《ものみやぐら》を建てさせ、目の良い者たちを配備するというものだ。彼らには、盗賊などをいちはやく見つけ近隣の者たちに報せるのと同時に、城や他の物見櫓と連絡を取り合うという役目を担わせた。事前に決めた合図により、簡単な内容に限るが、迅速な伝達を可能にした。

ローモンド王がアシュケルドを頼ってくることは予測がついていた。そのため事前に合図を決めておき、少々細かい情報もすぐ城に届くよう準備しておいたのだ。

ティルダが言葉を返す前に、カーライルが声を張り上げた。

「慌てるな！　事前に打ち合わせた通り、ローモンド王を城におびき寄せるよう通達せよ！」

「は！」

城壁の上から顔を出していた兵は、小気味よい返事をして頭を引っ込める。

威厳ある王の顔になったカーライルは、その顔を見つめるティルダに厳しい目を向けた。

「本当によいのだな？」

ティルダも表情を引き締め答えた。

「はい。覚悟はとっくにできています」

二人の間から、先ほどの言い争いの名残は消え去っていた。

＊　＊　＊

ローモンド王は、息子のときとは状況が違った。背後に迫り来るフィルクロード軍。逃げ込める先はアシュケルドしかない。そのアシュケルドから「条件を呑まなければ国境をまたがせない」と言われたら、ローモンド王は呑まざるをえない。アシュケルドと交戦して強引に入国しようとしたところで、フィルクロード軍に追いつかれて挟み撃ちにされるからだ。

かくして、ローモンド王はアシュケルド側の出した条件を呑み、率いてきた軍をアシュケルドにゆだねた。

アシュケルド兵に護衛されて城まで来たローモンド王を、カーライルは地下牢に閉じ込めるよう命じた。ローモンド王は抗議の声を張り上げた。

「余を誰だと思っている⁉　大国ローモンドの王であるぞ！　アシュケルド王を、カーライルを呼べ！　このような無礼、許すまいぞ！　ティルダは、我が娘はどこだ⁉　父がこのような扱いを受けているというのに、何故出てきて止めぬ！　なんのためにアシュケルドに嫁がせたと思う⁉　この役立たずが！」

ローモンド王から見えないところで叫び声を聞いていたカーライルは、飛び出していって義父《ちち》を殴りたい衝動をこらえた。

一二歳だった娘を一カ月前まで敵だった国に嫁がせ後は見向きもしなかったくせに、自分の都合のよいときだけ娘と呼び自分の意のままにならぬと罵り声を上げる。

腹の子に悪いからと説き伏せて、ティルダを同席させないことにしてよかった。覚悟はできていると言っていたが、実の父親に罵詈雑言を浴びせられるのは辛かろう。

狭く急な階段を下り、暗い通路を通って地下牢の前へ行く。小さな窓の開いた分厚い扉の前まで行くと、顔より小さいその四角い穴に顔を押しつけるようにして、血走った目をカーライルに向けてきた。

「これが義父に対する扱いか⁉　余は同盟国の王でもあるのだぞ！　何故フィルクロードが進軍してきた際に援軍を寄越さなかった⁉　同盟を反故にするつもりかっ！」

アシュケルドであれば賓客の扱いを受けられるとでも思っていたのだろう。そのあてが外れ、怒り狂っている。

よくそんな都合のいいことを考えられたものだ。自分がこれまでにしてきたことを忘れて。

カーライルは感情を押し殺して答えた。

「その同盟国であるローモンドが、我がアシュケルドのために何をしてくださいましたか？　我々を呼びつけ顎でこき使うばかりだったではないですか。同盟とは、互いに助け合うということだと思っていたのですが」

「今こそ助け合うべきときではないか！　憎きフィルクロードと戦い、ローモンドから追い出すのだ！」

自分の言っていることがおかしいと、ローモンド王は気づいていないらしい。カーライルはため息を吐いて訂正した。

「助け合うと仰るが、フィルクロードの侵攻を受けているのはローモンドであって、アシュケルドではない。ローモンドのために戦って、アシュケルドに何の得がある？」

この言葉にますます腹を立て、ローモンド王は吠え立てた。

「おまえという奴は、この義父に危険が迫っているというのに得がどうのと抜かすか！　婿なら婿で、さっさと義父を助けんか！　何のために娘を嫁がせたと思っている⁉」

カーライルの顔に、暗い笑みが広がった。

「やはり、そういうつもりでティルダを俺に嫁がせましたか。はっきり言ってくださって、すっきりしました」

「ティルダはどこにいる⁉　父がこのような目に遭わされているというのに、何をしている⁉」

「ティルダなら、自分の部屋で休んでいます。今は大事な身ですのでね。貴方の聞き苦しい罵詈雑言を聞かせたくなかったのです」

何を思って我が意を得たと思ったのか、ローモンド王は何かをたくらむような笑みを浮かべた。

「そうか、子ができたか。おまえは随分我が娘にご執心のようだな。だが、娘はどう思うかな？　実の父親がこのような扱いをされていると知ったら、さぞかし嘆くのではないか？」

「そんなことはありません」

暗くじめじめした場所に似つかわしくない、凛と透き通った声が聞こえてくる。

聞き覚えのあるその声にぎょっとして、カーライルは声のしたほうを向いた。

「ここには来るなと言っておいただろうが」

足下に気をつけながら階段を下りてきたティルダは、意志の強さを宿したアイスブルーの瞳でカーライルを見つめてきた。

「気を遣っていただいたのに申し訳ないですが、やはり自分で決着をつけなければならないと気づいたのです。人任せにしてしまっては、いつまでも終わった気がしないだろうと」

腹の子に悪いという言葉が建前であったことに気づかれていたようだ。

ばつの悪い思いをしたものの、それよりもティルダのことが心配だった。

「そなたの言うことはわかるが、その、大丈夫なのか？」

最近、馬鹿の一つ覚えのように同じ言葉を繰り返してしまうが、それ以外に思いつくものがない。

ただ、大丈夫かと聞くとうんざりした顔をしていたティルダが、今は真剣に受け止めてくれた。

「大丈夫です。ですが……ここにいてください」

ティルダに頼られる日が来るなんて、思ってもみなかった。

驚き覚めぬ間に「もちろん」と答えると、ティルダはほっとしたように少し表情を和らげる。

ローモンド王は、先ほどから唾を飛ばさんばかりにわめいていた。

「ティルダ！　そこにいるのか⁉　余だぞ！　父であるぞ！」

ティルダが牢の前に立つと、ローモンド王は一瞬ぎょっとした顔をした。それから取り繕った笑みを浮かべ、猫撫で声でティルダに話しかけた。

「母親によく似たな。あれも、顔はとても美しかった」

わざとらしくとも、父親から優しい声をかけられれば情が湧くのではないだろうか。そう思ってティルダを見れば、彼女は冷ややかな表情を崩さず、父親に辛辣な言葉を浴びせた。

「母と瓜二つの顔を見て罪悪感の一つも覚えないようでは、フィルクロード王も情け容赦しないでしょうね」

ローモンド王は愕然として、どす黒く顔色を変えた。

「まさか、この父をフィルクロードに渡すつもりか？」

「フィルクロードにはいくつも恩があります。貴方を引き渡さない理由はどこにもありません」

ティルダの言葉を聞いて、ローモンド王のどす黒くなっていた顔が見る間に真っ赤になる。

「理由など！　理由など父であるというだけで十分ではないかっ！　実の娘でありながらあの悪魔に余を売り渡そうとするなど、おまえは人でなしか！」

あまりに自分本位な言葉に、カーライルは怒りを覚える。が、その怒りを口に出す前に、それまで冷静だったティルダが激高した。

「その娘に、貴方は何をしてくださいました⁉　長年見向きもしなかったくせに、まだ一二歳だったわたくしをアシュケルドに嫁がせ見捨てたくせに！　わたくしがアシュケルドでどのような扱いを受けたと思うのです⁉　〝ローモンドのお姫さん〟と揶揄され嫌がらせを受け、食事にも事欠いた上に殺されかけたのです！　それもこれも、わたくしのことを少しも気にかけなかった貴方のせいです！」

カーライルは言葉を失った。

初めて聞いたような気がする。ティルダの恨み言を。

六年ぶりに再会したとき、ティルダは恨まないと言った。失望からくる諦めだったのだろう。言ったところで何も変わらない——そう考え、どれほどの不満をその小柄な身に呑み込んできたのか。恨みを吐き出させてやれなかったことに、カーライルは罪悪感を抱く。

できることなら最初からやり直したい。カーライルはそう思うのに、ローモンド王はそうではないらしい。カーライルにちらりと目を向けてせせら笑った。

「おまえを虐げたのはアシュケルドの民で、それをさせたのはカーライルではないか。恨むべきは余ではなく、カーライルであろう?」

娘を見捨てた罪悪感などカケラもない。

ティルダは怒りに息を呑み、それから激しく言い返した。

「王は、カーライル王は貴方と違って謝ってくださいました！　わたくしの立場を取り戻し、アシュケルド王妃として民に愛されるようにしてくださったのです！　直前まで敵国だった国に嫁げと命じておきながら、様子伺いの使者さえ送ってこなかった貴方とは違う！」

「ほう、そうやって懐柔され、カーライルに尻尾を振るのだな、おまえは」

酷い男だと思っていたが、ここまで酷いとは思わなかった。

カーライルはかっとなって剣の柄に手をかける。

「その侮辱、取り消せ！」

「いけません！」

ティルダが、柄にかかったカーライルの手に飛びついてくる。それで頭が冷えた。

「危ないであろうが！」

「挑発に乗らないでください！」

ティルダの言う通りだ。ここで怒りに任せたところで、得られるのはむなしい満足感だけだ。

ローモンド王は何を勘違いしたのか、狂ったように笑い出した。

「はーっはっはっはっ！　やはり我が娘だな！　実の父を見捨てられないのだろう！」

ティルダは冷静さを取り戻し、父親に冷ややかな視線を注いだ。

「その様子ですと、謝罪をする気はおろか、反省する気もないようですね。わたくしも、貴方をフィルクロード王に引き渡すとき、罪悪感を覚えなくてすんで助かります」

ティルダがきびすを返すと、ローモンド王は真っ青になって必死に呼び止めた。

「ま、待て！　よもや本当に、あの悪魔に余を引き渡すつもりではなかろうな⁉」

ティルダはちらりと振り返り、無情に告げる。

「もちろんそのつもりです。お腹の子に障るので、お会いするのはこれっきりにさせていただきます。さようなら」

「待て、ティルダ！　実の父を見捨てるつもりか⁉」

声を嗄《か》らして叫ぶ父親に見向きもせず、ティルダはゆっくりと狭く急な階段を上がっていく。

カーライルがそれについていこうとすると、ローモンド王はカーライルも呼び止めた。

「カーライル、待て！　おまえは違うよな？　義父を見捨てるような真似はしないよな？」

カーライルは数歩引き返して牢の前に立つ。カーライルが戻ってきたことで、希望を見いだしたのだろう。ローモンド王の顔がにわかに輝く。

が、カーライルはこれまでずっと胸に秘めていた思いを口にした。

「貴様は、俺の義父である以前に、俺の実の父と我が国の勇敢なる戦士たちの仇《かたき》だ。貴様の奸計《かんけい》にはまった彼らがなぶり殺しにされたことを、俺は一日たりとも忘れたことはなかった。フィルクロード王も、貴様に愛する妹をないがしろにされ不幸にされたことを忘れてはいない。フィルクロード王の怒りがどれほどのものか、想像しながら引き渡される日を待つといい」

カーライルはマントを翻し、大股に階段へ向かう。

ローモンド王がまた何かをわめいていたが、もはや耳に入れるつもりはなかった。

## 18　誕生

地下からの階段を上がり切ると、ティルダは早足で離れの館へ向かった。

わかっていたことじゃない。あの人には話が通じないって。——そう、自分に言い聞かせる。

言いたいことは言い切った。フィルクロード王の名を使って申し訳ないけど、あの人を震え上がらせることができてよかったじゃない。だから、過去を振り返るのはもうよそう。

この子のために。

ティルダは不意に立ち止まり、下腹に手を当てる。

子は、胎内にいるときから、周囲の音や母親の心を感じ取っているという。だから、恨み辛みを抱えたままでいたくなかった。

子を宿したとわかってから、ティルダはしばしば下腹に目を向けて手を当て、心の中で子どもと対話しているような気分に浸るようになった。

あなたにお祖父様を会わせてあげられなくてごめんなさいね。

気にしないでというような微かな胎動を感じ、ティルダは自分で気づかないうちに口元をほころばせる。

そうしていると、背後から慌ただしい足音が聞こえてきた。

「ティルダ、どうした?」

振り返ると、心配そうな顔をしたカーライルが駆け寄ってくるのが見える。そばまで来ると、カーライルは心配そうにティルダを見下ろした。

「具合でも悪いのか?　こんなところで立ち止まって、腹に手を当てて」

「なんともありません」

腹の子と対話していたなんて恥ずかしくて言えなくて、ティルダは素っ気なく答える。すると、カーライルは悲しげな顔をした。

「その……すまなかった」

ティルダは怪訝に思いながら、カーライルを見上げた。

「何を謝っているのです?」

カーライルは気まずげに頭をかいた。

「その……六年もの間、そなたをないがしろにしてきたことだ。俺は、そなたから恨み辛みを吐き出す気力さえ奪ってしまっていたのだな」

先ほど、父親に恨み言を吐いた際に、カーライルのほうが罪悪感を思い出してしまったのだろう。

そうではないと説明したところで、カーライルはしょげる一方だろう。だから、ティルダは腰に手を当て叱ってみせた。

「何度謝れば気がすむのです? わたくしはとっくに貴方を許しています。謝るのはこれきりにしてください。父親が母親にへこへこしてばかりいると、この子ががっかりします」

下腹に手を当て我が子を指し示せば、カーライルは目を丸くし、それから視線をふらりとティルダの腹の上にさまよわせる。

「そうだな。ははは……」

カーライルの乾いた笑いが収まる頃に、ティルダは切り出した。

「この子のために、お願いがあります」

それから半月ほどが過ぎた頃、カーライルがローモンド北東部の戦場から戻ってきた。

ティルダの伯父、フィルクロード王を伴って。

見張りから報せを受けていたティルダは、城門の外で待っていた。〝敵の城〟に入るのは、さすがにフィルクロード王も躊躇《ちゅうちょ》すると思ってのことだ。フィルクロード王のお付きの者たちは、必ず止めに入るだろう。

だが、城の外にいたことで、カーライルを怒らせてしまった。彼は巧みに馬を操り馬の列から抜けると、いちはやく城の前までやってきた。ティルダから離れたところで馬から下りると、手綱を後続の者にあずけ、ティルダめがけて走ってくる。

「何故城の外に出ている⁉」

「フィルクロード王を脅して連れてきてくださったのでしょう？　でしたら、フィルクロード王はアシュケルドの城に入るのはためらわれると思ったのです」

ティルダの淡々とした返事を聞いて、カーライルは苦虫を嚙みつぶしたような表情をした。

ティルダの願いとは、『ティルダが会いたがっているので、アシュケルド城まで来て欲しい』と、フィルクロード王に伝えることだった。

ティルダが行けないのならば、フィルクロード王に来てもらえば良い。だが、ローモンド北東部の豪族たちと手を組んでいるアシュケルドは、フィルクロードと敵対しているとみなされる可能性がある。その場合、ローモンド王を捕らえてあると言っても、罠と勘ぐられ実現は叶わないだろう。

そこでティルダは、自身を人質のように見せかけることを提案した。『ティルダがフィルクロード王に会いたがっている』と〝敵〟から告げられたら、フィルクロード側はそのままの言葉の意味には受け取らないだろうと考えた。『ティルダに危害を加えられたくなければ、言う通りにしろ』と聞こえるに違いない。

この提案に、カーライルは猛反対した。

——偽りであっても、そなたを人質に取るような真似はできぬ！

ティルダも負けじと言い返した。

——そのようなことを言っている場合ですか⁉　わたくしがフィルクロード王と話し合いできるかどうかに、何千何万という人の命がかかっているのです！　貴方は以前約束してくださいましたよね？　戦いを回避するためにあらゆる努力を惜しまないと。豪族たちを見捨てれば、アシュケルドは恨みを買うことになります。フィルクロードとの間にも、何かしらの禍根が残ることでしょう。それと比べたら、わたくしを人質のように偽ることなど大したことではありません。

カーライルは、しかめっ面をしてティルダに答えた。

「俺はそなたを人質とは言わなかった。そなたを人質に取ったような印象を与えてしまうから嫌だと反対したのだが、そなたに押し切られてしまったのだと正直に話した」

言い訳したいらしいが、今は構っていられない。

「フィルクロード王はどちらに？」

カーライルは不満げに顔をしかめたが、すぐに首を回して、馬から下りて近づいてくる一団に目を向けた。

「あちらだ」

十数人はいるだろう。彼らのうちの誰なのかと問う必要はなかった。

先頭を歩いてくる人物。アイオンと面差しが似ているだけではなく、他者を従える王者の風格を持っている。見間違えようがない。

初めて会う伯父にティルダが圧倒されたのと同じように、フィルクロード王もまた驚愕したように目を見開いていた。

ティルダが、母によく似ているせいだろう。唇をわななかせ、震える手をティルダに伸ばす。

ティルダは、膝を少し曲げて腰を落とし、フィルクロード王に挨拶した。

「お目にかかれて光栄です。アシュケルド王妃ティルダと申します。このたびは、わたくしの無茶な願いをお聞き届けくださり、ありがとうございます」

母によく似ているけれど母ではない。そのことに気づいたのだろう。フィルクロード王は絶望に顔を歪め、ティルダの足下に泣き崩れた。


大国の王が人前で泣き崩れるなど、あってはならないことだ。ティルダは、動揺するフィルクロードの者たちに指示をして、フィルクロード王を隠すように囲みながら、城内へ連れて行った。カーライルも配慮をし、アシュケルドの者たちをフィルクロード王から遠ざける。

「離れの館のほうが、人目を避けられてよいでしょう」

ティルダのその一言で、離れの館からアシュケルドの者たちが離れた。その配慮のおかげか、フィルクロード側から反対の声は上がらず、今は彼らが離れの館の警護にあたっている。

他人に話を聞かれにくい二階の居室に入ったとき、フィルクロード王は後に続いたカーライルをちらりと見遣った。

その視線の意味を察したのか、カーライルがすまなそうな笑みを浮かべて言った。

「悪いが、俺は同席させていただく。身重の妻が心配なので」

フィルクロード王は悲しげに、ティルダの、まだ目立たない下腹に目を向けた。

「余は、また間に合わなかったのだな」

そうつぶやくフィルクロード王は疲れ果てた様子で、先ほどの、大国の王としての威厳は見る影もなかった。この人は、今までにどのくらい苦しんできたのだろう。そう思うと、ティルダは悲しくなった。

椅子を勧めた後、ティルダはこう切り出した。

「伯父上、とお呼びしてよろしいでしょうか？」

フィルクロード王は弾かれたように顔を上げ、それから泣きそうに微笑んだ。

「あ、ああ、もちろん」

「伯父上、貴方は間に合ってなかったわけではありません。母やわたくしに送金してくださったのは、伯父上のご厚意だったそうですね。おかげさまで、随分と助けられました。ローモンドで何不自由なく暮らせたのも、アシュケルドでやっていくことができたのも、伯父上のおかげです。お礼を申し上げるのが遅くなって申し訳ありません。感謝いたします。ありがとうございました」

心を込めたけれど、日頃からの無表情のせいか、あまり信じてもらえなかったかもしれない。

フィルクロード王はうつむき、悲しげに表情を歪めた。

「いや、余がすることは何もかもが手遅れなのだよ。フェリシアがローモンドに嫁ぐのも止められなかったし、フィルクロードに呼び戻そうとしたときには、すでに余はフェリシアに見限られていた」

「それは違うと思います」

ティルダがすかさず否定すると、フィルクロード王は信じがたい様子で眉をひそめて顔を上げる。

彼を納得させることができるだろうか。

ティルダは考えに考え抜いたことをぽつぽつと語り出した。

「母は多くを語らない人でしたのであくまで想像なのですが、母は伯父上を恨んでいたのではなく、貴方に顔向けできなかったのだと思います。フィルクロードとローモンドの架け橋になる目的を持って嫁いだのに、架け橋になるどころか夫にないがしろにされて追い出されるように城を出た。母にとって屈辱的なことだったと思います。愛する兄上に情けないところを見せたくない。でも手紙を書こうとすると情けなくすがってしまいそうになる。だから、手紙を書くことも自分に禁じたのだと思います。母も、いつまでも手紙を書かないつもりではなかったと思うのです。王妃である自分を誇れるようになったら、そのときに書くつもりだったのではないかと。母は、王妃としての立場を失い離宮に移り住んでも、王妃の務めに励んでいました。父や貴族たちが見向きもしない平民たちに心を配り、彼らから慕われていました。伯父上に後悔で苦しんでいただくよりも、母はこう言って欲しいのではないかと思います。『よく頑張った。おまえは立派な王妃だ』と」

稚拙な考えだったようにも思う。けれど、フィルクロード王は目頭を押さえ何度も頷いていた。


その後の話し合いをし、フィルクロード王はローモンド北東部の豪族たちの独立を認め、軍を退いてくれることになった。かくしてローモンドという国は滅び、北東部は小国群になり、残りの部分はフィルクロードの領土となることが決まる。

アシュケルド城から引き上げる際にフィルクロード王が連れて行ってくれたティルダの父が、今どうしているかは知らない。フィルクロード王が父をどうするつもりか、ティルダが知ることを望まなかったからだ。

望まなかったことといえば、ティルダはアシュケルドを離れることも望まなかった。

――本当に良いのか？　アシュケルドでは随分辛い思いをしたと聞いているが。

――そのことは、本当にもう良いのです。カーライル王は十分償ってくださいましたし、今の状態にわたくしは満足しています。

――幸せなのか？

――……はい。

ぎこちなくも、ティルダは笑みを浮かべることができた。

いまいち納得できかねる様子だったけれど、フィルクロード王はティルダの意思を尊重してくれた。

――嫌なことがあったら、いつでもフィルクロードに来い。そなたと子の居場所なら、いくらでも用意してやるぞ。

そのとき、カーライルがさも心外というように口を挟んできた。

――世継ぎを宿していようがいなかろうが、ティルダを手放す気は毛頭ない。愛する妻を手放したいと思う男が、この世のどこにいるか。

――王！

ティルダは慌ててカーライルを止めようとした。

カーライルの気持ちを疑うつもりはもうなかったが、人前で堂々と「愛する妻」などと言われると恥ずかしい。

ふんぞり返るカーライルと、赤くなっているだろうティルダを、フィルクロード王は交互に見つめる。

いたたまれない気分になりながら、ティルダは取り繕うように言った。

――そういうわけですので、その必要はおそらくないかと。今も、今までも大変良くしてくださってありがとうございました。


それから数カ月。

カーライルは国家連合の結成のため、多忙を極めた。

小国として独立した豪族たちとたびたび話し合いに臨み、アシュケルドを含めた小国が一枚岩になるよう、様々な決まりが設けられる。

その中で一番重要なのが交易路だった。

新しく独立した小国たちも、アシュケルドが交易路を敷いて発展したことを知っている。その恩恵にあやかりつつ、他国から侵略を受けたり災害が発生したりした場合、迅速に救援が駆けつけられる仕組み作りが急務だった。

それらのことは、発案者のカーライルを欠いては始まらない。城から出たがらないカーライルを説き伏せ、出立させるのは一苦労だった。

カーライルが城から出たがらなかったのには理由があった。


冬の貴重な晴れの日を、ティルダは離れの館前の花壇を前にして椅子に座り、ひなたぼっこをして過ごしていた。北に位置するアシュケルドでは、夏でも日差しが弱い。冬など晴れ間自体少ないので、日に当たる機会は逃せない。

冬真っただ中であっても、花壇にはまだ息づいている草花があった。だが花はついておらず、ほとんどが枯れ、雪の中に埋もれている。雪の重みに負けず茎を伸ばす草の力強さには、見るべきものがあった。これをタペストリーで表現できないものかと、ティルダはつらつら考える。

そうしていると、城門のあたりが騒がしくなった。予定よりも随分はやいと思っていると、建物の陰から人影が飛び出してくる。

「ティルダ！」

勢いに任せ抱きついてこようとするのを、ティルダは鋭い一言で止める。

「旅の汚れを落としてからにしてください！　子に障ります！」

しょげ返ったカーライルに「離れの館に湯と着替えの用意ができていますから」と言って追い立てる。

そんな騒ぎがあっても腕の中ですやすや眠る我が子に、ティルダは『将来大物になりそうだわ』と感心する。

カーライルは感心するほどの素早さで、湯を浴び着替えて戻ってきた。

ティルダは内心呆れながら、我が子を抱かせてやる。カーライルはおっかなびっくり、己の両手のひらに収まりそうな小さな我が子を腕に抱いた。

「生まれてしまったのだな。出産のときには立ち会いたかったのに」

「夫に立ち会われても騒がれたり熊のようにうろうろされたりするだけで邪魔だそうですので、ご不在ちょうど良かったのです」

「またそんなつれないことを言う」

そう言いながらも、カーライルの顔には笑みが浮かぶ。ティルダの辛辣さには慣れているので、ちょっとやそっとではへこたれないのだろう。

ティルダは相変わらず自然に笑うことはできないが、これが自分なのだと受け入れられるようになってきた。自分が気にするほど、周囲の者たちはティルダが笑わないことを気にしているわけではないとわかったからだ。

アイオンには呆れられそうな気がするが、こんな自分を無理に変えるつもりはない。

「男か？　女か？」

小さな我が子を危なっかしく抱きながら、カーライルは訊ねてくる。「女の子です」と答えると、感慨深げに目を細めた。

「なら、名前はフェリシアだな」

そう名づけるよう言ったのは、フィルクロード王だった。カーライルが頼んだのだ。

——われわれの初めての子に、名を授けてくださらないだろうか？

初めて親になるのだ。我が子にどんな名をつけようかと楽しみにしていただろうに。

フィルクロード王もそう思ったのだろう。戸惑いながら訊き返した。

——よいのか？

その言葉、声音には、それを望む気持ちを隠し切れない、フィルクロード王の葛藤が見えた。

カーライルは鷹揚に答えた。

——フィルクロードには大変な恩義がある。フィルクロード王に名づけてもらうことに、我が国の民は異存ないだろう。

カーライルの寛大さをありがたく思いながら、ティルダも勧めた。

——是非お願いします。王たる伯父上が国を空けることは、なかなか難しいと存じますが……。

ティルダの言葉を聞いて心を決めたらしい。フィルクロード王は晴れやかな笑みを浮かべて言った。

──そうだな……生まれてすぐに訪れるのは難しいかもしれない。だから今、名を置いていこう。──男ならフェリクス、女ならフェリシアだ。名の由来は幸福。そなたたちの間に生まれる子であれば、きっと幸福な人生を送ることができるであろう。

それは、幸福とは決して言えない人生を送った妹王女への祈り。祖母が幸福になれなかった分、孫であるこの子が幸せになりますようにと。

「フィルクロード王に便りを送りました。生まれた子はフェリシアになりましたと。そうしましたら、用事が片づき次第来てくださるという返事をいただきました」

途端に、カーライルは不機嫌そうに顔をしかめた。

「伯父であるフィルクロード王には報せを走らせるのに、俺には連絡を寄越さなかったのだな」

拗《す》ねるカーライルに、ティルダは呆れて答える。

「務めに集中していただけるよう、下手に報せを送りたくなかったのです。ああほら、そのような抱き方では」

カーライルの抱く手に不安を覚えたのか、子がぐずりだす。ティルダはカーライルから抱き取って、子をあやし始めた。

カーライルが、途方に暮れたような顔をして、ティルダと我が子に視線を注ぐ。

「情けないな。出産に立ち会えなかったばかりか、満足に子をあやすこともできない」

「子をあやすことについては、追い追い慣れてゆけばよろしいでしょう。わたくしとて、最初から上手くできたわけではありません。それに、立ち会えなかったことがそれほど気になるようでしたら、次の機会にいてくだされればよいのです」

カーライルは息を呑み、まじまじとティルダを見る。

そんなに意外なことだっただろうか。ティルダはむっとして言った。

「一人産んで終わりというわけにはいきません。この国の王族は少なすぎます。多すぎても困りますが、もしものときのためにもう二、三人は欲しいところです」

「……俺の子をまた産んでくれるのか？」

念を押すように言われ、ティルダは頬を熱くする。そのために必要なことを、うっかり思い出してしまったからだ。

動揺を抑えながら、ティルダは憎まれ口を叩いた。

「ぐ……愚問です」

カーライルの腕が、ティルダを我が子ごと抱き締めてくる。

「ありがとう」

感謝の言葉にティルダが照れると、カーライルは笑い声を上げてティルダの頭を抱え込んだ。

# 短編集二

# 後日談1　第一子誕生後の夫婦生活におけるあれやこれやについて

離れの館一階の広間には、大きな窓から柔らかい日差しとさわやかな風が入り込んでくる。

麗《うら》らかな春の昼下がり、他より一段高くなっている上座に置かれた機織り機で、妻のティルダがタペストリーを織っていた。アシュケルド王カーライルは、規則正しいその音に耳を傾けながら、ゆりかごで眠る娘のフェリシアを飽くことなく眺めている。大柄で、野性味のある精悍な顔立ちをした男性がそうしていると滑稽でもあるが、本人はまったく気にしていない。

娘も機の音を気に入っているらしく、ぐずっていてもその音を聞けばすぐに眠る。

この部屋で養生していたときのことを思い出し、カーライルの口元は緩んだ。

「機の音を聞かせればぐっすりか。こういうところは俺に似たな」

フェリシアは母親譲りの亜麻色の髪と目鼻立ちをしていて、カーライルに似ているところは少ない。ティルダに似てくれて嬉しくはあるが、少しは自分にも似ていて欲しいと思う気持ちもあって、それで気づけば自分との共通点を見つけようとしているのだった。

そんなカーライルに、ティルダは手を止め呆れて言った。

「規則正しい音を聞いていれば、誰だって眠くなるものです。――ところで、お忙しいのではないのですか？」

ティルダが追い払おうとしているのに気づきながらも、素知らぬふりしてカーライルは鷹揚に答えた。

「大丈夫だ。少しは任せていかないと、他の者たちの活躍の場がないからな」

事実、臣下の者たちに権限を割り振って任せられることが増えたため、カーライルの負担はかなり減った。身重の妻を国に残し、後ろ髪引かれる思いで諸国を駆けずり回った成果が現れたということだ。国家連合における主要な取り決めで合意を取りつけたことにより、カーライル自身が出向かずとも代理の者を遣わすことで事足りるようになった。

おかげで、今は比較的時間がある。

機の音が止まったせいか、フェリシアが身じろぎし、すぐにぐずりだした。カーライルはおろおろして、ティルダに声をかける。

「ティルダ、はやく機の音を聞かせてやってくれ」

ティルダはまた呆れたため息を吐いた。

「そろそろお乳が欲しいのでしょう。――ジョアン！」

ティルダが声を張り上げてほどなく、乳母となったジョアンが広間にやってきた。

「はい、王妃様。お呼びでしょうか？」

「連れて行ってちょうだい」

「あ、お乳ですね。はいはいフェリシア様、さあ参りましょう」

小走りに近づいてきた乳母は、カーライルに「失礼します」と言って、娘を抱き上げあやしながら退室する。

カーライルは、それを複雑な思いで見送った。

ジョアンという乳母は、ティルダが以前カーライルの寝室に送り込んできた女だ。そうとも知らず、カーライルは欲望のはけ口にした。

彼女を見るたびにカーライルは気まずい思いをしているのに、ティルダはそうでないらしい。それどころか、彼女はカーライルが与《あず》かり知らぬうちに、初めての我が子の乳母になっていた。

難色を示したカーライルに、ティルダはこうぴしゃりと言った。

——ジョアン以上に信用できる乳母はいません。

それはそうだろう。ティルダへの忠誠心が強いがために、伽の褒美をやると言ったカーライルに、王妃から報酬をもらっているからいらないと答えたくらいだから。

その後の出来事は、思い出したくはないが忘れてはならないことだ。ティルダはすべてを許すと言ってくれたが、忘れないという責め苦だけは、カーライルが一生負わなければならない罰だ。

空になったゆりかごを見つめて物思いに耽っていると、ティルダに呆れた声をかけられた。

「ジョアンが乳母であることに、まだこだわっているのですか?」

カーライルは我に返り、口ごもる。

「いや、そうではないが……」

「では何だというのです?」

以前の話を持ち出して、今の穏やかな時を壊したくない。

カーライルは考えて、別の話題を口にした。

「その……ジョアンに乳母を任せるのはいいが、乳を含ませるのはそなたでもよいのではないか？　胸が張って辛いこともあるのであろう？」

ティルダは顔をしかめ、咎めるように答えた。

「いったいいつの話をしているのですか？　今はもうそのようなことはありません」

「す、すまん……」

怒った声を聞き、反射的に謝罪の言葉が口に出る。それをティルダに叱られた。

「王たるお方が、軽々しく謝罪の言葉を口にしないでください」

「す――」

出かかった言葉を、カーライルは慌てて呑み込んだ。

そんなカーライルに冷ややかな一瞥をくれると、ティルダはふいとカーライルから目を逸らし、機織りを再開した。

「本当かどうか定かではありませんが、乳を与えている間は子ができにくいと言われていますから」

次の子と聞いて、カーライルは表情を強張らせた。ぎくしゃくと立ち上がりながら口を開く。

「そ、そうなのか……。あ、そういえばやり残していた執務があるのだった。ではまたな」

カーライルは言うだけ言うと、そそくさと広間から出た。

やり残した執務など本当はないが、そう言ってしまった手前、カーライルは本館三階にある自室に向かった。

カーライルが次の子の話を避けたいのは、ティルダのお産が大変であったと聞いているからだ。ティルダに次の子を産むつもりがあると聞いたとき、カーライルは舞い上がりそうなほど嬉しく思った。だがそれも、ジョアンから話を聞くまでのことだった。

――王妃様のご出産はそれはそれは大変で、一昼夜では終わりませんでした。王妃様のお身体に対して御子が大きすぎたのです。一時は腹を切って御子を取り出す話も出ました。

その言葉が、カーライルの浮かれた心に冷や水を浴びせた。

そういう方法があるとは聞いていたが、ティルダが腹を切られもしものことがあったらと思うと、恐ろしくて身がすくむ。

幸い、ティルダは腹を切らずに無事出産したというが、小柄な身体に対して大きな赤子を産んだことはかなりの負担になったらしい。産婆から出産日から二、三カ月は夫婦生活を控えるようにと言われた。何も問題なければ妊婦は一カ月ほどで元の生活に戻れるというから、ティルダにかかった負担のほどがわかるというもの。ティルダの立場を守るためだったとはいえ、そのような危険にさらすつもりはなかった。

いや、想像力の足らなかった己を責めるべきだろう。大柄なカーライルの血を引く赤子が大きくなるであろうことも、小柄なティルダが産むにはその子が大きすぎるであろうことも、ちょっと想像力を働かせればわかることだったはずだ。

次の子も大きいに違いない。今回無事だったとはいえ、次回の出産も無事にすむとは限らない。その際に、ティルダの身に何かあったらと思うと、とてもじゃないが次の子を望む気になれない。最近のティルダは、ことあるごとに次の子の話をする。次の子を作ろうとほのめかされているのはわかるが、義務感だけで子を産もうとするティルダに大きすぎる負担を背負わせたくはなかった。

＊　＊　＊

広間からそそくさと立ち去るカーライルを、ティルダは暗い気持ちで見送った。

様子がどうもおかしい。次の子の話をすると、表情を引きつらせ、なんだかんだ理由をつけて去ってしまう。そのせいで、次の子をもうけられるようになったと言い出せずにいる。

カーライルは何故、その話題を避けるのか。

こんな話を聞いたことがある。自分の子を宿した女に、男は興味を持てなくなると。男の狩猟本能が、次の獲物を狙えと命じるが故なのか。

ティルダの体調がよくなかったせいもあるが、懐妊がわかる少し前から、カーライルは一度も夫婦の営みを求めてこない。それまでは、底なしの性欲を見せつけてきたというのに。

愛人ができたのだろうかとちらりと疑ったが、すぐにその考えを打ち消した。

フェリシアが生まれるまでは城を空けがちだったカーライルだが、我が子と対面した後はほとんど城から出ていない。出てもせいぜい城の周辺で兵たちに叱咤激励を飛ばすくらいで、自分の鍛錬は城内の中庭などで行っている。何より始終注目を集めているカーライルが愛人を作ろうものなら、すぐ民に知れ渡る。民が口を閉ざそうとも、微妙な空気までは隠し通すことはできないはず。ティルダがそれを感じ取り、夫の影にある女の気配を察していたに違いない。

それがないということは、愛人ができた可能性はまずないだろう。

可能性の一つがなくなると、別の不安が頭をもたげてくる。ティルダが知らぬうちに、カーライルにゆゆしき事態が起きたかもしれない可能性だ。

カーライルが次の御子を作る気になってくれればと願っていたが、これ以上待っても状況が変わるとは思えない。

「まずは確かめなければ……」

ティルダは、決意とも諦めともつかぬ小さな声を漏らした。

＊　＊　＊

今のカーライルにとって、寝室は安らぎの場ではなかった。身体が触れ合うくらい近くに、愛しい妻が眠っている。しかも妻は、ことあるごとに次の子の話題を持ち出すのだ。これはもしや誘われているのではと、つい思ってしまう。実際ティルダは夫婦生活の再開を要求しているのだろう。だが、ティルダが求めるのは、アシュケルド王家を盤石なものにするために必要な次の子だ。間違っても、ティルダがカーライルに愛されたがっていると誤解してはならない。

カーライルも男だ。愛しい妻のことはいつだって欲しい。

だが、もしかするとその愛しい妻を失っていたかもしれないという恐怖が、頭にこびりついて離れない。

夫婦仲が悪くなったと噂されないように、カーライルは毎夜ティルダの寝室で休む。

この夜も、平静を取り繕って寝台に横になり、「おやすみ」と言って目を閉じた。

ティルダが毛布の端を持ち上げ、カーライルの隣に滑り込んでくる。それだけで、カーライルの身体は欲望に疼いた。今夜もなかなか寝つけないことを覚悟する。

こっそりため息を吐こうとした、そのときだった。

腿に触れ、脚の付け根へと這い上がってくる小さなもの。それがカーライルの中心の形を確かめるように丸く添わされたことで、ティルダの手であることに気づいた。

「――――！」

驚いて飛び起きかけたが、敏感な部分を指先で刺激され、上半身を半分起こしたところでカーライルは息を詰めた。

「う……！」

カーライルの雄芯がびくんと反応する。ティルダの手は怯んだようにそこから離れかけたが、意を決したように勃ち上がりつつあるそれを握った。

「――！」

うめき声が漏れそうになったのを、男のプライドにかけて耐え切る。かろうじて声は出さずにすんだが、身体の反応は止められない。

よもやティルダに愛撫をされるとは思わなかった。不遇を強いた代償に、一生愛されることはないと諦めていた。

愛する女にこのような愛撫されるのは男の夢だ。だが、今はマズい。ティルダを再び危険に晒したくはない。

しかし、カーライルが自らに禁欲を課して一年近く、欲求不満のたまった身体には、思いやりが通用しない。布越しのたどたどしい愛撫だというのに、カーライルの一物に血潮がどっと流れ込み、みるみるうちに膨張する。

ティルダが身体を起こし、カーライルの股間に視線を注いだ。部屋の隅に置かれたランプのみの薄明かりの中で、その表情は情事を仕掛けているとは思えないほど真剣だった。ほっそりした彼女の手は動き続ける。夜着の腰紐をほどいて下衣を押し下げ、すっかり勃ち上がったものを夜のひんやりした空気の中に晒した。ひやっとしたものの、その程度で熱が冷めるわけがない。ティルダのなめらかな手に直に包まれ、ますます熱が集まってきた。

「よ……よせ……」

苦悶の声で制止するが、ティルダはやめようとしない。それどころか、身を屈めてカーライルの中心に顔を下ろしてくる。

何をしようとしているか察したカーライルは、仰天して飛び起きた。

「まっ、待てっ！」

間一髪のところで、カーライルはティルダを押し退ける。

あのまま唇で触れられでもしたら、その瞬間に無様に果てていたかもしれなかった。

己の一物を毛布の下に隠すと、深呼吸を繰り返し、身体を落ち着かせようとした。

まったくティルダらしくない。というか、ティルダが口でする愛撫を知っていたことに驚いた。誰から聞いたのだろう。

いやそんなことより、ティルダにとって危険極まりない己の衝動を鎮めるのが先だ。

何とか話ができるようになったところで、ティルダに訊ねた。

「どうしたんだ？　いったい」

「不能になったわけではなかったのですね」

淡々と言われて、カーライルはぎょっとした。

「な……！　そんなわけなかろう！」

思わず声を荒らげてしまう。

それだけが男らしさのすべてではないとわかってはいても、己の一物が使い物にならなくなったかもしれないとティルダに思われていたことがショックだった。

「どうしてそのようなことを？」

つい険しい口調で問い詰めてしまう。しまったと思い顔を上げると、ティルダは苦々しげに眉をひそめ目を逸らした。

「貴方が子作りの話題を避けるからではないですか。アシュケルド王家の血を増やさなくてはならないのは、貴方もご承知のはず。その血を受け継ぐ当の貴方が、その気になってくださらないのでは……」

最初はキツかった声が弱々しくなっていき、最後は話の途中で消える。

思い詰めた様子に気づきながらも、カーライルはどうすることもできなかった。

ティルダは、やはり義務感から次の子を欲しているのだ。愛する夫の子をもっと産みたいと思っているわけではない。

ティルダに愛されていないことを改めて思い知り、落胆することで皮肉にも高ぶりが収まってきた。

ティルダに子を産ませることは、彼女の立場を盤石にするために必要だった。他の女にカーライルの子を産ませればティルダの立場がなくなるし、世継ぎがいつまでも誕生しなければ責めを負うのはティルダだからだ。カーライルが己に非があると言ってティルダをいくら庇っても、族長をはじめとするアシュケルドの民はティルダを非難しただろう。

だが、カーライルが脅迫してまでティルダの立場を守ったところで、肝心のティルダが命を落としたのでは意味がない。

カーライルは大きく息を吸い込み、それから話し始めた。

「聞いてくれ、ティルダ。フェリシアの出産の際に、そなたは大変な思いをしたと聞いている。一時は腹を切らねばならないという話も出たほどの難産だったと。そなたに王妃の義務を強要したとき、俺はそなたに危険が及ぶ可能性まで考えてはいなかった。それがわかった以上、そなたに命を懸けろとは言えない」

ティルダは怪訝そうに眉をひそめた。

「出産に危険が伴うのは当たり前です。危険だからといって子作りをやめてしまったら、貴方の血を引く者はフェリシア一人になってしまいます。貴方はフェリシア一人に国を治め王家の血の存続という重大な責任を負わせるつもりですか？　女には出産という大役があることを考えれば、フェリシアにきょうだいを作ってやって、責任を分かち合えるようにしてやるべきです」

きっぱり言い切ると、ティルダはカーライルの股間から毛布を剥き、またカーライルのものに手を伸ばしてくる。

ティルダらしくない行動に動揺して、カーライルは反応が遅れた。

ティルダの手は萎えかけたものを掴む。それだけで、カーライルの一物に再び血が集まってくる。

「ま、待て！」

ティルダの愛撫は上手とは言えない。手の動きはぎこちなく、無作為に撫でるだけだ。なのにどうして、それだけの行為に血が沸騰しそうな興奮を覚えるのか。

「待てというに……！」

我を失いかけているのに気づき、カーライルは必死に自分に言い聞かせた。

我慢して誘惑をはねのけるんだ。欲望のまま突っ走れば、後で必ず後悔する。ティルダが懐妊し、もしものことがあったらどうする？

その瞬間、何度も想像してきたことが脳裏に映る。

――申し訳ありません。手を尽くしたのですが……。

謝罪する産婆や手伝いの女たちの後ろに、ティルダの変わり果てた姿が――。

ティルダを失う恐怖をまざまざと思い起こし、カーライルの一物が萎縮する。

「え……？」

ティルダの手の中でくたんとなった己に加え、困惑したティルダの声が、カーライルの矜持をこなごなにした。

願っていた通りになったのだから喜んでもいいはずなのに、カーライルの頭の中は屈辱でいっぱいだった。ティルダはどう思っただろう。やはりカーライルが不能になったと思っただろうか？

そう思うとたまらず、カーライルは萎えかけたものをティルダから奪い返して仕舞い、夜着を正した。そしてティルダの顔も見られないまま、無言で寝室を後にした。

＊　＊　＊

翌日、カーライルが深夜自室に引き上げたことが城中に広まっていた。不仲説が広まり、何があったのかと推測する話し声がそこかしこで聞かれる。

ティルダは顔を上げ、毅然《きぜん》とした態度で話し声を無視した。

その日の晩餐、カーライルはいつも通りティルダを迎えに来て、料理を取り分けもしたが、ろくにティルダと視線を合わせようとしない。出席者たちは二人の間に流れる緊張を感じ取っておしゃべりを控えたので、いつになく静かな晩餐となった。

それでも、いつものように誰よりも最初に席を立ったティルダにカーライルもついてきてくれた。ティルダは内心ほっとした。昨夜の愚かな真似を、カーライルは許してくれるだろうと。

〝許してくれる?〟そんなことを考えた自分を心の中で戒めた。許しを得なければならないことなど何もない。ティルダは義務を果たすべく行動したのだから、むしろ許しを乞うべきはカーライルのほうだ。彼の血を増やすためにティルダが骨折っているというのに、あんな見え透いた嘘を吐いてまでティルダを避けようとするとは。

先日確認したところ、カーライルの男性機能に問題はなさそうだった。となると、ティルダを拒む理由はあと二つ。

ティルダに飽きたか、あるいは他に思う女ができたか。そうだとすれば、反応はしたのに途中で萎えたことにも説明がつく。触れられて生理的に反応したものの、相手がティルダだと思った途端、〝その気〟がなくなってしまったのだ。

そう考えるたびに、心は屈辱にまみれ、ティルダの胸はきりきりと痛む。

ティルダを脅迫しておきながら飽きただの、他に女ができたなど言われたら、本来なら腹を立てるべきことだ。なのに、ティルダの胸は傷心に沈む。

そのくせ、傷ついた反応をする自分には腹が立つ。

今宵こそ〝問題〟をはっきりさせようと心に決めたのに、思わぬ出来事が待っていた。

上座脇の入り口を出てすぐのところに、いつもはいない護衛の姿があった。

「任せたぞ」

「は！」

ティルダの頭越しに言葉が交わされる。

カーライルは、ティルダの脇を通り過ぎながら言った。

「ではまたな。おやすみ」

そして細い通路を、いつもとは反対の方向へと歩いていってしまう。

カーライルが、今宵離れの館で休まないつもりだということは明らかだった。

「王妃様？」

護衛に声をかけられ、ティルダは唇を噛んでカーライルが消えた通路の先を見つめていたことに気づく。

未練がましいことをするのは、ティルダの矜持が許さない。

「離れの館に戻ります」

毅然として言い放つと、ティルダはいつもの方向に通路を進んだ。


それからというもの、カーライルはティルダと二人きりになることを避けた。

王と王妃という立場から、周囲に人がいないという状況は滅多にない。カーライルは城の敷地内なら一人で歩き回ることもあるらしいが、ティルダは離れの館を離れる際には、護衛が必ずつき添う。となると、二人きりになれる場所は離れの館の中だけだというのに、そこにカーライルは入ってこない。いや、入ってきているらしいのだが、ティルダがいないのを見計らってこっそり入り、娘に会っているると聞く。

娘には会って、ティルダには会えないのか。それでティルダはこう考えた。『カーライルは〝問題〟を解決するつもりがないらしい』。

ティルダに打ち明ければ、その気もないのに子作りを強要されたり、愛人と別れさせられたりするとでも思っているのだろうか。

ティルダも狭量ではない。カーライルが話してくれさえすれば、それを受け入れた上で解決策を模索する心構えもある。だが、〝問題〟を抱えている当のカーライルが打ち明けてくれないのでは、どうすることもできない。

ティルダはカーライルが歩み寄りを見せるまで、この〝問題〟を放置することに決めた。二人で努力しなければならないことなのに、一人で奮闘するなんて馬鹿らしい。いずれ族長たちあたりが次の御子を催促してくるはずだ。その際、カーライルの口を割らせればいい。

が、事態はよくない方向へと転がっていった。

王と王妃が寝室を別にしていることが、城の者たちの話題となり、城の至る所で囁かれるようになったからだ。

かつてのようにティルダを敵視した声は聞こえなかった。が、下世話な話が交じるようになってくると聞くに堪えなくて、ティルダは城内の見回りを控えるようになった。離れの館に一日中閉じこもり、噂を振り払うように一心不乱に機を織る。

何より耐えがたいのは、カーライルと日に一度顔を合わせる晩餐の時間だった。

そばにいるのに、見えない距離を置かれていることをひしひしと感じる。

離れの館の外で、唯一、二人きりとなる晩餐からの行き帰り。それもカーライルは護衛に任せきりにする。そのくせ謁見や族長会議では、普段と変わらぬ様子を見せる。でも、二人の関係に問題が起こっていることを誰もが知っている。カーライルが離れの館で休まなくなったことは城中、下手をすれば国中に知れ渡っているのだから。

皆に知られていることをカーライルだってわかっているだろうに、誰かがティルダとの微妙な関係に言及しようとすると、殺気立った目で睨みつけて震え上がらせてしまう。

そんなカーライルに唯一立ち向かえるであろうブアマン族の族長ジェフは、アシュケルド王家の血筋が増えることを望んでいたのに、何故かこの件に触れてこようとはせず、誰彼構わず脅すカーライルをいさめることもない。

そのため、ティルダは手詰まりを感じていた。

このまま手をこまねいているわけにはいかない。かといって、ティルダにはどうしたらいいかわからない。

こういうとき、母が生きていれば、ティルダに姉妹がいればなどと思ってしまうが、いないものを欲しがっても仕方ない。

ある朝、ティルダは離れの館二階の居室で、朝食の給仕を受けていた。

先日まで、この部屋でカーライルと一緒に取っていたのに、あの夜以来彼が朝食に訪れることはない。いなくなって清々すると思えればいいのだけれど、悔しいことに気分は見捨てられた子どものようだった。

ティルダのほうがカーライルを見捨てているはずだ。カーライルに歩み寄ることを放棄しているのだから。

なのに何故、心細くて泣きたいと感じるのか。

だからといって、本当に泣いたりなどしない。少なくとも、人前では背筋を伸ばしまっすぐ前を見て表情を一切見せないようにしている。

けれど城内に広まった噂のせいか、朝食を運んできたスージーが、心配そうにティルダを見つめた。

他人に心配されるなど、ティルダの矜持が許さない。

「どうかしましたか？」

声をかけると、スージーははっと我に返った。

ティルダの言い方がきつかったのだろう。スージーはおどおどと頭を下げた。

「い、いいえ。なんでもございません。あの……後で食器を下げにまいります」

そう言うと、そそくさと退席する。

扉が閉まってから、スージーがティルダの欲する知恵を持っている可能性に気づいた。

だが、スージーに相談するという考えはすぐさま打ち消した。王妃であるティルダが仕えている者たちに相談などしたら沽券《こけん》にかかわる。

パンとスープというわずかな朝食を手早く食べ終えて、ティルダはタペストリーを織るために一階の広間に向かった。

タペストリーを織る作業は、考え事をしたくないときには向いていない。単調な作業が多いので、つい物思いに耽ってしまう。

この日ティルダが考えてしまったのは、スージーが解決の糸口を持っているかもしれない可能性のことだった。訊いて確かめたい。しかし、王妃としての沽券が——でも、国の存亡にかかわる問題を前にして沽券を大事にすべきだろうか。


悩みに悩んだその日の夕方、寝室で晩餐に出るための支度をするティルダのところへスージーがやってくる。ティルダは身支度に人を必要としないのだが、スージーは律儀に伺いに来る。

「ご用はございますでしょうか？」

「……」

「王妃様？」

いつもと様子が違うことに気づいて、スージーはおずおずと問いかけてくる。

ティルダは意を決して口を開いた。

「今から訊ねること、決して他の者に言わないと誓えますか？」

スージーは緊張して表情を引き締め、「は、はいっ」と上擦った返事をする。

それを見届けたティルダは、頷いて訊ねた。

「貴女は夫を、どのようにしてその……その気にさせるのですか？」

「は？」

スージーはぽかんとする。それを見て、ティルダは臍を噛んだ。

やはり訊くのではなかった。さぞかし滑稽に聞こえたに違いない。王妃であるティルダが、夫である王の気を引くために、他人に助言を求めるなんて。

屈辱に身を焦がされる。

「今のは聞かなかったことにして」

身に着ける物の用意を終えたティルダは、寝台の端に座って髪をくしけずる。

すると、スージーが焦った声を上げた。

「お、お待ちください！　仰ったことの意味がわからなかっただけなのです。事情をお聞かせいただけますでしょうか？」

「いいから忘れて。出て行ってちょうだい」

スージーは、ティルダの前に膝をついて見上げてくる。

「いいえ、引き下がりたくはございません。わたくしにお訊ねになったということは、とても困っておられるということでしょう？　変な声を出して申し訳ありませんでした。わたしの勘違いでなければ、王妃様が必要とされることとは思えませんでしたから。――王は、王妃様のことをとても愛しておられます。王妃様からお誘いにならずとも、王のほうからお誘いになると思っていました。ですが、今はそうではないのですね？」

そうだと答えることも抵抗があり、ティルダはうつむいて目を逸らした。

「わたくしとて、いつまでも若いわけではありません。アシュケルド王家の血を一人でも多く残すためにははやく子作りをしなくてはならないのに、あの方ときたらやたらとその話を避けるのです。不能になったのなら仕方がありませんけど、確認してみたらそうではなかったし……」

「え！　確認されたのですか？」

スージーは素っ頓狂な声を上げてすぐ、慌てて両手で口を塞ぐ。

話しすぎたと後悔しながら、ティルダは言い訳じみたことを口にした。

「仕方がないではありませんか。王が子作りを避ける理由がわからないのですから。それで……問い詰めてみれば、出産が危険だとわかったからには、わたくしに子を産ませられないなどと……。

好きな女ができたのなら、そう言えばいいものを」

話しているうちに悔しさが込み上げてきて、ティルダはますます顔を上げられなくなった。

以前、思った通りだった。カーライルがティルダを欲しがって王妃の務めを強要したとき、彼は一度満足したらティルダに飽きて見向きしなくなるだろうと。

一度きりではなかったが、カーライルがティルダに欲望を覚えた期間は一年足らず。脅迫までしたくせに、あっけない終わりだった。

いつもの癖で唇を噛もうとしたそのとき、スージーの困ったような声が聞こえてくる。

「それは……ジョアンがいけなかったのかもしれません」

思わぬことを言われ、ティルダは理由を求めて顔を上げた。

スージーは弱り顔で微笑んで、こう切り出した。

「黙っていて申し訳ありません。王妃様を煩わせないよう、ジョアンに口止めをしたのもわたしです」

「なんの話？」

先を促すと、スージーは思い切ったように話し始めた。

「フェリシア様をあやしながら、王が『次の子も楽しみだ』といったことを仰られたそうなのです。ジョアンは王妃様がご出産で大変な思いをされたことを知っていますから、そのお言葉に憤慨せずにはいられなかったのだとか。ジョアンはご出産の折の大変な様子を、王の前でそれとなく話したのだそうです。そうしましたら王が真っ青になって口を閉ざしてしまわれたので、ジョアンは不安になってわたしに相談してきました。時が解決するだろうからと、王妃様を煩わせないよう、お耳には入れないことにしたのですが、黙っていたことでかえって王妃様を悩ませてしまったようで、大変申し訳ないことをいたしました」

頭を下げるスージーを見下ろしながら、ティルダは気の抜ける思いをした。

言い訳だと思っていたカーライルの言葉は、本心だったのかもしれない。

「ですが、出産に危険が伴うことは当たり前ではありませんか。妊娠出産で女性が少なからず命を落としているのですから」

納得いかなくてそう口にすれば、スージーは子を見守る母親のような優しい目をして言った。

「男性は子を産むことはありませんから、そうした話を知っていても実感に繋がらないのだと思います。そのくせ女性よりも繊細ですから、妻の出産でおろおろしてしまうのです」

スージーが急に茶目っ気を出すので、ティルダは意表を突かれて目をしばたたかせる。

「わたしの夫もそうです。何度も戦場に出て数え切れないほどの死を見てきたはずなのに、わたしの出産のときはおろおろおろおろと。王も、王妃様の出産のときに城におられたら、わたしの夫のようになっていたに違いありません」

おろおろする夫など、頼りなくて情けないとティルダは思うのに、スージーの表情はいとおしみに溢れていた。

不思議に思いながら見ていると、スージーは申し訳なさそうに微笑んだ。

「時が経てば、王も出産への恐れをお忘れになり、以前のような夫婦生活に戻られると思っていました。ジョアンが王にお聞かせしてから、もう二カ月以上が経ちます。それでもお忘れにならないということは、王はそれほど王妃様のことを愛してらっしゃるということだと思うのです」

ティルダの頬が熱くなった。愛してるとはカーライルから聞かされたことがあるが、他の者から改めて聞かされるとなんだか面映ゆい。

恥ずかしさをごまかしたいのもあって、ティルダは表情を硬くして言った。

「王にそのようなことで怖じ気づかれたら困ります。王家の血を引く者がもっとたくさん必要なのです。フェリシア一人に王家の血を守らせるのは荷が勝ちすぎます」

「王妃様、世継ぎだ、子作りだと仰っていると、王は余計に尻込みなさいますよ。王は王妃様のご懐妊を恐れてらっしゃるのですから。それよりも、王妃様の思いをお伝えになったほうがよろしいかと思います」

「わたくしの思い？」

怪訝に思い顔をしかめると、スージーはわずかにためらった後、緊張した笑みを浮かべて訊ねてきた。

「次の御子を急いでおいでですが、その理由をよくお考えになったことはありますか？」

「それは、わたくしとていつまでも若くないからと……」

ティルダは戸惑いながら答える。すると、スージーは小さく首を振った。

「王妃様はまだ二十歳です。そう慌てられなくても、御子をお産みになるチャンスはいくらでもあります。賢い王妃様ですから、そのことはわかってらっしゃるはず。〝いつまでも若くない〟という言葉に隠された本当の理由はなんですか？」

＊　＊　＊

ちょうどそのころ。

本館三階にある王の部屋にて。

黄色みかかった白髪の、腰の曲がった老齢の男性が、カーライルにぶつぶつと言った。

「皆がどのような噂をしているか、ご存じですか？　王が王妃に飽きたらしい。出産すると女性は変わるから。これ以上は下世話な話になりますが、聞きたいですか？」

カーライルにこんな口をきけるのは、城代くらいしかいない。赤ん坊の頃からの付き合いで、何くれと世話になっているし、人前でこのような口をきくわけではないから頭が上がらないのだ。

カーライルは悪さを見咎められた子どものように、ぼそっと答えた。

「……いや」

「私も聞きたくもないし、そんな話が広まるのも許せません。下世話な噂話を聞きつけるたびに叱っていますが、私がいなくなればきっとまた始める。根本的な解決に繋がりません。王はよろしいのですか？　口さがない者たちに、王妃が辱められているのですよ？　王妃をまた屈辱まみれの立場に追いやるおつもりですか？」

「そんなつもりはない‼」

テーブルを強く叩き、カーライルは反論する。

城代はその剣幕に一瞬怯んだが、すぐに負けじと言い返してきた。

「でしたら何故、城の者たちが好き放題噂話をするのを止めようとしないのですか？　どん底まで落ちた王妃の立場を回復するより、よっぽどか簡単なはずです」

「今回のことと比べれば、あのときのほうがよっぽど簡単だった」

やけくそで言えば、城代は心配そうに眉をひそめた。

「……何があったんですか？」

「……」

信頼できる城代でも、ティルダがカーライルにしてくれたことは話せない。――だが、そもそものきっかけならば。

「俺は恐ろしいのだ。王妃を失うことが」

「は？」

「次の出産でティルダが命を落とすかもしれない。それが俺は怖いのだ」

口に出すのも辛くて、カーライルはテーブルに肘をつき、両手で目元を覆った。

幾人もの同胞の死を乗り越えてきたというのに、何というざまだ。ティルダを喪うかもしれないと考えるだけで、身体の芯から悪寒が走る。

城代が納得しきりに言った。

「それで夜中にこのお部屋へお戻りになられたのですか。愛しい妻が隣で眠るのに、手を出さずにいるのは難しいですからな」

城代が結婚していたという話を聞いたことがない。カーライルは驚いて訊ねた。

「城代にもそういう経験があるのか？」

「一般論です」

さらりとかわした城代は、慰めるように言った。

「王妃のことは、そう心配なさることはありませんよ。もちろんお産は大変でした。王妃は小柄なのに、御子は王に似て大きかったですからね。お産は長引き、腹を切って子を取り出そうという話も出ました」

カーライルはぶるっと身震いした。そんなことになっていたらと思うと身体中の血が凍る思いがする。

なのに、城代はこんなことを平然と言う。

「いっそ、お腹を切って御子を取り上げたほうが楽だったのではと、今でも思うくらいです。ですが王妃は、頑として拒みました。一度腹を切って出産するとその次からの妊娠出産はより難しいものになる、と産婆から聞いておられたからです」

「そ、そうなのか……？」

うろたえて訊ねれば、城代は深く頷いた。

「その次からの出産も腹を切らねばならないとか、他にもいろいろ。王が今でさえ怖がっているので詳しくは申し上げませんが、次の御子は諦めなければならない可能性もありました」

血の気の引いた顔で絶句するカーライルに、城代は強く言い聞かせる。

「王妃はこう仰ったのです。『王の御子を一人で終わらせるわけにはいきません』と。そうして王妃は、お腹を切ることなくフェリシア様をお産みになられたのです。王妃がそのように頑張られたのですから、王はその頑張りに応えて差し上げるべきではありませんか？」

「……」

カーライルは返答できなかった。

そのように頑張ったのは、ティルダがこう考えているからだ。カーライルの子をたくさん産み、アシュケルド王家の血を増やすことが責務だと。

責任感の強いティルダは、己の命を犠牲にしても責務を果たそうとするだろう。

カーライルはそれが怖い。

頭を抱えるカーライルに、城代は声を和らげて提案した。

「王妃に、王のお気持ちを伝えられたらいかがでしょう？」

頭を抱えたまま、カーライルは力なく首を横に振った。

「伝えたところで、責務は果たさなければならないと言われるだけだ」

城代はからからと笑った。

「きっとそうでしょうけど、意思疎通のきっかけになるのではないでしょうか？」

その夜の晩餐、ティルダは少し遅れて大広間に姿を現した。ティルダは、晩餐に出席するようになってから、欠席したことはあれど、遅れたことは一度もない。

心配になって「何かあったのか？」と訊ねると、ティルダはほんのり頬を染めてそっぽを向いた。

「なんでもありません」

なんでもないようにはとても見えない。

カーライルが皿によそった料理を、果実水で飲み下すようにして急いで食べ終える。皿も杯も空にすると、ティルダはすぐに席を立った。

習慣で一緒に席を立とうとすると、「皿によそった料理は残さず平らげてください」とティルダに注意されてしまう。ティルダがこんなにはやく席を立つとは思わなかったので、カーライルの皿には料理がかなり残っていた。

どのみち、カーライルがティルダを離れの館へ送っていくわけでも、ましてや同じ寝室で休むわけでもない。

カーライルはゆっくりと料理を味わいながら、酒の杯を重ねていった。

それにしても、ティルダはいったいどうしたというのか。

最近カーライルが逃げてばかりいるので、何も言われなくともティルダの怒りをなんとなく感じていた。だが、どうしてティルダと向き合えようか。愛しい妻に握ってもらいながら萎えるという、男のプライドが粉々になる出来事があったのだ。本当はティルダの目の前に出るのも辛い。

城代に言われずとも、このままでいてはいけないとわかっている。先日、ブアマン族の族長ジェフにも「夫婦の問題に他人が首を突っ込むのは好ましくないでしょう。ですが、事は王と王妃の問題。あまり長引くようでしたら介入しますので、そのつもりで」と釘を刺されたところだ。

しかし、今日のティルダは怒っているようではなかった。何かに動揺し、そわそわと落ち着かない様子で。もちろん、ティルダはそんな自分を極力隠そうとしていた。カーライルが気づくことができたのは、今日も以前もすぐそばにいて、ティルダの感情の揺れをつぶさに見てきたからだ。

カーライルの知らない何かが起こったに違いない。だが、カーライルを見て頬を染めたところを見ると、自分と何かしら関係があるのかもしれない。あんなティルダを見て、カーライルは粉々になった自尊心が少し持ち直した。いつもより酒を飲んでいるおかげか、ティルダと話し合っていい気分になっている。

城代に言われた通り、自分の気持ちを伝えよう。話し合った結果物別れに終わるかもしれないが、膠着した状況を少しは動かせるはずだ。

そうと決めたカーライルは、勢いよく立ち上がって上座の出口へと向かう。固唾を呑んで見守る大広間の者たちにちらりと笑みを向けると、薄暗い廊下へと出た。

左右に分かれる廊下を、カーライルは離れの館のあるほうへと向かう。すると、廊下で待機していた城代に呼び止められた。

「どちらに行かれるのです？」

「離れの館だ。王妃と話し合って欲しかったのだろう？」

そう言って早足で向かおうとするカーライルを、城代は再び呼び止める。

「お待ちください！　王妃は三階の王の部屋におられます！」

カーライルは驚いて振り返った。

「なんだと？」

城代は鼻息荒く答えた。

「王妃から逃げ回っている王をどうすれば話し合いの場に着かせることができるか、王妃とスージーの三人で考えたんです。王妃もスージーと話をして、今一度王と向き合わなければならないと固く心に決められたご様子。王妃と話し合いをなさる心づもりがおできになったのなら、はやくお戻りになって、気を揉んでらっしゃる王妃を安心させて差し上げてください」

城代が話し終える前に、カーライルは走り出していた。


入り組んだ通路を走り三階まで駆け上がったカーライルは、自室の扉を勢いよく開け中に飛び込んだ。

「ティルダ！」

名を呼びながら、窓から差し込む月明かりだけで薄暗い室内を捜して回る。

「ティルダ！　どこだ⁉」

「ここです」

声がしたほうを見ると、ティルダはカーライルがたった今開け放った扉を閉めるところだった。カーライルに逃げ出されないよう、閉じ込めるつもりだったらしい。

それに気づいて、カーライルは申し訳ない気持ちでいっぱいになった。

結婚してから六年もの間不遇を強いた償いに、できる限り幸せにしてやるつもりだった。それがどうだ。己の矜持を守るために逃げて、ティルダを悩ませ苦心させる。

「わたくしがここにいることを、城代から聞いたのですね。ようやく話し合いをする気になりましたか？」

そう言いながら、ティルダは扉を離れ、室内を横切って寝室に向かう。寝室の扉が開かれると、中から明かりが漏れ出てくる。ティルダに続いて寝室に入ると、彼女は窓辺で振り返った。

ランプの明かりに淡く照らし出されたティルダは、わずかに緊張した面持ちで、静かに話し出した。

「聞いたのですけど、ジョアンが余計なことを言ったのだそうですね。それでジョアンが苦手だというのなら、乳母を別の者に変えましょう」

カーライルは、思わぬ提案に戸惑いながら答えた。

「いや、それが理由ではないのだ。ただ、ちょっと気まずいだけで……。そなたが信頼している乳母を辞めさせる必要はない。それに、余計なことではない。そなたに王妃の務めを強要する前に知っておくべきことだった」

酔っていたのに走ったため、頭がくらくらする。これから話すことが情けなくもあって、カーライルは寝台の端にどさりと座った。

「そなたがアシュケルドのことをよく考えてくれているのは嬉しい。だが、俺は心配なのだ。大丈夫だとも聞いているが、次の出産でそなたが命を落としたらと思うと恐ろしくてならん。今も、ほら……」

目の前に立ったティルダに、カーライルは両手を差し出す。その手は、小刻みに震えていた。

目を瞠《みは》るティルダに、カーライルは本心を告げた。

「そなた以外の誰にも言えぬが、俺は自分よりアシュケルドより、そなたのことが大事だ。そなたと国のどちらかしか選べない事態が起きたら、俺は迷わずそなたを取る。もっとも、そなたにもしものことがあれば、俺は気が変になって国を滅ぼしそうな気がする。ははは……」

自分の両手に視線を注ぎ、冗談めかして笑う。

するとティルダの両手が、カーライルのそれぞれの手に重ねられた。驚いて顔を上げると、ティルダの真剣なまなざしと視線が絡む。

「ならば、わたくし以外の者に子を産ませるおつもりですか?」

思いがけないことを言われ、カーライルは動揺した。

「そ、そんなことするわけなかろう」

動揺のあまり言葉をつっかえてしまうと、ティルダの顔に傷ついた表情が浮かぶ。

「やはり、そのつもりなのですね」

「馬鹿な！　俺はそなたに誓ったではないか！　この先一生そなたしか抱かぬ、俺の子はそなたにしか産ませないと！」

その誓いは今でも変えていない。けれどティルダは信じた様子はなく、カーライルに怒りのこもった目を向けて言い返した。

「ですが、わたくしに次の御子を産ませないのなら、他の誰かが産まなければ。度重なる不幸により、アシュケルド王家の血を引くのは貴方一人になってしまった。貴方の血筋はアシュケルドの要、民は随分心許ない思いをしたことと思います。だからこそ、王家の血脈が増えることを民は望んで」

カーライルは、ティルダの腕を掴んで言葉を遮った。

「そなたを失うくらいなら、子は一人でいいと俺は思っている」

「そんなわけにはいかないでしょう……！」

小さくも悲痛な叫びが、夜の静寂に響き渡る。

ティルダは〝王妃の務め〟にがんじがらめになっている。それが哀れで申し訳ない。

王妃の務めを強要したのは、ティルダの立場を守るためであって、こうやって苦しめるためではなかった。

カーライルが逃げてばかりで、ちゃんと己の気持ちをティルダに伝えていなかったせいだ。

「俺は、我が子はフェリシア一人でいいと思っている」

改めて言えば、ティルダはカーライルを睨みつけた。

「ですが世継ぎは？　フェリシア一人で国を治め、血を存続させる役目を負うのでは、荷が勝ちすぎます」

「見込みのある若者を鍛えて、フェリシアに婿入りさせ世継ぎとしてもよい。国が安定してきている今ならば、根回しさえしっかりしておけば問題ないはずだ。何事も成せば成る。――だが、俺がそなた以外の女に子を産ませることはない。同衾することも誓ってない。そなたの矜持は俺が守る」

これがカーライルの本心だ。これ以上ないくらい正直に話した。ティルダはどう出るか。反論するか、逆に納得してくれるか。だが、返ってきた反応は予想外なものだった。

ティルダは目を瞠ったかと思うと、泣きそうに表情を歪めうつむいた。

「……そんなことを仰っても、いずれ女が欲しくなるのではありませんか？」

「は？」

ティルダの言葉とは思えず、カーライルは唖然とする。

カーライルの顔を見たからだろうか。ティルダは傷ついた表情をして、また顔を背ける。

「わたくしの懐妊がわかるまでは、たくさん、その……し、していたではありませんか。あれだけ性欲のあった人が、我慢し続けられるわけがありません」

そんなことを考えていたのかと驚くのと同時に、カーライルは胸に嬉しさが込み上げてくるのを感じていた。都合のよいことを考えたくはないが、ティルダが言った言葉の意味を突き詰めると、やきもちのように聞こえてならない。

カーライルは緩みそうになる顔を引き締めて、真顔で答えた。

「俺が欲情するのは、そなただけだ」

「嘘ばっかり。——たくさんの女を抱いてきたのでしょう?」

ティルダの拗ねたような可愛い声を聞く日が来るとは、思ってもみなかった。にやけてしまうのを止められない。

「十八歳のそなたと出会ってからは、一度も他の女を抱いたことはない。欲しいとはまったく思わないのだ、そなた以外の女は」

信じる気、もしくは信じたい気持ちがあるのだろうか。ティルダは頑なな様子を崩して、ちらりとカーライルに目を向ける。その顔に浮かぶ、欲望の対象と言われてうろたえたような表情に、カーライルは自尊心をくすぐられて気が大きくなった。ティルダをやや強引に引っ張って己の膝に横座りさせると、ティルダの小さく柔らかな身体を、自分の大きく固い身体に引き寄せた。上半身から臀部まで隙間なく密着すると、隠しようがなくなるものがある。それに気づいたティルダが、ランプの赤みを帯びた光の中でもわかるほど顔を真っ赤にすると、カーライルはばつの悪さを空笑いで吹き飛ばした。

「そなたと話していただけでほら、このようになってしまうのだ」

カーライルは腰を突き上げて、ブレーの中で窮屈にしている高まりを押しつける。ますます赤くなったティルダをぎゅうっと抱え込んで、カーライルは耳元で囁いた。

「そなたが欲しい。そなただけが欲しくて欲しくてたまらん。だが、そなたを命の危険にさらすくらいなら、一生だって欲望に耐えてみせる」

ティルダが、腕の中で身じろぎする。その拍子に、高まりにティルダの腿が押しつけられ、カーライルは息を呑んだ。

ティルダが小さな声で言う。

「そんなの、信用できません」

カーライルは目を瞠った。

＊＊＊

今日の午後、ティルダはスージーに言われた。

――素直になられることです。

ティルダの素直な気持ちなら、カーライルも受け入れてくれるだろう、と。

スージーは言わないでいてくれたけれど、たぶん気づいていた。大義を言い訳にして本心をごまかしていたことを。

ティルダは唇を噛んだ。こんなこと、口にするのは悔しい。しかし、カーライルが考えを変えてくれるならば。

ティルダは堰《せき》を切ったように感情を吐露した。

「男性は頭と下半身は別物だと言いますし、性の衝動を我慢することが難しいと聞いています。今はそのようなことを仰っても、また他国に赴くことになって、美女の歓待を受けることになったら？　禁欲した身に美女の誘惑は耐えられないのではありませんか？　貴方がわたくしとしたことを、他の女とすると考えただけでむかむかするのです！　貴方にそんなことはしないと何度言われたって、わたくしは貴方が城を空けるたびに、貴方が裏切るのではないかと気を揉み続けるに違いありません……！」

気がつけば、ティルダはカーライルの胸元にしがみついていた。カーライルの身に着けるチュニックに指を立て、布地を強く握り締める。

腿に当たる彼のものが、さらに大きくなったような気がした。ティルダに感じてくれているのだと思うと、誇らしさが込み上げてくる。

と、いきなり顎を掴まれ、ティルダはカーライルから口づけを受けていた。肉厚な唇が強く押しつけられ、柔らかくも芯のある舌が、ティルダの唇をこじ開けようとする。激しさに戸惑いながらおずおずと開けば、奥深くまで入り込んできて、ティルダの舌を搦め取った。

不意に平衡感覚が狂ったかと思うと、ティルダは寝台の上に横たわっていた。覆い被さっているカーライルが、口づけを続けながらティルダをブリオーの上からまさぐる。

ティルダが自然に上がった腕をカーライルの首に巻きつけると、彼ははっと我に返ったように口づけをやめた。

間近から見下ろしてくるその顔に、困ったような笑みが浮かぶ。

「そなたの言う通りかもしれないな。男は性の衝動を我慢するのが難しい。今もそなたに誘惑されて、我を失ってしまった」

心外なことを言われ、ティルダは憤慨した。

「誘惑などしていません！」

「わかったわかった。やきもちを焼いたんだな」

「やきもちでもありません！」

本当に、誘惑したつもりもやきもちを焼いたつもりもない。言うなれば、所有権を主張したようなものだ。

きっぱりと否定したのに、何故かカーライルは機嫌よく笑い続ける。

「いい。それでいい。そなたが俺を自分のものだと思ってくれるだけで」

「……！」

本心を言い当てられ、ティルダは言葉を詰まらせた。

そんなティルダの頬を愛おしげに撫でたかと思うと、カーライルは不意に真顔になった。

「約束してくれ。決して死なないと」

驚いたティルダは、つい正直に答えてしまう。

「お約束できません」

カーライルは息を呑んだ。

ティルダはしまったと思う。適当に「はい」と答えておけばよかったものを。

後悔しながら、ティルダは言い直した。

「人はいつか必ず死ぬものですし、不慮の事故や不幸な病は避け切れません。——ですが、これだけはお約束します。自ら命を絶とうなど、二度といたしません。危険は極力回避しますし、健康にも気をつけます。出産においても無理はいたしません。産婆や薬師に相談して、万全の体制を整えます」

　カーライルは目をしばたたかせたかと思うと、うつむいてくっくっと笑い出した。かと思うと、顔を上げてティルダの顔を覗き込み、挑戦的に言う。

「約束だぞ。そなたが死んだら、俺は国を滅ぼすからな」

「それは脅迫ですか？」

　ティルダが呆れて問い返すと、カーライルはにやりと笑った。

「ああ、脅迫だと思ってくれていい。アシュケルドの命運はそなた次第だ」

　ティルダが返事をする前に、カーライルは再び口づけを始める。返事の代わりに、もう一度彼の首に腕を巻きつけた。

　カーライルは、口づけをしながら器用にティルダを脱がせていく。頭から抜くときはさすがにやめたが、その唇で憎らしいことを言った。

「ブリオーを汚すのは嫌だから、はやく脱がせて欲しいと言ったのはそなただからな」

　記憶力がいいのも、それをわざわざ口にするところも腹立たしい。軽く睨みつけた後、ティルダはつんとそっぽを向く。

　するとカーライルはブリオーを脱がせるために起こさせたティルダの身体をくるっと反転させ、

彼に背を向ける形で脚の間に座らせた。

カーライルは後ろから回した左手でティルダの豊かな胸を下着越しに揉みしだきながら、右手でふくらはぎに巻いたゲートルを外していく。

「い……やです。そんな片手間に……」

ティルダが抗議すると、カーライルは「すまんすまん」と言ってティルダから離れた。一人用の狭い寝台の真ん中に座ったティルダに背を向け、寝台の端に腰かける。驚くほどのはやさですべて脱ぎ去って再び寝台に上がった。

胸を隠し膨れているティルダに、カーライルは悪びれず詫びる。

「許せ。そなたをはやく抱きたくて気が急いてしまったのだ」

そう言われてしまっては許すしかない。ティルダの気持ちも似たり寄ったりだから。カーライルとはやく一つになりたくて、身体が疼いている。

快楽の衝動に弱いのは、ティルダも同じだった。カーライルの巧みな営みを覚えている身体は、愛撫をろくに受けていないのに肌をうっすらと上気させ、脚の間は熱く潤んでくる。

だが、一糸まとわぬ姿にされ、脚の間に彼の手が伸びてくると、ティルダは反射的に身を固くした。出産の際にそこがどれだけ痛かったかを思い出してしまって。

ティルダの反応を見て、カーライルは手を引っ込めてしまった。

「怖いか？」

ティルダは慌てて首を横に振る。それよりも彼を受け入れたい気持ちが強かった。それと比べたら、痛みへの恐れなど耐えられる。

しかし、カーライルはティルダの恐れを読み取っていた。

「久しぶりでもあるしな。ゆっくりと慣らそう」

そう言うと、カーライルは寝台から下り、ティルダの腰を寝台の端まで引っ張った。そして腰を落としティルダの両脚をそれぞれの肩に抱え上げたかと思うと、秘めやかな場所に顔を近づけていく。

何度もされた愛撫だけれど、やはり恥ずかしい。両手を胸の前で握り合わせて固く目をつむると、彼の小さな笑い声が聞こえ、潤んだ箇所に熱い吐息を感じた。それだけで、ティルダの身体はびくんと跳ねてしまう。カーライルの骨張った指で双丘を割られ、中にあった芽を優しく舐め転がされると、快感が次々湧き上がってきた。

久しぶりだからだろうか。愛撫がやけに強く感じる。カーライルはかすめる程度の軽い愛撫しかしていないのに。

「あっ、や……っ」

快楽の強さに耐え切れず、ティルダは意味をなさない声を上げながら首を左右に振る。

「気持ちよいのか？　ならばこれは？」

その声に羞恥をあおられ、ティルダは身体を強張らせた。が、舌全体を使ってねっとりと舐められると、新たな快楽に意識がかすむ。

「あぁっ！　あっ、あっ、んっ、あっ、……」

あられもない声が上がり、身体が弾む。カーライルはティルダの腰をしっかり押さえつけたまま、ひたすら愛撫を続けた。蜜口まで舐め下ろし、そこがほころぶまで快楽の芽との間を行ったり来たりする。

やがて、くちゅくちゅという水音が立ち始めた。彼の唾液なのか、蜜口から溢れた愛液なのか。後者なのだろう。ずずっとすする音が聞こえてきて、快楽のせいで思考が定まらないながらも、ティルダは上がる息の合間に拒絶を叫ぶ。

「嫌……っ、やめて……！」

だが、カーライルはやめようとしない。蜜口にぴったり口をつけ、舌先で蜜洞を開きながら、愛液を奥から誘い出すように吸いついてくる。その今まで感じたことのない感覚に身体がわななき、身体の奥底から愛液がどっと溢れ隘路を潤した。

「あ、あぁ――――」

ティルダは細く長い嬌声を上げ、小刻みに身を震わせる。カーライルが指を沈めてきたときには、ティルダはもう怖いと感じなくなっていた。

カーライルの硬く筋張った指が、隘路にこすれて気持ちいい。最初きつかったものがゆっくりと行き来して慣れていくうちに、もっともっと強い刺激が欲しいと思ってしまう。

指が三本に増やされたころには、すでに指では物足りなくなっていた。

そのころには、カーライルはティルダの胸元に覆い被さり、片方の手と口で豊かな胸を愛撫していた。ティルダは手を伸ばし、彼の肩口から背中へと手のひらを滑らせる。すると、なめらかな皮膚の下で、硬い筋肉が盛り上がるように動くのを感じた。つたない愛撫だと自分でもわかっている。けれど、それでもカーライルは感じてくれている。

もうひと撫でしようとしたそのとき、カーライルが秘所からいきなり指を引き抜き、ティルダの両手を寝台に押さえつけた。

数回荒い息を吐いた後、カーライルが怒気を含んだ声で言う。

「俺の理性をなくさせる気か……！」

それほどの効果があったことに驚きながら、ティルダは挑戦的に応える。

「理性など必要ありません」

この行為は原始から続く野性の営み。本能に突き動かされる行いに、理性など無意味だ。

じっと見据えるティルダに、カーライルは欲望にぎらつく目をして笑った。

「その言葉、後悔するなよ？」

カーライルは言うなりティルダの両脚を大きく広げ、脚の間に雄々しい高まりをひたりと当てる。大きく逞しいそれにティルダが目を瞠った瞬間、カーライルは一気に突き入れてくる。

「あ……っ！」

激しさのあまり、ティルダは声を上げてのけぞった。久しぶりであり、出産後初めてであるせいか、多少の痛みを伴った。が、それよりも身体の内側が満たされた充足感ともたらされた快楽が大きくて、痛みなど吹き飛ばされてしまう。

すぐさま始まった律動に、ティルダは激しく揺さぶられた。

「あっ！　あぁ！　あぁあぁぁ……っ！」

感じる部分を探り当てられて執拗に突かれ、ティルダは快楽に翻弄される。口を閉じていられず喘ぎ声は止めようもなく、果てはあっという間に訪れる。

だが、達したことでぎゅっと締まった蜜洞を、カーライルは構わず突き進んだ。

「まっ、待って……！　今――」

最後まで言わせてもらえなかった。カーライルは自身を奥深くに収めたまま、先端をぐりぐりと最奥にこすりつける。

睦み合った期間は数カ月にすぎない。けれど、その間に数え切れないほど身体を重ねた。ティルダがカーライルの身体を知っているように、カーライルもまたティルダの身体を知り尽くしている。達したばかりだったティルダの身体は、再び快楽の頂点を目指して昇り始める。カーライルの剛直を締めつけていた蜜洞が緩んでくると、彼は律動を再開した。

一度達して狂おしいほどの快楽から解放されたティルダは、今度は多少の余裕を持って快楽に身をゆだねることができた。そのため、ますます余裕をなくしていくカーライルに気づいた。

賢明に腰を振りたくるカーライルの額から、汗が流れ落ちる。全速力で駆けているかのように息が荒く、顔は苦しげに歪んでいる。

どうしてそんな顔をするのか。気持ちよくはないのか。気持ちよくないなら、何故彼はこの行為を望むと言ったのか。

不安に思っていると、不意にカーライルは動きを止めた。前屈みになって、ティルダの頬を撫でる。

「どうした？　気持ちよくないのか？」

「……貴方が苦しそうな顔をするから、気持ちよくないのかと思って……」

ティルダがそう言った途端、カーライルの剛直が一段と膨れ上がった。

「……っ」

二人同時に目を瞠り、息を詰める。

驚いたまま固まったティルダに、カーライルが苦しげにしながらも微笑んだ。

「わかっただろ……っ。その、苦しそうにしてるのは、今にも果ててしまいそうなのを、耐えているからだ。そなたをもっと、悦ばせてやりたい、からな……ッ」

それを聞いて、ティルダは誇らしい気分になる。

「では、気持ちよくないわけではないのですね？」

「ああ、それどころか最高だ……！　こんなに気持ちよくなるのはそなたとだけだ……ッ」

カーライルの言葉に他の女の存在が過り、ティルダの胸はしくりと痛む。

もっと年齢が近かったらよかったのに。そうしたら、彼の初めてになれたかもしれない。父ローモンド王がティルダの年齢をごまかして嫁がせることもなく、カーライルに見向きされなかった六年間もなかったことに……。

考えても仕方のないことを頭の中から振り払い、ティルダはカーライルの首に腕を巻きつけ引き寄せた。頭を持ち上げ彼の首筋に額を埋めると、カーライルの剛直がどくんと大きく脈動する。

「我が愛する王妃は、本当に夫をあおるのが上手だ……ッ」

カーライルは覆い被さる体勢のままティルダの腰を掴むと、性急な腰使いでティルダの最奥を攻めた。会話で落ち着きつつあった身体に再び火をつけ、一気に燃え上がらせる。

「あっ、あっ、あっ、……」

感じる部分を突き上げられるたびに、ティルダは愉悦の声をカーライルの胸元に吐き出した。その熱い吐息を感じてか、ランプの微かな光のなかに、ごくんと唾を飲み込むカーライルの喉仏が見える。

カーライルの動きはますます速くなり、ティルダは快楽を追うことしか考えられなくなった。愛液はとめどなく溢れて彼の剛直にかき出され、二人が繋がり合った場所をしとどに濡らし、卑猥な音を奏でる。彼の動きに合わせるように、ティルダの腰も揺れる。

「ティルダッ、ティルダ……！」

譫言のように名を呼ばれ、その切羽詰まった低い響きに、ティルダは昂揚する。身体は野火が走るようにさらに燃え広がり、絶頂が近づいていることを感じた。

「も、もう――」

喘ぎの合間にかろうじてそう漏らすと、カーライルがティルダの耳に唇を寄せて悩ましい声を囁いてくる。

「ああ、一緒にイこう……！」

その声を聞いた途端、ティルダの全身は強張り、がくがくと震える。瞼の裏に走る閃光。膨れ上

がった快楽が弾ける感覚。ティルダの蜜壷がぎゅうっと引き絞られると、カーライルは自身をティルダの中に深く沈めて解き放つ。

熱いしぶきが胎内に広がり、ティルダはさらなる絶頂へと押し上げられた。

今宵とは限らないが、それはやがて、新たな実を結ぶだろう。カーライルとティルダ、二人の絆を深める新たな生命を。

夜の静寂の中に、二人の荒い息が響く。

ティルダの上にくずおれたカーライルは、ティルダより先に動き出し、ティルダを抱き込んで仰向けになった。ティルダは、カーライルの裸の胸の上にうつ伏せになる。指一本動かせないティルダは、されるがままになるしかなかった。大きく呼吸するたびに、カーライルの厚い胸板に押しつけられた二つの膨らみの先端がこすれ、弱い刺激が送り込まれてくる。二人はまだ繋がったままなので、微かな身じろぎでも彼の剛直が動き、蜜洞の壁を刺激する。

ティルダは今さらながら、それが硬いままであることに気づいた。重い頭をゆっくりと上げ、困惑しながらカーライルを見る。

「達したのではなかったのですか……?」

カーライルはきまりの悪そうな笑みを浮かべた。

「ああ、達した。だが足らぬのだ。そなたの言う通り、俺は性欲がありあまっているのでな」

言うなり、カーライルはゆるゆると腰を回し始める。硬い屹立が蜜洞の中でこすれて、ティルダに新たな快楽をもたらした。

「……んっ」

こらえきれない声が喉を鳴らすと、カーライルは気をよくしたようににやりと笑い、腰の動きをいっそう大きくする。

「俺が浮気しないか心配なら、よっぽどつき合ってもらわねばな」

その後、二人の営みは夜明け前まで続いた。

## 後日談2　そして月日は流れ

離れの館前の空き地にて。

一歳を過ぎた、母親によく似たフェリシアがよちよち歩くのを、周囲の者たちが手を叩いて呼んでいる。

乳母のジョアンが、フェリシアに声をかける。

「ほらほら、こっちへいらっしゃい」

「こっちがいいよな。おいで！」

今年九歳になるスージーの三男ノリスがそう言うと、スージーがノリスをたしなめる。

「フェリシア様にそのような口をきくんじゃありません」

フェリシアは彼らのことが目に入らない様子で、一心にある方向を目指している。

そこでは、スージーの長男グレンが義理の父親であるアンディから剣の訓練を受けていた。

フェリシアが近づいてきているのに気づいたグレンは、困惑して訓練を中断する。硬直したグレンの脚に、フェリシアは両腕を回して抱きついた。

ノリスが、がっかりした声を上げる。

「なんで兄貴のとこばっかり行くんだよ」

残念がる彼を皆無視して、ジョアンとスージーがフェリシアの周りに集まった。

「フェリシア様、グレンの邪魔をされてはいけませんよ」

「グレンはフェリシア様の優秀な護衛になるために訓練しているのですから」

ジョアンとスージーが代わる代わる話しかけるが、フェリシアはぎゅうっと抱きついて離れない。

ジョアンはスージーと顔を見合わせ、くすくすと笑い出した。

「フェリシア様は、グレンをたいそうお気に召したみたいですよ」

当のグレンは弱り顔でフェリシアを見下ろしている。まだ十代前半だが、己の立場をわかっているのだろう。身分はこの際問題にしないが、勲功もまだ立てられない若造に、大事な娘をやるわけにはいかん。——と、彼らを建物の陰から眺めていたアシュケルド王カーライルは思った。わざわざ隠れたわけではない。彼らがいる所へ向かう途中で立ち止まっただけだ。

カーライルは建物の陰から出て、彼らがいるほうへ足を進めた。

カーライルに気づいたアンディが、彼に向かって膝をつく。それを見た他の者たちがそれに倣《なら》う。ただ、グレンだけは足にフェリシアが抱きついているため、動くことをためらっていた。

「グレン、そのままでよい」

カーライルは近づいて腰を屈め、フェリシアの頭を撫でる。本当は抱き上げてグレンから引き離したいところだ。が、フェリシアはカーライルに気づいてもグレンから離れようとしないし、無理に引き離して泣かれたら、父親としてだけでなく一国の王としての沽券にもかかわる。

フェリシアを撫でて身を起こしたカーライルは、その場をぐるりと見渡した。そして、花壇脇のベンチに座るティルダに声をかけた。

「王妃、今からいいか？」

「何の用です？」

つれなく問い返しながら、ティルダが立ち上がる。まだあまり目立たないが、次の子を胎に宿している。最初の子が難産だったと聞いて、一時期ひどく心配したカーライルだったが、今は誇らしく思うようになった。

今から言うことは、ティルダも待ち望んでいたはずだ。カーライルはにやりと笑い、もったいぶって言う。

「設計図が上がってきた」

すると、ティルダではなく他の者たちから歓声が上がった。

「いよいよ宮殿建設が始まるんですね！」

宮殿建設は、数カ月前に話が持ち上がった。

今居住している城は、敵が攻めてきたとき籠城できるよう堅固に造られている。が、その分家畜を飼ったり畑があったりと実質的で、手狭な造りになっている。

国内外の情勢が安定し、今や城に立てこもる理由がない。それに、各国の要人を招きもてなすのには不向きだった。今は城下に造った館でもてなしているが、いかにも急拵《きゅうごしら》えな状態を続けているわけにはいかない。国の権威を示し他国に侮られないようにするため、国力に見合った宮殿を早急に用意する必要があった。

現在、宮殿を造る土地の整地を行い、資材の調達を急いでいる。基礎部分はフィルクロードの建築様式を真似ることになっているので、設計図ができる前でも必要資材はだいたいわかっている。いや、設計図ができてから資材集めなどと悠長なことはしていられない。特に石材は国内ではまかなえないため、フィルクロードの石の産地から取り寄せることになっていた。アシュケルドで調達できる資材での建築も考えたが、アシュケルドからフィルクロードに流れる川を使えば石材の運搬も可能だとわかり、石を使った建築に踏み切ることになった。

ティルダを伴って、本館二階にある集会室に戻る。そこでは、設計に携わった者たちが、大きな羊皮紙を数枚広げていた。

フィルクロードから呼び寄せた建築家は、自信たっぷりに言う。

「ご要望はすべて盛り込みました。どうぞご覧ください」

ティルダは丹念に設計図を見ていく。カーライルは素知らぬふりして、ティルダが見ているのと別の設計図を見ていた。

「……これは何ですか?」

ティルダが険しい声で問う。よほど親しい者でないとわからない程度のものだったので、建築家は、ティルダが怒っていることに気づかない。建築家は得意げに話した。

「ああ、それはアシュケルド王たってのご要望でつけ足したのです。いろいろ注文が多くて難儀いたしましたが、何とか盛り込むことができました」

それは、王家の居住区画の端にあった。炊事場にほど近い場所にあり、明らかに浴室・風呂と書いてある。

宮殿に風呂を造る計画はある。が、それは各国の使者をもてなすためのものだ。交易路のおかげで潤っているとはいえ、大きな宮殿を建てるとなると国庫に余裕があるわけではない。だから賓客が目にする表側は豪華にして、王家の居住区は今まで通り質素にしようとのティルダの意見に、カーライルも同意した。だが、カーライルはその後ティルダに内緒で、王家の居住区内に風呂を作るよう建築家に依頼した。

視線だけで責めてくるティルダに、カーライルは王の威厳を保った微笑みを浮かべ説明した。

「できるだけ資材を使わなくていいように、炊事場の近くに設計させた。炊事場の火を利用して湯を沸かすし、宮殿に引き込まれる水は一風呂増えたところで不足するものではない。それでも納得できないのなら、宮殿で働く者たちにも解放しよう。風呂に入りたいと思う民は増えているし、湯で洗ったほうが身だしなみを整えやすい。国賓に接する者に、身なりはきちんと整えるよう、ことあるごとに言って聞かせているのは、そなたではなかったか？」

もっともらしい理由を並べ立てたが、カーライルが風呂を作りたい本当の理由は別だった。

ティルダの母国、今や存在しない国ローモンドでは、風呂に入る習慣があった。一方、アシュケルドは風呂に入るのは戦いから帰ってきたばかりの男だけで、他は川や井戸で水を浴びたり、水で絞った布で身体を拭いたりするだけだった。風呂の習慣のある国から、風呂の習慣のない国へ嫁いだティルダ。風呂の気持ちよさを知っているからこそ、ティルダが相当我慢していることは察せられた。ただ、そのことに気づいたのは、ティルダの従兄アイオンにティルダが風呂に入りたがっていると教えられたからだった。

そういえば、同じ習慣のあるフィルクロードの王子アイオンは、アシュケルドに来るたび風呂風呂と言っていた。温泉が湧き出るわけではないアシュケルドでは、風呂が贅沢であることを知った上でだ。

ティルダも、できることなら毎日風呂に入りたいだろう。なのに、風呂の設備を整えるチャンスである宮殿建築で、自分の希望を通すどころか、国の懐具合を考慮して諦めてしまった。アシュケルドが豊かになったのはティルダのおかげなのだから、ティルダの希望が一番に叶えられていいはずなのに。

ティルダと相談したところで、決して首を縦に振らないことはわかっていた。だからティルダに内緒で建築家に命じたのだ。

何かしらの反論があると思っていたが、ティルダは無言のまま設計図に次々目を通していく。最後の一枚もすみずみまで見ると、顔を上げて建築家に声をかけた。

「設計図の出来映えについて、わたくしからは特に言うことはありません。後は装飾についてですが、最初に言った通り、アシュケルドらしさを取り入れたものにしたいと考えています。腕の良い彫刻職人に知り合いがいたら紹介してください」

それだけ言うと、ティルダはカーライルを見ずに集会室から出て行く。

風呂の件、ティルダが了承したのはわかったが、その胸のうちが知りたくてカーライルは追いかけた。

「ティルダ」

階段手前でティルダは立ち止まった。

「……アイオン殿の差し金ですか？」

振り返らずにぽつんと言う。

少なくとも激怒しているわけではないらしい。カーライルはほっとしながら答えた。

「差し金とは、穏やかでない言い方だな。――いや、まあアイオン殿から教えてもらったのは確かだ。嫁いでくるまで毎日風呂に入っていたそなたが、アシュケルドの風習に従い水で絞った布で我慢していると」

ティルダからの反応はない。カーライルは構わず話を続ける。

「気づいてやれなかったのは迂闊だった。宮殿が完成し移り住むまで時間がかかる。離れの館に風呂を用意させようか？」

背後に立って耳元で囁けば、ティルダはぴくんと身体を震わせた。

「……必要ありません」

返事までにわずかな間ができたのは、風呂を断るのに意志の力が必要だったのか、耳元に息を吹きかけられ感じたからなのか。

なんにしろ、毎日とはいかないが、数日に一度は離れに風呂を用意しよう。すでに用意されてしまったものは、さすがのティルダも断って無駄にすることはないだろう。

「――」

ティルダが小さなつぶやきをもらした。

「聞き取れなかった。今何と？」

訊ねてみると、ティルダは言いにくそうにもう一度言った。

「……感謝します」

顔を背けられて、表情はよく見えなかった。だがその一言で、カーライルはすべてが報われたような気がした。


直前まで敵だった国へ嫁いできた、純真で愛らしい花嫁ティルダ。

だが、六年後に再会したとき、ティルダは荒んだ笑みを浮かべ、カーライルに敵意のこもった目を向けてきた。

今でも、冷笑を見ることはある。だが、面白おかしく、あるいは楽しげに笑うということはない。

そうさせてしまったのはカーライルだ。カーライルはティルダから笑いと共に、人生の楽しみや喜びまで奪ってしまった。

そうわかっているからこそ、思いつく限りの償いをしてきた。

ティルダは許してくれた。だがそれは、アイオンを始めとした、周囲の者たちの考えを汲《く》んでのものだと、カーライルは感じていた。

だが、今の言葉は他の者たちの考えによらない、ティルダ自身から出た言葉だ。

ティルダの笑顔を取り戻せたわけではないが、ようやく罪や償いを乗り越え、本来あるべき二人の関係に一歩踏み出したと感じる。

ふと気づけば、ティルダの姿は目の前から消えていた。カーライルは慌てて追いかける。行き先は決まっているから、追うのは簡単だった。

ティルダは中庭を囲む回廊のところで見つかった。立ち止まり、離れの館の前の庭を見つめている。

そこには花壇があった。母国の花壇と比べれば見劣りのするその花壇を、ティルダは「強制的に植え替えられてかわいそう」と言って大事にしていた。

別れを告げているのかもしれない。先回りしてカーライルは言う。

「これも、もちろん宮殿に移す。放置して枯らすことはないから安心するがよい」

返事はなかった。だが、かすかに頷いたような気がした。

そして月日は流れる。

宮殿が完成し移り住み、ティルダは第二子に世継ぎとなる王子を産んだ。

国家連合は北方と南方の地域を繋げる役割を担うことによって交易路として栄える一方で、それぞれの国の特色を生かした産業を発展させていった。

何もかもが順調だったわけではない。意見の食い違いは頻繁に起こり、何日も話し合ったこともある。だが、国家連合から抜けたいと言い出す国はなかった。恩恵が大きいからだけでなく、連合をまとめ上げるカーライルが公平を心がけるからでもあるだろう。連合各国はカーライルを信頼し、その評判は周辺の小国にも広がり、加入を求める国も出てきた。

フィルクロードとの関係はますます良好だった。互いの国を行き来する民は増え、そのため両国間の移住や結婚を認める法を、フィルクロードと共に制定した。国内での結婚の自由が認められていたフィルクロードと違って、部族の縛りの強いアシュケルドでは反対する者も多数出た。だが、時代の流れには逆らえない。フィルクロードの者たちに「移住や結婚が自由にできないのはおかしい」と言われると、部族の者に権力を振りかざす族長も反論できず、法による考え方は民の間に定着し始めている。

また、国家連合内の国だけでなく、多くの国が大国フィルクロードとの繋がりを求めてアシュケルドに特使を送ってくる。アシュケルドに仲介を頼めば、会談の場を必ずもうけてくれるからだ。おかげでアシュケルドの宮殿にはフィルクロード特使専用の部屋が用意され、多くの国の特使がひっきりなしに集まってくる。

相変わらずティルダは笑わない。事情を知らない他国の者たちの中には無愛想と口さがなく言う者もいるが、ティルダが交易路の基礎を築いたと知れ渡っているので、各国の王族も特使たちも一目置いている。ティルダは国務会議や他国との会談の席に同席することはなくなったが、カーライルは事前に彼女に相談することにしている。

ティルダが笑いたくないなら、笑わなくていいと思う。いつか我が子たちが、母が笑わないことを不思議に思うかもしれないが、そのときは正直に話そう。父が昔、母をないがしろにしたせいで、母から笑顔が奪われてしまったのだと。

多忙な日々を送るカーライルは、ある日宮殿二階にある執務室で、窓の外から聞こえる声に気づいた。

そっと窓の外を覗けば、すぐ下にある小庭に、ティルダと息子たちがいるのが見えた。皆、小庭にある花壇を見ているので、階上にいるカーライルに気づかない。

最近、なんでもかんでも疑問を持つ長男が、ティルダに話しかけていた。

「母様、他のお庭はキレイなのに、どうしてこのお庭だけ雑草だらけなの？」

それは、城から移し替えた花壇だった。とはいえ、土ごと持ってきたわけではない。草花はたいていが一年、長くても数年で枯れてしまう。そのため、種を採集しておいてまいた。それが育ち、花が咲き、種をつけて枯れていく。土に落ちた種が、翌年また育って花を咲かせ……同じように見えても、変わらないものは何もない。そうして月日は移ろいでいく。

おしゃまな長女が弟の間違いを指摘した。

「雑草じゃないわ。ちゃんとお花が咲いているもの。でも何故このお庭だけ他とは違うの？」

お腹がふっくらせりだしたティルダが、次男が眠るゆりかごを揺らしている。

さて、ティルダはどんな返答をするのか。

気になって耳をそばだてていたカーライルは、話し始めたティルダを見て驚きに目を瞠り、それから相好を崩した。

ティルダは相変わらずカーライルに気づかず、柔らかい口調で子どもたちに話して聞かせる。

「この花壇は、お父様からお母様への初めての贈り物よ。お母様が嫁いできたとき、お父様とお母様の国は長い争いを終わらせたばかりで、まだ互いの国への憎しみがくすぶっていたの。そんなときに嫁いでくるお母様が、どれだけ不安に思っているかお父様は察してくださったのでしょう。国ができたばかりで忙しい中、アシュケルドの野山で咲いていた花々を集めて花壇を作って、お母様が嫁いでくるのを歓迎してくれたのよ」

そう話すティルダの顔には、小さな花がほころぶような自然な微笑みが浮かんでいた。

## 書き下ろし番外編
## 第二子懐妊にまつわるカーライルとティルダの葛藤

アシュケルド城内、王妃の館にて。

産婆が、二階にある主寝室から出てきてカーライルに告げた。

「ご懐妊で間違いないようです」

次の瞬間、王の背後にいた者たちから歓声が上がった。

「やりましたな王！」

「めでたいめでたい！」

ゲラー族族長アルビンは調子に乗ってこんなことを言ってくる。

「次こそ男の御子ですとよろしいな！　――王？」

アシュケルド王カーライルはその声にはっと我に返ると、鷹揚な笑みを浮かべて答えた。

「俺はどちらでもよい。――無事に健やかな子が生まれてくれれば」

カーライルの様子が少しおかしいのに気付かず、アルビンは納得顔でうんうんと頷いた。

「そうですな。王も王妃もまだ若い。これからいくらでも御子は誕生しましょう」

「王妃様はこのままお休みになられるそうですが、城代様とスージー様に今日これからの指示を与えたいから寝室に来るようにと仰っておいでです。王妃様は大変お疲れなので、手早くお願いします」

すぐさま主寝室に向かおうとした城代とスージーだが、カーライルの視線に気付いて慌てて足を止めた。窺うような視線を向けてきた二人に、カーライルは言ってやる。

「急ぎ王妃の用向きを聞いてくるがよい」

二人は頭を下げ、そそくさと主寝室に入っていく。カーライルはそんな彼らに背を向け、主寝室の周りに集まっている者たちに言った。

「他の者たちは持ち場に戻れ。こううるさくては、王妃が休めぬだろう」

騒がしくしてしまっていたのに気付いた人々は慌てて口をつぐみ、浮かれた様子で目配せしながら、順に階段を下りていく。

ブアマン族のジェフが、カーライルの傍らに立って話しかけてきた。

「王、我らも会議室に戻って族長会議の続きを」

「わかっている」

そう返事しながらも、カーライルは人の波を見送るばかりで動こうとしない。族長はそれ以上何も言わず、その場を離れていった。

遠ざかっていく人々の背を見つめながら、カーライルは娘の乳母が以前話していたことを思い起こしていた。

――王妃様は大変な難産で、一時は御命も危ぶまれるほどだったのです。

他の者にも確かめてみたところ、乳母の言ったことは本当だった。その事実が頭に染み通ったとき、カーライルは未だかつてない恐怖に見舞われた。

もしティルダを喪ってしまったら。

恐ろしくてたまらなくて、ティルダに触れられなくなった。そのせいでティルダとの間にひと悶着が起きた。何とか和解にこぎつけたが、今でも恐怖はカーライルの胸のうちにわだかまっている。

アルビンへの返答に途中詰まったのは、「ティルダさえ無事でいてくれれば」という王に相応しからぬ本心を口にしてしまいそうになったからだ。カーライルがティルダを大事にしているのは周知の事実だが、弱音を吐くのはまた別の話だ。

王妃ティルダが倒れたのは、族長会議のさなかだった。「王妃様！」という悲鳴のような呼び声が外から聞こえてきて、カーライルは一言も発しないまま、誰よりも早く会議室から飛び出した。

最近、ティルダは具合が悪そうだった。寝覚めが悪く、朝から青ざめた表情をして。日中ぼんやりすることが多いからと言って、公の場に出ることを控えるようになった。

――多分、子ができたのでしょう。王にいらぬ心配をかけぬよう、大事を取らせていただきます。

ティルダの態度が冷ややかなのはいつものことだが、カーライルは心配で仕方なかった。もし懐妊ではなく悪い病気にかかっていたとしたら？

ティルダの予想は的中して悪い病気ではないとわかったが、今度は不安に襲われている。

カーライルは先ほどから、ティルダのそばへ駆け寄りたい衝動と戦っていた。ティルダに呼ばれないのに、寝室に入るわけにはいかないと考えたからだ。

恐怖に打ち勝つための手段として、そして何より万全を期すために、カーライルは妊娠出産について様々な者に教えを請うた。その中で、産婆と出産経験のある女たちの意見に共通していたのが、妊娠中の精神的負担は禁物、というものだった。体調が悪くなければ普段通り働いていたほうが身体に良いそうだが、妊婦の周囲の者たちには極力気を遣ってもらいたいというのだ。普段通り働くといっても、あまり重い荷物は持たせないようにし、転倒の恐れがある作業は控えたほうがよいとのこと。また、夫が無関心で思いやりがないのもよくないが、過保護すぎてあれこれ口出しするのもよくないのだという。精神的負担が妊婦の体調に悪影響をもたらすと言われ、カーライルは最大限の配慮をしなければと考えた。

とりあえず、ティルダは今、カーライルに来てもらいたくないのだろう。その意思を尊重しなくては。

そばに行きたい気持ちに耐えつつ、しばし薄く開いた主寝室の扉を見つめる。それから名残惜しさを振り切って、カーライルはその場を後にした。


主寝室を出て扉を閉めようとしているスージーに、ティルダは声をかけた。

「王は、そこにいますか?」

スージーはあたりを見回し、それから申し訳なさそうに微笑んだ。

「いらっしゃらないようです。先ほどまで扉の前にいらっしゃったのですが。お呼びしてまいりましょうか?」

「その必要はないわ」

そう言いながらも、ティルダは内心腹を立てていた。

ティルダが気を失って倒れたというのに、カーライルは心配ではないのだろうか。第二子懐妊がわかって嬉しくないのだろうか。

第一子フェリシアの出産が難産だったと聞いて子作りできなくなった人なのだから、動揺して寝室に押し入ってくるくらいするかと思っていた。しかし実際は騒ぐこともせず、気付かぬ間に近くまで来て、いつの間にか立ち去っていたということか。

王にそばに来てほしいなどと、ティルダに言えるわけがない。そんな甘えたことを言えば、口さがない者たちがまたティルダを愚弄するだろう。冷酷な王妃もとうとう王になびいたか、と。ようやく王妃に相応しい敬意を払われるようになったのだ。屈辱に臍を噛む日々には戻りたくない。

スージーは、少しの間扉のところで佇んでいた。ティルダが十三の歳から仕えるようになった彼女はアシュケルドで一番付き合いの長い女性で、年長でもあるためか心のうちをたまに見透かされる。

スージーは、遠慮がちに微笑んで言った。

「王妃様がお呼びになったと知られないよう、こっそりお越しいただくようお願いしてまいりましょうか?」

「――不要です。下がりなさい」

「はい。失礼いたしました」

上掛を頭から被ったけれど、見透かされたことに羞恥を覚えたティルダの表情を見られてしまったかもしれない。扉が閉まる前、スージーの密かな笑い声が聞こえたような気がした。

会議室に戻ったカーライルは、いつも通り族長会議をこなし、兵たちへの激励のため城外の駐屯地に足を運んだ。駐屯地ではもちろん、行き帰りの道々でも、民から王妃懐妊の祝いの言葉を述べられる。それらに鷹揚な笑みを浮かべて応えながらも、カーライルは心が引き裂かれるような思いをしていた。皆のように、ティルダの懐妊を心から喜びたい。けれど、カーライルの一挙手一投足がティルダの体調に悪影響を及ぼすかもしれないと思うと喜んでばかりもいられない。

ティルダとは晩餐のために迎えに行った際に顔を合わせたが、ありきたりの言葉を口にすることしかできなかった。


――やはり懐妊だったそうだな。よくやった。身体を十分労われよ。

迎えに来たカーライルは、顔に笑みを貼り付けてこう言うと、ティルダに背を向けて歩き出した。

それだけ？

ティルダはかちんときた。こちらは体調が悪くなるのを承知の上で子を宿し、アシュケルド王家のため、可愛い我が子を抱くために、大きくなっていく腹を抱えながらこれからの数ヵ月を耐え抜こうとしているというのに。

しかし周りには警護の者たちがいる。大広間に到着すれば大勢の人の目がある。ティルダは文句を言えないばかりか、不満を顔に出すこともできず、王の後に続く。

上段にある席に座り料理が運ばれてくるころには、ティルダの心は冷えていた。カーライルは、元々第二子を持つことに反対だったのだ。ティルダが次の出産で命を落とすかもしれないことを恐れて。子作りは承諾してくれたけれど、御子の誕生は嬉しくないのかもしれない。

しかし、晩餐が始まってすぐ、そうではないかもしれないと思い直した。

「そなたの好物の中でも滋養の高い食べ物をいくつか用意させた。体調を崩して食欲がないかもしれないが、無理しない程度でいいからできるだけ食べてくれ。ああ、そなたは取り分けられた食べ物を残すのが嫌いだったな。残すのであれば俺が食べるから気にするな」

この気の回しようはいったい何なのだろうか。他にも、何か言いたそうにしているのを必死にこらえていたり、世話を焼こうとして伸ばしてきた手を慌てて引っ込めたり。

これは何かある。そう確信すると、ティルダの心はすっと楽になった。そうすると食欲が出てきて、いつもより少し多めに盛り付けられた料理を平らげることができた。

館に戻ったティルダは、主寝室にまでついてきたカーライルに開口一番訊ねた。

「今度はいったい誰に何を吹き込まれたのですか？」

前回はフェリシアの乳母ジョアンに、ティルダが難産だったことを教えられていた。ならば今回は？　と問い質すティルダに、カーライルは気まずげながらも話してくれた。

すべてを聞き終え、ティルダは大きなため息を吐いた。

「知らないことを学ぼうとするご姿勢は素晴らしいですけど、得た知識に振り回されてどうします？　知識は活用するものであって、翻弄され惑わされるべきではないのでは？」

こんこんと諭すと、カーライルはすっかりしょげ返ってしまった。ベッドの端に座って項垂れる。

「俺はまた間違ってしまったのだな。すまなかった。だが、どうすればいいのかわからぬ。そなたには、心健やかに過ごしてもらいたいのに」

ティルダはカーライルの前に立って、打ちひしがれた後頭部に視線を下ろした。

「わたくしに訊けばよいではありませんか。二人きりのときであれば、正直に話します。――懐妊がわかってすぐのとき、貴方が会いに来てくださらなくて残念に思いました。夕刻になって当たり障りのない言葉を贈られて失望いたしました。それもこれもわたくしを慮ってのことだとわかって怒りは収まりましたけれど、一人思い悩んだ末に見当違いなことをされると、心穏やかではいられません」

「……ああ、わかった」

項垂れたまま、カーライルは返事をする。

「前にも誓った通り、わたくしは御子のために自分を犠牲にしたりはしません。御子も自分も、細心の注意を払って守り通します。そのために、王にも協力していただきたいのです。王も精神的負担を抱え込まないでください。わたくしの身を案じてくださるのはありがたいのですが、案じるあまり王が精神を病んでしまっては、それこそわたくしの心労となります。――わたくしも、心にかかることは何でも話しますから」

カーライルはゆっくりと顔を上げた。ティルダの最後の言葉に何かを感じ取ってくれたのかもしれない。

こんなこと、人前では口が裂けても言えない。でも二人きりのときには。

「お、王は、御子ができたことを喜んでくださいますか？」

ティルダの気まずげな問いに、カーライルは目を見開いた。

一番大切なことを失念していた。懐妊したのは、これから大変な思いをして胎の中で子を育てていくのはティルダなのだ。なのに、カーライルは何一つ報いてやることをしていない。いたわりはしたけれど、ありきたりな言葉を贈ったきり、先ほどティルダに問い詰められて自身の不安を吐露しただけで。

ティルダが子を望んでくれたのは何故だった？　アシュケルド王家の血筋を絶やさぬためではないか。カーライルが、アシュケルドが、六年もの間不遇を強いたというのに。そしてティルダは、それまで王妃として扱ってこなかったくせに王妃の務めを強要したカーライルをも許し、愛情はなくともカーライルを伴侶として認めてくれ、今や陰すらないカーライルの愛人に嫉妬までしてくれた。

だというのに、一番大切な一言を言い忘れるなんて。

カーライルはティルダの両手を取り、不安に揺れるティルダの瞳をまっすぐ見つめた。

「もちろんだ。そなたとの子をまた持てることになって、俺はアシュケルド一の、いや、世界一の幸せ者だ」

ティルダの表情が、ほっとしたように緩んだ。

ロイヤルキス DX をお買い上げいただきありがとうございます。
先生方へのファンレター、ご感想は
ロイヤルキス文庫編集部へお送りください。

〒102-0073　東京都千代田区九段北3-2-5 5F
株式会社Jパブリッシング　ロイヤルキス文庫編集部
「市尾彩佳先生」係 ／「氷堂れん先生」係

Royal Kiss Label
DX

# 王妃のプライド 2

2021年10月31日　初版発行

**著　者**　市尾彩佳
©Saika Ichio 2021

**発行人**　神永泰宏

**発行所**　株式会社Jパブリッシング
〒102-0073　東京都千代田区九段北3-2-5 5F
**TEL**　03-3288-7907
**FAX**　03-3288-7880

**印刷所**　中央精版印刷株式会社



ISBN978-4-86669-436-8　Printed in JAPAN